독도 일기

하나의 나라를 지키려면 힘있는 군대가 필요하다.
하지만 하나의 나라를 잘 지키고 유지하는 데는 책도 필요하다.
그것은 정신적 문화의 공유이고 기록이며 인간이란 의미를 따라 사는 존재이기 때문이다.
내가 일기를 쓴 이유는 이렇게 단순하다.

독도 일기

류단희 지음

지혜의나무

서문

나는 독도와 울릉도를 지키고 있다.

대한민국의 심장이자 대한민국의 서울과도 다름없는 우리 국토의 최동단 독도에서 2011년 한 해 동안 90여 회 출몰했다가 소실된 일본 순시선을 응시한다.

지금으로부터 420년 전 그해는 임진왜란이 일어나던 1592년이다. 우리의 국토를 유린하려는 일본의 침략 전쟁이 시작되고 충무공 이순신을 비롯한 수많은 백성과 군인들이 맞서는 가운데 내 선조이신 충경공 류형 장군은 선봉에 서 있었다.

올해 또 임진년을 맞았다. 위안부 할머니들은 비가 오나 눈이 오나 바람이 거세게 불어와도, 오늘도 일본 대사관 앞에서 평화의 동상과 함께 1천 번이 넘는 항의 집회를 하고 있지만 그들은 묵묵부답이다.

독도는 온갖 풍상을 겪으며 오늘도 이 자리에 말 없이 서 있다.

신라 이사부에서 조선의 안용복을 거쳐 오늘 대한민국 독도의 서도에서 살고 있는 주민에 이르기까지, 독도와 울릉도를 철통같이 지키려는 국민과 경찰, 군인들의 의지와 결의는 뜨겁고 충만하다.

역사는 늘 우리가 있는 현장에서 새로이 만들어지지만 그 역사는 우리의 정신에서도 새롭게 만들어진다. 그리고 지나간 역사는 고쳐 쓸 수는 없지만 무엇이 옳은 것이며 어떻게 행동해야 할지를 우리에게 가르쳐 주고 있다. 그것은 다름 아닌 우리의 단결된 마음과 관심이 뒤따라야 한다는 것이다.

하나의 나라를 지키려면 힘 있는 군대가 필요하다.

하지만 하나의 나라를 잘 지키고 유지하는 데는 책도 필요하다.

그것은 정신적 문화의 공유이고 기록이며 인간이란 의미를 따라 사는 존재이기 때문이다.

내가 책을 쓴 이유는 이렇게 단순하다.

2012년 임진년 2월 7일

울릉 · 독도 경비대장 류단희

Preface

I am defending Dokdo and Ulleungdo, the easternmost territories of Korea. These islands are Korea's heart as Seoul, and from here I gazed upon the Japanese patrol boats that appeared 90 times just in the year 2011.

420 years from today marked the beginning of the "Imjin war" period in Korean history. In 1592, Japan's invasion of Korea began, in which thousands of people along with Admiral Sun-shin Yi were fighting against the Japanese while my ancestor Chung Kyung Kong, Hyung Yoo, stood in the vanguard to lead the soldiers.

This year is another "Imijin" year and victims of the Japanese "comfort women" exploitation are steadfastly protesting in front of the Japanese embassy. Despite wind, rain, and snow, these women have relentlessly made their protest over a thousand times, each time with the statue of peace. However, Japan is not replying, nor even trying to listen to their protests.

Dokdo stands sturdily with an air of indifference as it weathered through years of conflicts and disputes.

From Sa-bu Yi to Shilla, from Yong-bok Ahn to the Chosun Dynasty and to the present people living in the western part of Dokdo, the Korean people are determined and committed to safe guard Dokdo and Ulleungdo.

Everyday is another day written in the history, yet our spirits write history as well. Although we cannot rewrite history, it helps us discern what is just and moral. History is the past, but it can guide our actions today.

History is now telling us that we need to be unified.

To defend a country, one needs a strong military presence.

However, to sustain the country, one needs literature.

It is a cultural interaction, record and human beings need means to exist. This is the simple reason behind this book.

February 7nd,2012,Imjin-year

Captain of the Dokdo and Ulleungdo guard, RYU, Dan Hee

이 책은 현재 울릉도와 독도 경비대를 이끄는 류단희 경정의 일기 형식의 수기이다. 2011년 울릉·독도 경비대장의 직급이 높아지면서 초대 경비대 대장이 된 필자는 독도 경비대원과 마찬가지로 육지에서 멀리 떨어진 섬으로 자원하여 선발된 지휘관이다.

한·일 간의 오랜 역사 속에서 독도 현안은 항상 한·일 간 갈등의 불씨가 되어 왔다. 이제 곧 다가오는 2012년 3월 일본 고등학교 교과서 검정 발표나 4월 국제수로기구(IHO) 총회에서 동해와 독도현안이 또다시 불거질 것은 불을 보듯 뻔한 일이다. 이러한 상황에서 동해 내의 우리 섬 울릉도와 독도 경비를 책임지고 있는 울릉·독도 경비대의 임무는 전투에서의 최전선과 마찬가지로 막중한 일이다. 무엇보다도 현재 울릉도와 독도에는 계속적으로 탐방객이 급증하고 있어 경비와 안전 유지의 업무가 함께 급속히 늘어나 인원과 장비의 보완이 필요한 시점에 있다고 판단되어진다고 할 수 있다.

이 일기는 필자가 울릉·독도 경비대장으로 부임하기 이전의 시점에서부터 출발한다. 필자는 인터넷 사이트에서의 경비대원과 가족 간의 다정다감한 글들을 가감 없이 소개하고 있음과 동시에 필자의 선조이신 충경공 류형 장군의 시문을 인용하여 '효'와 '충'을 동격으로 인지하고 있다. 필자의 신변에 대한 경우에서도 '진충보국'을 교훈으로 경비대장, 지휘관으로서의 글들이 많이 포함되어 있다. 특히 술 마시는 예법 교육, 공연 관람 등 대원들에 대한 문화 생활을 향유하게 하며, 신입 대원에게 성인봉 등반을 필수화함으로써 독도 경비대원들의 심신을 향상하도록 하고 자부심을 가지도록 지도한 점에서 경비대장 본연의 역할과 임무를 다하고 있음을 잘 알 수 있다.

이 글을 읽어 보게 될 독자를 위한 추천의 글의 마지막은 명백한 우리 영토 최동단 독도를 대한민국 경찰 독도·울릉도 경비대가 오늘도 굳건히 지키고 있음을 이 일기를 통해 쉽고 편안히 알 수 있다는 것이다. 차가운 날씨와 살을 에이는 바람 속에서도 묵묵히 젊음을 바쳐 헌신하는 독도 경비대원들에 대한 격려와 더불어 이 책이 전 국민의 가슴 속에 독도 수호의 열정을 불어넣어 주기를 기대하며 추천의 글에 대신하고자 한다.

2011년 12월
동북아역사재단 이사장 정재정

독도의 가장 큰 적은 '일본'이 아니라 우리들의 '무관심'이라 생각합니다. 늘 꾸준한 관심과 사랑만이 우리의 독도를 지켜 나가는 가장 큰 힘이거든요. 이런 관점에서 이 책은 우리에게 독도를 자세히 알려 주고 영토 사랑의 큰 뜻을 전달해 줍니다.

2012년 1월

한국 홍보 전문가 서경덕 교수

차례

독도 일기

DOKDO DOKDO DOKDO DOKDO DOKDO DOKDO
DOKDO DOKDO DOKDO DOKDO DOKDO DOKDO
DOKDO DOKDO DOKDO DOKDO DOKDO DOKDO
DOKDO DOKDO DOKDO DOKDO DOKDO DOKDO
DOKDO DOKDO DOKDO DOKDO DOKDO DOKDO
DOKDO DOKDO DOKDO DOKDO DOKDO DOKDO
DOKDO DOKDO DOKDO DOKDO DOKDO DOKDO
DOKDO DOKDO DOKDO DOKDO DOKDO DOKDO
DOKDO DOKDO DOKDO DOKDO DOKDO DOKDO
DOKDO DOKDO DOKDO DOKDO DOKDO DOKDO
DOKDO DOKDO DOKDO DOKDO DOKDO DOKDO
DOKDO DOKDO DOKDO DOKDO DOKDO DOKDO
DOKDO DOKDO DOKDO DOKDO DOKDO DOKDO
DOKDO DOKDO DOKDO DOKDO DOKDO DOKDO
DOKDO DOKDO DOKDO DOKDO DOKDO DOKDO
DOKDO DOKDO DOKDO DOKDO DOKDO DOKDO
DOKDO DOKDO DOKDO DOKDO DOKDO DOKDO
DOKDO DOKDO DOKDO DOKDO DOKDO DOKDO
DOKDO DOKDO DOKDO DOKDO DOKDO DOKDO
DOKDO DOKDO DOKDO DOKDO DOKDO DOKDO

7월 22일
풍향 북-북동 **풍속** 9~13m/s **파고** 1.5~2.5m **천기** 구름 많음

갑자기 눈이 번쩍 띄었다!

모색摸索groping하다.

오늘은 모색이라는 단어가 안성맞춤인 날이다.

이리저리 생각하여 찾는 것, 어떤 일을 해결할 수 있는 바람직한 방법이나 해결책 따위를 이리저리 생각하여 찾는 것을 모색이라 한다.

30년 공직 생활을 하고 올해에는 막내아들이 대학에 입학했다.

만일 60세 정년까지 한다면 이제 정확하게 6년가량이 남은 셈이다. 어떻게 공직 생활을 잘 마무리할 것인지가 요즘 나의 최대 관심사였다. 정상에서 서서히 하산하는 모습이 보기 좋을까. 아니, 하산은 없다. 계속 정상을 향해서, 또 다른 정상을 향해서 계속 올라가는 것이 좋을까? 그러기 위해서는 더 보람 있게, 그리고 의미 있게 보낼 방법은 무엇인가? 그것은 마치 꺼져 가는 정열이 다시 활활 타오르게 하고 싶은 중년 남성의 바람이라고 할까. 그런 것이리라. 3남매 중 딸 둘은 결혼을 시켜야 집사람도 안심을 할 텐데……

장삼이사라 했던가? 나의 생각도 보통 사람들의 걱정과 다를 바 없다.

내가 눈이 번쩍 뜨이고 놀란 것은 다름 아닌 대한민국 영토 울릉도, 독도를 수호할 경찰관 보직 공고를 보았기 때문이다. 아~! 하늘이시여, 감사합니다. 이 자리는 조국이 바로 나를 찾기 위해, 나에게 영광스럽게 일할 수 있도록 하기 위해 만든 자리입니다. 순간 심장이 몹시 박동하는 것을 느꼈다. 잠도 오지 않았다. 내 머릿속에는 온통 이 생각뿐이었다.

나를 위한 자리 울릉도·독도 경비대장

集사람과 아이들에게 넌지시 얘기했다가 반대에 부딪혔다. 작년에는 고향 근처인 충북 청주 흥덕경찰서 정보 보안과장으로 재직하면서 가족과 떨어져 지내다 이제 다시 가족 품에서 직장을 다닌 지 7개월이나 되었을까 하는 마당에 육지도 아닌 섬에 가서 근무를 해 보겠다는 발상이 어디서 나온 것인지 의아스럽다며 말도 안 된다고 즉각 반대 목소리와 비판이 쏟아졌다. 집사람과 아이들을 설득하는 것이 쉽지 않은 일이다.

언론에서는 일본 자민당 의원들의 망발과 울릉도 방문을 비롯한 독도 문제가 연일 매스컴을 타면서 시끄럽다. 일본에 쐐기를 박을 만한 사람은 누구인가? 어려서부터 우리의 선조 중에 임진왜란 시 충무공 이순신 장군을 도와 노량해전에서 대승을 거두게 한 할아버지 얘기를 귀가 따갑도록 들어 왔다.

고향에 명절이거나 행사가 있을 때면 충남 공주시 장기면에 계시는 충경공 류형 장군의 사당을 찾았고 1년에 한두 번은 경기도 고양시 행신동에 있는 장군 할아버지의 묘소를 찾아 참배했었다.

이 세상에는 자리에 어울리는 사람과 사람에 어울리는 자리가 있다. 판사 자리에 법무사를 앉혀 놓는다고 재판을 못할 것도 없겠지만 자격이 안 되면 스스로 쑥스러워 할 것이라고 생각한다. 그것은 다름 아닌 자긍심과 평상심이 없을 것이란 말이다. 자긍심과 평상심의 조화는 공직 수행의 기본이 아닐까?

다시 한 번 나는 깊은 고민에 빠졌다. 가족들의 반대도 일리가 없는 것은 아니지만 일본의 임진년 침략을 막아내고 용맹을 떨쳐 그들이 무서워하는 충경공忠景公 류형柳珩 장군 할아버지가 생각이 났다. 그리고 나는 바로 그분의 직계 후손이 아니던가. 그분의 피가 내 몸속에 흐르고 있다. 그리고 나라가 위급할 때 명을 받아 전쟁터로 나아가는 것은 충직한 공직자의 도리라는 대의명분에 이르렀다. 견이사의 견위수명(見利思義 見危授命. 이익을 보거든 정의를 생각하고 위태로움을 보거든 목숨을 바친다)! 그래 바로 이것이다. 단숨에 지원서를 써 내려 갔다.

7월 25일
풍향 북동~동 풍속 7~11m/s 파고 1~1.5m 천기 구름 많음

무엇이 올바름인가?

옛말에 평생을 시궁창 속에 뒹굴거나, 사람들의 손가락질을 받으며 살아도, 말년이 깨끗하면 그 인생을 깨끗한 삶이라 높였다. 반면 일생을 이슬만 먹고 살며, 고결한 절조를 유지하고 황금 보기를 돌같이 했다 해도, 말년의 한 순간이 한 푼의 동전에, 서푼의 벼슬에, 새로운 이름을 탐하여 말년을 망치면 그 삶은 더러운 삶이라 낮추었다. 내 처신에 대하여 뒤돌아보고 생각해 본다.

시간은 기다리는 사람에게는 너무 더디다. 그러나 두려워하는 사람에게는 너무 빠르다. 시간은 슬퍼하는 사람에게는 너무 길다. 하지만 기뻐하는 사람에게는 너무 짧다. 그러나 사랑하는 사람에게는 아무것도 아니라는 말이 있다. 한시바삐 임지에 가 보고 싶은 마음이 솟구친다.

울릉 경비대장 선발 통보
Do you believe in magic?

막상 선발 통지를 받고 보니 이제 가족들에게 어떻게 설명해야 할지 난감하다.

집사람이 며칠 전부터 자꾸만, "엉뚱한 생각 마세요. 울릉도는 너무 멀고 연고도 없어서 절대 안 돼요."라며 걱정스러운 말로 나와 전화로 통화했던 얘기가 자꾸 귓전에 맴돈다.

나와 함께 독도를 지킬 4인의 독도 경비대장은 국가관이나 사명감이나 경력이 화려하다.

무엇보다 이승수 울릉 경비대장은 직급 상향 조정으로 울릉 경비대장직에서 물러나고 독도 경비대장을 자원했다. 부인도 경찰 공무원으로 가족 모두가 충성 조직이다. 김병헌 경감은 독도에서 무려 3년 6개월간 근무하고 경감으로 특진한 케이스인데 1년간 연장 근무를 신청했다. 의지가 대단하다.

나홍규 경감은 경찰대학 8기 졸업생인데 해외 평화 유지군을 비롯하여 해외 분쟁 지역을 누비고 다니던 사람이다. 맏아들이고 부인이 시부모를 잘 모시는 보기 드문 효부이다.

윤장수 경감은 독도 경비대장 중에서 가장 나이가 많은 경력자이

고 승진 후보자인데, 승진과 동시에 자식들에게 자랑스러운 아버지가 되기 위해 지원했다고 한다. 든든한 리더라는 생각이 든다.

　나로부터 14세조 충경공 류형 장군께서는 1602년 1월(선조 35년) 삼도 수군통제사에 임명되어 우리의 바다를 책임지는 자리에 오르셨다. 충경공께서도 28세에 출사하여 50세로 타계할 때까지 23년의 공직 생활 중 출생하고 자란 서울에서 근무한 것은 불과 3년이 채 안 되신다. 대부분은 해남, 부산, 보령, 거제, 해미, 회령, 경성, 영변, 황주 등 주로 해안이나 최전선 국경에서 근무하셨다. 돌아가실 때도 우리나라 최북단의 회령에서 무너진 성을 복구하는 작업을 진두지휘하시다 돌아가셨다. 400여 년이 지난 오늘 나는 독도와 울릉도의 해안 경계를 책임지는 경비대장에 발탁되었다. 이것이 우연일까?

옛날 우리 조상님들은 모든 면에서 지극至極하셨던 것 같다. 바로 나의 조부님을 뵈면 그렇다. 당신의 윗대에 제사가 있으시면 3일 전에 제수를 미리 마련하시고 바깥출입을 안 하셨다. 그리고 제삿날에는 직접 제삿날을 맞으신 분의 산소에 다녀오신다.

만약에 눈이 와서 길이 미끄러우면 산소에서 집까지 빗자루로 쓸고 오신다. 어느 산소는 몇 킬로미터나 되는 경우가 있는데도 그리하셨다. 그에 비하면 우리는 지금 너무 편하게 조상님을 보내고 맞이하는 것 같아 죄송스러운 마음이 들 때가 있다.

내 인생은 내가 '선택' 하는 것이다. 그리고 변화는 기다리는 것이 아니라 내 스스로 일으키는 것이 아닌가? 내가 세상을 보는 관점에 따라 나의 행동과 결과가 좌우되는 법이다. 나는 지금 올바로 보고 올바로 생각하며 올바르게 행동한다고 믿는다.

8월 1일
풍향 북동–동 **풍속** 7~11m/s **파고** 1~1.5m **천기** 흐림

마음에 새긴 네 글자
常時四字 勤謹和緩

지명도가 높은 정치인 한 분이 독도를 방문하여 언론의 주목을 받았다. 군대에 입대해서 보초를 서 본 지 44년 만의 실전 경험이라 했다.

자식을 사랑하는 마음은 다 똑같지만 자식을 사랑하는 방법은 다 다르듯이 독도를 사랑하는 국민들의 마음은 같지만 사랑하는 방법은 많이 다르다는 생각이 들었다. 또한 그것에 대한 평가도 다르리라. 하지만 어느 누구도 자기가 왜 살았는지 명백하고 정당한 이유를 남기지 않고 이 세상을 그냥 떠날 권리는 없는 것이다.

송宋나라 때 장관張觀이라는 사람이 있었는데 벼슬은 관문전학사觀文殿學士에 이르렀고, 사람들의 신망이 두터웠다. 어느 날 수하로 갓 임관한 세 명의 신입이 찾아와 관리가 갖추어야 할 마음가짐에 대해 물었다. 그러자 '상시사자 근근화완常時四字 勤謹和緩'이라 답했다. 나는 벼슬길에 나온 이래 언제나 네 글자를 마음에 새겨 지켜 왔다.

첫째는 근勤, 즉 부지런함이요,
둘째는 근謹이니 모든 일에 삼가고 정도를 넘지 않는 것이다.
셋째는 화和, 즉 부드러움이니 남과 화합하는 것이요,
넷째는 완緩으로 서두르지 않는 것이다.

한 사람이 이상하다는 듯 물었다.
"처음 세 가지는 마땅한 듯하지만 맨 나중의 말은 이상합니다."
그러자 장관이 말하기를, "세상 일의 실패함은 거의 모두가 조급하게 서두르는 데서 생기는 것임을 알라."라고 대답해 주었다. 때가 왔을 때 잘 판단하여 과단성 있게 일을 추진하는 것은 매우 중요한 일이다. 그러나 때가 무르익을 때까지 서두르지 않고 기다리는 것은 현명한 사람이 아니면 아무나 못하는 일이다.

인생여백구과극人生如白駒過隙

　고향에 계시는 부모님께 안부도 드리고 새로운 발령을 말씀드리기 위해 갔다. 어머님은 상기되시어 말씀이 없으시고 아버님께서는 아무 말씀도 없으시다 서재에서 '진충보국盡忠報國' 글을 써서 갖다 주시면서, "잘해라. 하늘이 다 도울 것이지만 또 조상님들은 가만 계시겠냐.……고생이 많다." 하시면서, "인생여백구과극人生如白駒過隙이란 말이 있다. 그 말인즉 인생은 문틈으로 백마가 달려가는 것을 보는 것처럼 한순간에 지나지 않는다는 말이다. 우리가 짧은 인생을 살아가면서 의미가 없는 삶을 살아서는 안 된다. 누구나 찰나의 순간 자신의 선택을 기뻐하면서 후회하기도 하고 자기 나름대로의 이유가 있다면서 변명을 늘어놓기도 한다. 하지만 국가의 녹을 먹는 공무원으로서 네 위치에서 맡은 바 책임을 충실하게 수행하고 동시에 건강도 돌보면서 심신의 균형을 잘 맞추어야 한다." 그 말씀을 하시는 아버님도 나도 코끝이 찡했다.

　400여 년 전 충경공 류형 장군께서 전쟁터에 나가실 때 등에 새긴 '진충보국'이라는 충혼의 깃발을 이제 그 직계 후손인 류단희 울릉 경비대장이 다시 올리다. 천군만마의 깃발! '진충보국 충효전가'

8월 3일
풍향 북동~북 **풍속** 7~11m/s **파고** 1~1.5m **천기** 구름 많음

경찰청장으로부터 임명장을 받고 결의를 다지다

오전에 청장님에게서 임명장을 받고 기자회견을 하였다. 기자회견에서 나는 이렇게 말했다.

"내 몸이 흙이 되는 한이 있어도 임무를 완수하겠다."

그때 마음 깊은 곳에서는 임진왜란 때, 노량해전에서 대승을 거둔 이순신 장군과 류형 장군의 업적을 기리며 뜨거운 기운이 벅차올랐다. '진충보국' 파이팅!

오후에는 경북 지방 경찰청장에게 신고 후 기자회견을 하였다. 이번만큼은 언론도 하나가 된 느낌이다.

독도 경비대장과 울릉 경비대장에 대한 기사는 대부분 호감 기사로 나왔다. 참 다행이다. 국익을 위한 일이라면 이렇게 하나가 될 수 있다는 사실과 위기가 기회일 수 있다는 것을 다시 한 번 느꼈다.

충경공 할아버지의 발탁은 오성과 한음으로 알려진 이덕형 선생이 전선을 돌며 왕명을 하달할 때, "다음 수군통제사로는 누가 좋겠는가?" 하고 충무공 이순신 장군에게 묻자, "충의와 담략에 있어 류형보다 앞서는 이가 없습니다."라고 하며 천거하였다고 《승정원 일기》에 전해진다고 한다.

거기에 비하면 나는 너무 심약하고 내세울 만한 것이 없다. 그저
내 마음속 깊이 우러나오는 국가에 대한 충정 하나뿐이고 엄숙하고
지극한 마음으로 임하겠다는 생각뿐…….

모의 훈련/긴급 상황 발생

이삿짐이라고까지 할 것도 없지만 일단 당장 입을 옷 두어 벌과 평소에 읽고 있는 책 몇 권 등을 챙겨 집을 나와 울릉도에 들어왔다.

이 시간 일본의 해양 조사선이 독도 방향으로 근접 중이라는 동해 함대 사령부로부터 긴급 타전을 받고 우리 독도 경비대의 레이더 요원들을 증가시키고 '상륙 거부 팀'을 가동함과 동시에 해상 초계기를 띄우고 포항에서 해병대 긴급 지원 등이 거의 동시다발적으로 이루어졌다. 긴급 상황이다.

임명된 지 하루 만에 이런 상황이 전개될 줄이야……

하지만 다행히도 훈련 상황이었다.

어떠한 경우에도 결코 용납하지 않겠다고 다짐해 본다.

독도의 헬기장 확장 공사를 위해 삭도索道로 공사 자재를 운반하던 중 삭도가 탈선되는 사고가 발생하였다. 독도는 갑자기 돌풍이 불 때가 많아 안전사고의 위험이 그만큼 높다.

동해 해양 경찰서장 류재남 총경이 독도를 방문하여 대원들을 격려해 주었다. 이제부터 본격적인 울릉·독도 경비대에서의 업무가 시작된다.

독도 경비대가 바라보이는 울릉도에 첫발을 딛다

경비대의 조직 구조가 바뀌고 처음 부임하는 내 마음은 설레임과 두려움이 교차한다. 일의 과정에서 시간적으로나 순서상 맨 앞에 놓이는 부분을 처음이라 하는데 처음이라 시행착오도 많고, 결점도 많을 것이다.

아직 부대의 체계가 잡히진 않았지만, 처음이 있어야 중간도 있고 끝이 있고, 시행착오와 결점을 발견하지 않겠는가? 이를 수정하여 확실한 체계를 만들어 낼 수 있기에 '처음'은 더욱 중요하다. 그리고 그 의미가 특별하다. 처음은 그 이름 자체로 기억 속에 오랫동안 잊혀지지 않을 것이기 때문이다.

몇 시간의 긴 항해를 거쳐 도동항에 도착하자 일부 지휘 요원들이 영접을 나왔다. 부대에 도착하여 지휘 요원들과 티타임을 가진 후 짐을 풀었다. 쉴 여가도 없이 바로 마당으로 나와 본부 직원과 대원들을 만나 인사를 나누었다. 특이하게도 여기에서 독도와 울릉도를 지키는 삽살개 가족을 만났다.

남편 개는 독도에, 부인 개와 아들 개는 울릉 경비대에 있다. 마치 가족들과 떨어져 있는 것이 흡사 나와 비슷하다.

8월 8일
풍향 남동–남 **풍속** 12~16m/s **파고** 2~4m **천기** 구름 많고 한때 비

취임식, 그리고 소통과 화합

역시 취임사의 핵심은 소통과 화합이었다. 또한 맞춤형 교육 훈련과 즐거운 부대 생활을 근간으로 하여 대원들이 임무를 무사히 완수하는 역사의 한 페이지를 기록하도록 돕는 것이 나의 임무 중 하나라고 말했다.

조직 사회의 힘은 소통과 단결에서 나온다. 어느 하나도 소홀히 다룰 수 없는 문제이다. 특히 소통은 위로 올라갈수록 귀가 멀고 그것을 막는 자들이 많아진다 했다. 그 이유는 주변에서 많은 사람들이 눈과 귀를 막기 때문이다. 또 반대로 지위가 낮아지면 눈과 귀가 열린다 했다. 부하의 입장에 서 보면 사람은 누구나 자신을 소중하게 여기기 때문에 괜하게 어설픈 짓을 해서 윗사람에게 미움을 받거나 도외시된다면 손해라고 생각하기 때문이다. 그래서 섣불리 말할 수 없는 것이다. 부하들에게 스스로 모범이 되고 경계하는 것이 상책이리라. 조직의 분위기를 좋게 환경을 만들고 평소에 부하들이 듣기 싫은 소리를 하더라도 싫은 내색을 하지 말고 경청해야할 것이다.

아침에는 경비대의 각 기능별 업무 보고부터 받았다.

8월 들어 독도에 입도하려는 관광객 숫자가 점점 늘어나는 추세라서 하루 평균 1천5백~2천 명이 독도를 방문하고 있다. 뜨거운 국민들의 관심과 성원이 관광 자원과 맞물려 이루어 낸 성과이기도 하다. 요즘 울릉 군민들로부터, "일본 사람들 때문에 울릉도 관광객이 급격히 증가해서 먹고 산다."는 말을 자주 듣는다.

독도 경비대에서 쓰고 있는 발전기 중 하나가 고장이 나서 냉각수를 조절하는 부품을 수리해야 한다. 경비대에 쓰는 모든 것은 국가의 안위와 연결되어 있다. 유사시에 잘 쓸 수 있도록 만반의 준비를 해야겠다.

8월 13일
풍향 남-남서 **풍속** 9~13m/s **파고** 1.5~2.5m **천기** 구름 많음

부대 내 구타 사고

오늘 울릉도에 근무하기 싫다는 신임 대원이 고참들에게 구타당하고 결국 타 부대로 전출되는 일이 벌어졌다. 나의 임무 수행에도 흠집이 생긴 것이다. 나의 임무 중 하나는 독도를 지키는 대원들을 잘 지켜 주는 것인데, 내가 대원들을 지켜 주지 못하면 독도는 과연 누가 지킨다는 말인가. 취임 후 일주일도 채 되지 않아 생긴 첫 번째 시련이 너무 충격적이다. 더욱 신경을 써서 나의 임무를 되새기며 좋은 분위기를 만들어야겠다.

계급 사회에서는 위로 올라갈수록 눈과 귀가 멀고 그것을 막는 사람들이 생기기 마련이다. 그래서 나는 처음부터 소통을 중시해 왔다. 부하가 상사를 이해하는 데는 3일 걸리고, 상사가 부하를 이해하는 데는 3년이 걸린다는 말이 있다. 대원들 관리에 더욱 신경을 써야겠다. 심성 교육을 강화하고 소통의 관계를 정립해야겠다.

'일어탁수一魚濁水' 라는 말이 있다. 한 마리 물고기가 물을 흐리게 한다는 뜻으로, 한 사람의 잘못된 행동이 집단 전체나 여러 사람에게 나쁜 영향을 미침을 비유하는 말이다. "미꾸라지 한 마리가 온

방죽을 흐려 놓는다."는 말도 같은 의미의 속담이다. 그러나 미꾸라지가 보여 준 것은 겉보기에 고요하게 수평을 유지하고 있는 맑은 방죽 물이 그 안에 얼마나 많은 더러움을 은폐하고 있는가 하는 본질의 문제였을 것이다.

최근 독도의 고장 난 삭도를 점검. 삭도가 없을 때는 접안지에서 경비대까지 모든 보급품과 물건을 사람 손으로 운반했는데, 삭도 설치 이후 물자가 원활히 운반되고 특히 병력 교대 시 2개월 동안 먹을 식음료 운반 시에는 큰 짐을 덜게 되었다.

오늘은 서울에서 〈소년조선일보〉 기자가 경비대장을 현장 취재하기 위해 왔다. 아이들에게 걸맞은 사진이 필요하다고 해서 근처 등대를 배경으로 사진 모델이 되어 주었다. 홍보와 교육은 소통과 공감을 통해 이루어지며 든든한 파수꾼이기 때문에 언론의 취재나 협조에는 적극 응할 방침이다.

■ MBC 〈기분 좋은 날〉 촬영 팀과 아리랑 TV 취재팀이 독도에 입도하였다.

8월 16일
풍향 남–남서 **풍속** 8~12m/s **파고** 1~2m **천기** 구름 조금

전·의경 생활 문화 개선

현대에 있어서 시스템 개선 의미는 작금의 시대에 있어 시간 생산성이 차지하는 비중이 점차 높아지고 있다. 시간 생산성은 노동 생산성 못지않은 현대 사회의 경쟁력이다. 일례로 공공 조직의 민원 업무 처리 과정에서 소요되는 시간은 정보 통신 기술의 발달로 원스톱 체제로 변신에 변신을 더해가고 있는 지금 전·의경들의 구타 및 가혹 행위를 근절하고 어떻게 생활 문화를 개선할 것인가에 대한 코칭 스쿨이 충남 아산 교육원에서 있었다.

2박 3일 교육을 수료하면서 더욱 고민이 많아졌다. 더구나 충무공이 계신 이곳에 오니 마음이 다잡아진다. 지휘관이 부재중이거나 관할에서 벗어나 있을 때에도 지금처럼 통신이 발달한 시대에는 통신 축선상 지장이 없다면 원거리 지휘도 가능하다.

오늘은 군경 합동 도서 방어 훈련을 하는 날이다. 해군 전대와 경찰서 경비대가 하나가 되어 혼연일체로 훈련을 무사히 마쳤다.

충무공이 지휘하던 시절은 지금과는 사뭇 다르다. 특히 그 당시에는 군령이 엄하여 군기를 위반하는 장병에게는 가차 없이 곤장과 그에 합당한 처벌이 내려졌다. 지금도 잘못을 저지른 직원과 대원

에게는 합리적인 공적 제재가 이루어지지만 체형은 상상도 못한다. 그만큼 부대의 목표보다 개인의 인권이 고려되어야 하는 시대에 살고 있는 것이다. 과연 어떤 시스템이 효율적이고 올바른 것인지에 대한 확신이 필요하다.

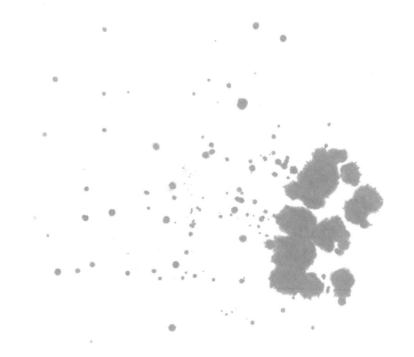

8월 20일
풍향 북동~북 풍속 7~11m/s 파고 0.5~1.5m 천기 구름 많음

국토의 최동단이자 심장부인 독도에 첫발을 내딛다

어제는 설렘으로 밤새 잠을 설쳤다.

드디어 대한민국 국토의 최동단이자 심장부인 독도에 첫발을 내딛었다. 독도로 가던 중 배 안에서 서울 시내 교장단 일행을 만났다. 내가 독도와 울릉도 경비를 책임진 경비대장임을 알아보고 격려와 함께 사진을 함께 찍자고 하신다.

독도에 발을 딛고 내가 할 수 있었던 처음은 임무에 충실한 대원 한 사람 한 사람을 뜨거운 마음으로 안아 주는 것이었다. 대원 모두가 새카맣게 그을렸지만 눈은 초롱초롱하고 가슴은 뜨겁다.

순국선열들에게 예를 올린 후 현황 보고를 받고 장비와 시설물을 돌아보았다. 경비대원 및 지휘 요원들의 노고를 격려하기 위해 사 가지고 간 피자로 점심을 함께 먹었다. 대원들이 가장 좋아하는 간식과 위문품은 여느 청년들처럼 피자와 치킨이다.

독도의 괭이갈매기가 우리 일행을 반긴다. 푸른 하늘, 괭이갈매기, 그리고 끝없는 수평선은 알고 있겠지. 울릉 경비대장과 네 명의 독도 경비대장이 독도에 온 이유를 말이다.

우리에게 이성理性은 잘못 짝 지워진 야생마 두 마리를 전차에 묶고 몰아야 하는 전사와도 같다는 생각이 든다.

이에 대해 플라톤은 다음과 같이 썼다.

"만일 더 나은 정신의 요소, 즉 질서와 철학을 이끄는 요소가 강하면, 우리는 자신의 노예가 아닌 주인이 되어 행복하고 조화롭게 살 수 있다." 그래서 주인 정신은 세상에서 더욱 빛난다.

소통 화합의 워크숍

소통하기 위해서는 대화가 통해야 하며 대화를 하기 위해서는 '네 알았습니다, 네 잘 모르겠습니다'의 단순 언어에서 부모 또는 형제와의 대화처럼 다정하게 서로 대화하는 요령을 배우고 익혀야 한다.

독도 대장을 3년 넘게 해 온 김병헌 경감의 발표가 이채롭다. 전경 고참들부터 기득권을 버려야 한다. 이어지는 전경 고참들의 발표도 감동적이다. 모든 것에서 공정한 분배가 이루어지도록 분대장 중심으로 노력한다는 발표와 다짐도 있었다.

교육이라는 논리적 기초 위에서 인간의 서로에 대한 이해를 하는 것도 중요하다. 이러한 정신은 베이컨이 주장했듯이 '알아서 자기 길을 찾아가도록' 내버려둘 수 없었고, '모든 걸음마다 안내를 받아야' 했다. 이때 필요한 것은 '확실한 계획'이었고 서로 믿는 신뢰이며 교육에서 나온다는 생각이다.

그래, 지휘 요원들도 뒷짐 지고 바라만 보지 않도록 함께 가자. 대한민국에서 가장 소통이 잘되고 화목하여 누구나 오고 싶어 하는 독도 경비대, 울릉 경비대를 만들자꾸나.

한 지붕 두 가족

오늘은 독도 경비대에 기름을 넣는 날이다. 물론 기름은 해양 경찰에서 배로 공급한다. 해양 경찰에게 어떻게든 고마움을 표시해야겠다.

옛날에 한 지붕 아래 살았는데 육지 경찰은 '행정안전부'에, 해양 경찰청은 '국토해양부'에 소속되면서 다소 거리감이 생겼다. 위문품 들어온 것 중 여유분이 있다면 뭐라도 챙겨드려야겠다.

일본 순시선에 대응하랴, 독도 경비대 기름 공급하랴. 기상 악화와 싸우는 우리 가족이나 다름없는 해경.

내가 울릉 경비대장으로 재직하면서 독도를 지키는 일선 지휘관들의 친교의 모임을 정기적으로 가져야겠다. 공적이고 딱딱한 자리보다는 서로를 이해하고 협력할 수 있도록 공감의 장을 마련하고 축구로 친선경기도 자주 해야겠다. 가장 먼저 우리와 해군 전투 함대, 그리고 해경과 공군 순으로 하는 것이 좋지 않을까?

8월 27일
풍향 북동-동 풍속 8~12m/s 파고 0.5~1.5m 천기 구름 많음

울릉도 최고봉 성인봉에 오르다

새로 전입해 온 대원들과 울릉도의 최고 산 성인봉(984미터)을 올랐다. 정상에서 내 핸드폰으로 대원 부모님과 전화 통화하게 한 후 경비대장도 부모님께 한마디. "아들처럼 잘 데리고 있을 테니 아무 염려 마세요.^^"

구타 사고 이후 난 홀로 결심했다. 대원들과 직접 마음을 열고 대

화하고 특히 대원들이 생각할 때, 시간 때워야 하는 군 생활이 아니라 새로운 경험과 즐거운 부대 생활을 통해서 전역 때까지 잘 지내도록 스스로 마음을 잡게 하자고. 그러기 위해서는 먹는 것부터 평등하자고 다짐해 본다. 똑같이 줄 서서 스스로 밥과 반찬을 그릇에 담아 똑같은 음식을 먹는 게 제일 먼저 실천해야 할 지휘관의 몫이다. 맞춤형, 공감형 소통이란 바로 먹는 것으로부터 출발이다.

문제 발생-02:40경 독도에 있는 발전 2호기 고장. 다행히 1, 3호기는 잘되고 있다. 현장 수리가 어려워 전문 업체에게 방문 수리해주도록 조치하였다. 전쟁에 임하는 부대가 다 그렇듯이 독도에도 총과 칼 못지않게 먹을 것과 전기 공급 등이 원활히 이루어져야 한다. 특히 인공위성과 통신 장비의 발달로 현대전은 더욱 그렇다.

8월 29일
풍향 북동–동 **풍속** 8~12m/s **파고** 0.5~1.5m **천기** 구름 많음

홍보도 중요해……
경비대 홈페이지 새로 단장하다

우리 경비대 홈페이지의 대장 인사말부터 포토 갤러리 등 방문자들이 가급적 재미있게 볼 수 있도록 해야겠다. 소질 있는 대원을 찾아보자. 그리고 지휘부는 물론 우리를 위문하러 온 분들에게 최소한의 부대 소개를 할 수 있도록 PPT도 새로 만들어야겠다. 현대에서의 정예화되고 강한 부대란 많은 것들이 갖추어져야 하겠지만 그중에서도 하나를 꼽으라면 바로 국민들에게 우리가 하고 있는 자랑스러운 일을 잘 알리는 것이다.

그래야만 국민들이 안심하고 생업에 종사하고 경찰과 정부를 믿을 것 아닌가? 그래서 한마디로 우리 독도 경비대와 울릉 경비대는 '믿는 구석이 있다. 바로 국민이다. 대원들은 국민들의 성원과 사랑을 먹고 사기가 드높다.' 대원들의 자부심과 용기는 바로 여기에서 시작되고 이것이 밑거름이 되어 국토 수호에 한 치의 오차가 없는 것이다. 언론 보도를 통해 보니 제주 강청 마을이 해군 기지 건설을 둘러싸고 갈등이 증폭되고 있어 안타깝다. 솔로몬의 지혜가 필요한 시점이다.

8월 30일
풍향 북동~동 **풍속** 8~12m/s **파고** 0.5~1.5m **천기** 구름 많음

독도는 모든 정부 부처의 능력 시험대

한전에서 독도에 들어와 태양광 시설을 점검하는 날이다. 독도도 자가 발전기 외에 태양광 발전 시설을 갖추고 일정 부분 전기를 생산하고 있다. 그러고 보면 독도는 어느 부처 할 것 없이 모든 정부 부처가 힘을 모아 지키고 있는 셈이다. 그만큼 악천후에 모든 것을 적용시키기 때문이다.

물론 독도 경비대가 24시간 지키고 있지만. 오늘부터는 전 지휘 요원과 대원들에게 사명서를 작성, 낭독하도록 하였다. 물론 사명서 낭독은 경비대장인 본인부터 하였는데 나는 사명서에 이렇게 적었다.

역사의 현장에 서 있다는 자부심과 막중한 책임감으로 독도를 지키는 대원들과 지휘 요원을 내가 잘 지켜 줄 때 독도와 울릉도는 잘 지켜질 것이고 우리의 임무는 완수된다. 진충보국의 초심을 잃지 않고 우리 경비대 모두가 사랑하는 마음으로 하나가 될 수 있도록 노력할 것이다. 그렇다 어제 맨 운동화 끈은 오늘은 느슨해질 수 있고 내일은 풀어질 수 있다. 솔선의 리더십이야말로 경비대가 나아갈 길이다.

8월 31일
풍향 북동-동 **풍속** 8~12m/s **파고** 0.5~1.5m **천기** 구름 많음

경찰대학 경정 기본 교육 과정반 울릉도, 독도 방문

전국의 경찰서 과장들이 울릉도와 독도를 방문했고 인솔단장과 몇 분의 과장들이 경비대장을 저녁 자리에 초대했다. 울릉도에 와서 처음으로 한 외식이다. 대부분의 참석자들이 한마디씩 한다. "대단한, 그리고 용기 있는 결정을 했다."고 추켜세운다. 나도 모르게 그만 어깨가 무거워진다. 내친김에 구호까지 외쳤다.

"독도와 울릉도는 우리가 지킨다. 나도 아니고 너도 아니고 바로 우리가 지킨다."

모두 감사한 응원군이다. 어쩌면 나보다 서울이나 도심에서 더 많이 신경 쓰고 고생하는 분들인데……

오늘은 구타 사고를 내고 포항 남부경찰서에서 유치장 생활을 하던 대원이 퇴창하여 부대로 복귀하는 날이다. 더 많이 사랑해 줘야겠다. 아니, 지나친 관심은 오히려 부담스러울 수도 있겠다. 그냥 여느 대원들처럼 평범하게 대해 줄까. 아니, 그래도 고생했다는 따뜻한 말 한마디와 차 한 잔은 해야지. 한 사람을 감동시키지 못하면 여러 사람도 감동시키지 못하는 법이다.

9월 1일
풍향 북동~동 **풍속** 8~11m/s **파고** 1~2m **천기** 구름 많음

승진은 누구에게나 좋다

오늘은 전경 대원 14명이 상경에서 수경으로, 일경에서 상경으로, 이경에서 일경으로 각각 승진하는 날이다. 승진은 누구에게나 영광스러운 일이다. 특히 군인들은 승진할수록 제대가 가까워져 오므로 더욱 그렇다. 지역대장으로 하여금 축하해 주도록 했다.

오늘은 독도의 레이더 오작동 방지를 위한 교육과 작동 상태 등을 점검하는 중요한 날이다. 우리에게 레이더가 없다면 우린 눈뜬

장님이나 다름없다. 우리는 육안과 망원경으로 독도 주변을 경계하기도 한다. 밤과 낮으로 경계 근무를 하는 우리 해양 경찰과 해군, 공군 할 것 없이 지금은 현대전 양상이기 때문에 레이더의 알람 기능이 참 중요하다.

경비 작전뿐 아니라 현대를 살아가는 모든 사람들이 아이들 문제, 자신의 진로 문제, 승진에 이르기까지, 아니 증권 시황, 부동산 등 제반 문제에 이르기까지 정확한 레이더와 안테나가 있다면 거의 실수를 하지 않을 것이다.

인생에서도 이렇게 알아차리는 명상적 능력만 있다면 얼마나 편리할까?

국가 안보와 미래 예측 기술은 최첨단 기술과 정보전에 의해 결정된다. 그렇지 않으면 그 많은 불확실성에 대처할 수 있는 교육과 훈련이 중요하다. 돌이 날아올지 총알이 날아올지 꽃다발이 날아올지 모를 긴장, 위기감은 우리의 평상심을 흔들고 정확한 판단이 아닌 오판할까 두렵다.

경찰청 민간 평가 위원단 일행 도착

경찰청 민간 평가 위원단 일행이 독도와 울릉도를 방문해서 함께 오찬도 하고 대화할 수 있는 시간을 가졌다. 총리실에서 온 분이 마침 오래전에 같은 사무실에 근무한 분이었기 때문에 더욱 반가웠다. 우리 사회는 일을 할 때 아는 사람과 모르는 사람 간에 격차가 분명히 있다. 좋은 것만도 아니지만 나쁜 것만도 아니다. 사람은 그저 피하여야 할 것에 전념하고 추구하여야 할 것에 전념하지 않는다면 항상 걱정이 사라지지 않을 것이다.

9월 5일 03:00에 발효된 태풍으로 인한 풍랑 주의보가 오후에 해제되었다. 내일은 울릉 경비대 지휘 요원 6명이 육지로 전출되고 6명이 새로 들어온다. 어제 저녁 해물탕 집에서 송별식을 했는데 육지로 가는 지휘 요원들이 무척이나 아쉬운 모양이다. 울고 왔다가 울고 가는 곳이 울릉도라더니……

독도 경비대장, 경북 도지사와 화상 회의

추석을 앞두고 경북 지사께서 독도 대원들을 위로하기 위해 한 화상 회의에서 독도 경비대장에게 지원 동기와 차례상 준비 과정을 묻자 이승수 독도 대장은, "경찰관으로서 이보다 더 큰 보람은 없으며 조촐하게 차례상을 준비했다."고 답변.

추석을 앞두고 고향의 아버님께서 차례 지낼 때 쓸 제문을 보내 주셨다.

'위국 헌신 경비대 본분'

그리고 "내 인생 말년에 나라의 중책을 맡아 더 이상 무엇을 바랄쏘냐. 경사로다. 대원들을 가족처럼 생각하고 사랑하며 임무에 최선을 다하고 부디 건강해 다오."라는 편지도 함께 보내셨다.

네, 아버님. 명심하겠습니다.

지금도 그렇지만 하나의 세계에만 통용되는 외국어를 가지고는 기본적으로 이름난 지식인이 되기가 힘들다.

공자는 전통과 소통하는 매뉴얼로 주례, 즉 예禮를 강조했고 반면에 많은 제후국들과 소통하는 매뉴얼로 시詩를 강조했다. 이런 이유로 자기 아들들과 제자들에게도 우선 예와 시를 학습하라고 권했다. 이 두 가지를 학습하라고 하는 이유는 이 세상의 모든 것이 예로써 이루어진다면 아무런 문제가 없다는 데 있다. 그리고 시라는 것을 통하여 풍속의 성쇠를 알 수 있게 하며, 남과 잘 어울릴 수 있게 하고 잘못을 풍자할 수 있게 하며, 가까이로는 아버지를 섬기게 하고 멀리로는 임금을 섬기게 하며, 새, 짐승과 풀, 나무의 이름도 많이 알게 해준다고 했다.

이렇듯 시는 단순히 문학의 장르만을 의미하는 것은 아니다. 시는 인간적인 감성을 불러일으키고 사람들과 원만한 관계를 갖게 해주는 것이다. 그래서 옛날 학자들은 시경詩經을 매우 중요한 학문으로 공부했다.

9월 11일
풍향 북동—동 풍속 10~14m/s 파고 2~3m 천기 흐리고 비

정보의 실패가 불러온 재앙

2001년 9월 11일은 뉴욕에 테러가 발생하여 3천여 명의 무고한 사람들이 희생되었다. 일본의 진주만 공습 당시 사망한 인원이 700여 명이었던 점에 비추어 보면 현대의 테러는 전쟁보다 참혹하다. 9·11 테러를 돌이켜 보면서 20여 년 이상 정보 업무에 종사한 사람으로서 몇 가지 안타까운 점을 지적한다.

2001년 8월 6일 조지 부시 미국 대통령의 집무실에는 PDB(President's Daily Brief), 소위 일일 중요 보고서가 배달되었다. "알 카에다 소속 테러리스트들이 비행기를 납치할 가능성이 있다."는 정보 보고서의 한 꼭지. 하지만 구체적인 내용이 입수되지 않았다고 추정된다. 왜냐하면 세부 첩보 내용이 확인되었다면 9·11테러는 발생하지 않았을 테니까. 이외에도 미국 정보기관과 연방 수사 기관의 협력 문제, 소수 언어를 등한시한 미국 정보기관의 행태 등을 지적하지 않을 수 없다.

〈007 제임스 본드〉라는 첩보 영화로 우리에게 널리 알려진 영국의 대외 정보 수집 기관 M16은 첩보원을 적지에 투입시켜 정확한

정보를 수집하고 위험을 사전에 제거한다. 007 제임스 본드와 비틀즈라는 소재로 수십 년간 마케팅을 하는 것을 보면 영국 사람들의 집요함과 전통 고수 의식은 그들만의 전유물인 듯하다. 하지만 미국과 러시아의 냉전 시대가 지나가고 디지털 시대, 인공위성 시대로 첩보 수집 양상이 컴퓨터와 첨단 기기로 바뀌면서 인간 정보는 등한시되는 경향이다. 그렇지만 모든 정보에 대한 확인은 사람이라는 것을 잊어서는 안 된다. 그리고 정확한 정보에 대한 최종 판단과 이에 따른 조치도 결국 사람이 결정한다.

'정보는 사람이다' 내가 20여 년간 정보 업무에 종사하면서 배운 결과물이다.

추석날 ^^

'위국 헌신 경비대 본분', 고향의 아버님이 써서 보내 주신 글귀를 추석 차례상 위 식당 중앙에 걸어 놓고 지휘 요원 및 대원들과 함께 차례를 지냈다. 저녁에는 예능 단체인 평양 예술단에서 추석을 맞아 울릉 경비대를 방문, 대원과 지휘 요원 및 지휘 요원 가족들과 함께 공연을 관람하였다.

공연단 중 아코디언을 연주하는 분의 실력이 매우 뛰어났다. 공연 후 대원들과 함께 저녁 식사를 했는데 북한을 탈출한 분들이 독도나 울릉 경비대에서 위문 공연을 한 것 자체가 색다르다.

그것도 추석 당일 날 위문을 해주시니 대원들이 우울하지 않은 추석을 보내게 되어 참 고마웠다. 요즈음의 신세대들은 무엇을 하는 모양이 제각각이고 개성들이 강하다는 것을 보게 된다. 앉고 서고, 먹고 말하는 가운데 그 특징들이 보인다. 한데 가면 갈수록 참 가정 교육에 문제가 있다는 것을 알게 되었다.

학교에서는 지식을 배우고 가정에서는 예의범절을 배우는 법인데 많은 부부가 맞벌이에다가 더구나 그런 것에는 관심도 없다. 있는 것은 오로지 학교의 성적이며 그 등급을 가지고 어떤 학교 무슨

과를 갈 수 있는지에만 매달리고 있는 것이 현실이다. 그러니 이를 어쩌랴!

예禮라고 하는 것은 넓은 의미로는 풍속이나 습관으로 형성된 행위 준칙, 도덕규범, 등 각종 예절을 말하는데 예의 기본적인 핵심은 죽은 자들과 산 자를 매개해 주는 특정한 의식에서 기원했다. '예禮'라는 글자 자체가 '시示'라는 글자와 '풍豊'이라는 글자로 구성되어 있다. 갑골 문자에는 '시示'라는 글자는 제사를 지낼 때 조상신의 혼령이 머문다고 생각되었던 신단神壇을 본뜬 것이고, '풍豊'이란 글자도 조상신에게 제사를 올릴 때 쓰던 그릇을 본뜬 상형 문자였다.

예부터 동양에서는 예라고 하면 일상의 예의 작법에 그치지 않고, 관혼상제의 통과 의례는 물론 집, 지역 사회, 학교, 조정 등의 장에서의 작법이나 절차도 포함된 것이었다. 말하자면 예에 어울리는 신체 행동을 규범화한 것이라고 할 수 있다. 그뿐만 아니라 이런 개인의 신체 행동을 초월해서 국가를 유지하고 운영하기 위한 시스템의 총체 또한 예의 이름으로 불렸다. 《주례》는 《의례》, 《예기》와 함께 '3례'의 하나이다. 이 고전적 예에서는 우주의 질서에서 모방하여 관료 제도나 문물 전장이 정연히 기술되어 있다. 중국은 이런 예의 유무에 의해서 문명국과 비문명국을 차별했기 때문에 이는 넓은 의미로는 문화라고 말할 수 있다.

한편 예를 뒷받침하는 것은 질서에 대한 의지로 신분이나 계급의 차이, 장유의 질서, 친족과 타인의 구별이 신체 행동을 비롯해 복장이나 일용 기구 등을 통해서 표현되어야 했다. 예를 추진한 것은 물론 유가였다. 예는 인仁·의義·예禮·지智·신信의 '오상五常'에 들어 있다. 공자는 '예를 배우지 않으면 사람으로 갈 수 없다.'고 했으니 예는 사람과 사람을 바르게 소통하게 하는 가장 중요한 키워드인 셈이다.

9월 13일
풍향 동~동남 풍속 7~10m/s 파고 0.5~1.5m 천기 구름 많음

세시봉C'est si bon이 독도 대원을 위로하다

추석 연휴 마지막 날인 오늘은 지휘 요원 가족들이 음식을 준비하고 저녁 무렵, 원로 가수 이장희 씨가 부대를 방문하여 대원들과 사랑방 좌담회를 가졌다. 본인이 작사 작곡한 〈울릉도는 나의 천국〉이라는 노래를 녹음하여 스마트폰으로 들려줬다. 노래에 담긴 메시지는 '나 죽으면 울릉도에 묻어 주오'이다. 울릉도에 단단히 반한 것 같다. 끝나고 호박 막걸리로 뒤풀이를 하고 식당 구석에 있던 기타를 잡고 경비대장인 내가 한 소절 불렀다. 〈나 그대(조국)에게 모두 드리리〉 이장희 씨가 박장대소하고 웃었다. 본인의 히트곡을 경비대장이 부르니 진짜 가수가 웃는다. 웃으니 나도 기분이 좋다. 웃음은 인간에게 가장 좋은 친구다.

인간의 수명이 100세 시대로 접어드는데, 웃는 시간은 한 달이 안 된다는 통계를 보면 그 많은 시간은 그럼 무표정이거나 슬퍼서 우는 시간인가. 그게 인간의 생이라는 프로그램이란 말인가. 지붕 끝 추녀 물은 항상 제자리에 떨어진다. 사람은 일편단심이어야 한다.

오로지 한결같이 성의를 다하고 지극하게 살다 보면 바위에 구멍

을 내듯 안 되는 일이 없다. 한 방울의 물줄기가 큰일을 하듯 사람에게는 자기의 신뢰가 있어야 한다. 그 신뢰가 자신을 감동시키고 주변 사람들을 감동시키는 것이다. 웃고 살려면 진실해야 한다. 그것이 신뢰를 만들고 신뢰가 다시 진정한 웃음을 만든다. 마치 하나가 만물이며 만물이 하나인 것처럼……

■ 세시봉C'est si bon은 샹송 제목 중의 하나이기도 하지만 '매우 좋음'이라는 뜻이다.

9월 14일
풍향 남동–남 **풍속** 7~10m/s **파고** 0.5~1.5m **천기** 구름 많음

본청 위기관리 센터 지휘부 독도 도착

서울에서 헬기로 독도에 오는 것도 쉬운 일이 아니다. 물론 배편보다 신속하긴 하지만 특히 소형 헬기는 중간에 기름 공급이 필요하고 스릴이 있을 정도로 위험 요소도 많다. 독도는 1차로 울릉 경비대의 독도 경비대가 관할하지만 2차는 경북 지방 경찰청이 맡고 최종은 본청 위기관리 센터에서 관장한다.

독도 문제가 외교 문제나 정치적으로 논란이 되어 떠오르게 되면 본청이나 지방청에서는 이를 조율하고 수습하느라 바쁘다. 우리는 현장을 지키느라 고생하지만 본청이나 지방청은 타 부처와 협의하고 사태를 다각적으로 검토하느라 여념이 없다. 모두가 쉬운 일이 하나도 없다.

■ 오늘은 KBS와 경북일보가 취재차 입도했다.

9월 15일
풍향 북-북동 풍속 9~13m/s 파고 1.5~2.5m 천기 구름많음

Wonderful Jonathan Lee!

오늘은 독도의 경력을 교대하는 날이다. 하지만 우리 일정대로
라면 오전에 독도로 들어가 보급품을 운반하고 일찌감치 근무 교대
를 했을 것이다. 하지만 50일에 한 번 있는 교대 날조차도 우리가
직접 운용하는 배가 없는 관계로 그렇게 할 수가 없다. 우리 경비대
는 평소에 군청 배를 빌려 타고 교대하다 보니 군청과 협의가 잘되
지 않으면 교대도 제대로 할 수 없다.

군청과 경북 도청에서는 세계적인 어린이 환경 운동가 조너선 리
가 오후에 독도에 들어가는 스케줄을 잡았기 때문에 아무리 우리가
애로 사항을 얘기해도 받아들이지 않는다. 때문에 우리 병력들은
오후 늦게 독도에 도착하게 되었고 저녁 늦은 시간까지 보급품을
경비대 막사로 올리느라 구슬땀을 흘렸다.

내친김에 쉬어 가랬다고 조너선 리(14세)는 한국계 미국인으로 10
세 때부터 인터넷 환경 만화를 통해 유명세를 탄 젊은이다. 미 오바
마 대통령과 미 상하 의원 34명이 후원 중이며 자신이 창설한 세계
청소년 환경 연대 회원들과 함께 독도 환경 지킴이 활동을 펼칠 예
정이다.

64

그는 세계적인 환경 운동가이고 울릉도, 독도 홍보 대사로 임명되어 독도 방문의 의미가 크다. 조녀선 리와 함께 구호를 외치니 언론에서 취재 경쟁이 시작되었다. 경비대장이 선창을 했다.

"독도는 한국 땅!"

그리고 나니 조녀선 리가 내게 물어 왔다.

"바다사자(강치)가 독도에 다시 살 수 있을까요?"

그래서 나는 이렇게 대답했다.

"신념이 강하면 이루어지겠지." 그 대답은 어쩌면 독도를 지키는

대원들과 나의 심경을 토로한 것인지도 모른다.

자연이란 살아 있는 생명들에게 편안한 휴식을 주는 곳이다. 자연이란 우리 인간에게 없어서는 안 되는 공간이다. 자연은 우리에게 휴식과 맑은 공기를 주고 우리들의 마음을 맑고 깨끗하게 해준다. 그리고 나만의 휴식을 만끽할 수도 있고 깨끗한 산소를 주며, 행복한 공간을 만들어 주는 곳이기도 하다.

우리가 자연을 깨끗하고 맑게 하려고 노력하면 할수록 나 자신에게 오는 기쁨은 두 배가 될 수도 있다. 쓰레기를 아무 곳에서나 버리고 가까운 곳도 차를 타고 다니는 그런 행동들을 하면 할수록 자연이 파괴되고 오염된다.

우리가 지키려고 노력하지 않으면 자연은 언제나 맑고 깨끗할 수가 없다. 자연에서는 모든 생명들이 자기답게 살아갈 수 있는 최상의 공간이라고도 할 수 있다. 자연이란 우리들이 살아가는 장소이고, 자연이 있기 때문에 살 수 있는 것이라고도 말할 수 있다. 그래서 모두 자연을 아끼고 보호하며 지켜야 한다는 생각들이 같으면 좋겠다. 개발도 우리에게 필요하지만 너무 지나친 것은 우리에게 해가 될 수도 있기 때문이다.

"자연은 우리가 자기답게 살아 숨 쉴 수 있는 공간이다."

9월 17일

풍향 북동-북 풍속 10~14m/s 파고 2~4m 천기 흐리고 가끔 비

검은 들고양이 '네로' 를 만나다

추석을 지낸 가족들이 모두 서울로 돌아가고 홀로 남은 주말이
되니 나도 모르게 쓸쓸함이 내 마음에 들어와 있었다. 화려한 잔치
뒤에 오는 허탈감 같은 것이다. 그때 내 앞에 나타난 것은 검은 고
양이 엄마와 새끼 고양이였다. 하지만 친해지려고 손을 내밀자 금
세 달아난다. 집 앞 숲길에 오징어와 먹다 남은 빵 부스러기를 조금
놓았다. 다음날 아침이 되어 가 보니 먹을 것이 없어졌다. 고양이가
먹은 걸까. 아님 다른 벌레가 먹었나. 조금 더 관찰해 보기로 하였
다. 울릉도의 특징 중 하나는 대부분 검은 색이다. 고양이도 새도,
해풍과 맑은 공기 위로 쏟아지는 태양 때문인가 보다.

지금까지는 모든 대원들이 내 자식 같고 모든 지휘 요원들이 내

동생 같아서 외롭다는 생각을 할 겨를도 없었다. 하지만 취임한 지 달포가 지나면서 간혹 혼자라는 생각이 들 때가 있다. 그러면 나의 사명 의식과 정신력이 약해지나 하며 스스로 자문하면서 정신을 가다듬곤 한다. 이른 아침 독도 전망대를 올라가는 것도 매일매일 새롭게 결의를 다지기 위한 자구책이다. 물론 운동도 겸하면서……

이른 아침 독도 전망대에 올라가면 동해에 떠오르는 태양도 보고 독도로 들어가기 위해 항구에 정박 중인 배도 본다. 그리고 육안으로 독도가 보이는 날은 바빠질 것이라는 예감을 한다.

가을 하늘에 한 조각 달
나그네 마음 비치네.
잠 못 이뤄 긴긴 밤 지새우는데
서늘한 바람에 피리소리 불어오네.
— 류형 장군의 시 〈가을〉

9월 18일
풍향 북동-북 풍속 12~16m/s 파고 3~5m 천기 흐리고 비

매일매일이 새로운 시작이다. 어제와 같은 날은 없다

일신우일신日新又日新.

진화론을 제기한 찰스 다윈은, "살아남는 것은 크고 강한 종種이 아니다. 변화하는 종만이 살아 남는다."고 주장하였다. 우리는 하루하루가 급격하게 변화하는 소용돌이 속에서 살고 있다. 과거의 성공이 현재의 성공, 나아가 미래의 성공을 보장해 주지 않는다. 세계 경제는 90년대 말의 고도 성장을 더 이상 향유하기 어려울 것으로 보인다. 지식 정보 혁명과 글로벌화는 무한 경쟁을 초래하고 있다. 쉽게 모방할 수 있는 제품으로는 부가 가치를 창출하기도 어려워졌다. 이제는 창의성과 상상력이 필요한 시기이며 따라서 끊임없이 변신하지 않으면 조직이든 개인이든 성장하기 어렵다. 미국의 어느 기업 회장이, "날마다 좀 더 나은 방안을 찾자Find better way every day."고 말했다고 한다. 그러나 그것도 중요하겠지만 기본에 충실하며 나의 안을 들여다보고 알아차리는 것이 더 중요하리라.

오늘도 일본 순시선이 독도 인근에 출현 후 소실消失되었다.
금년 들어 지금까지 총 67회이다. 월평균 약 8~9회, 주 평균 2

회. 나는 독도를 지키는 우리 지휘 요원과 대원들에게 말한다. 반복되는 행위는 우리의 집중력과 대응 자세를 이완시키거나 저하시킨다. 검은 고양이 네로도 내가 매일 조금씩 먹을 것을 일정한 곳에 둔다면 얼마 지나지 않아 나에 대한 경계심을 풀게 될 것이다. 인간도 마찬가지이다. 이것을 극복하기 위해서는 정신 자세가 중요하며 중복 체크도 중요하다. 그래서 독도를 지키는 우리 경비대뿐 아니라 해경과 해군, 공군 모두가 이 문제를 공유하고 있다. 늘 돌발 사태가 오늘 벌어질 것이라는 예단 하에 우리는 움직이고 대응해야 한다.

풍향 북동–북 **풍속** 12~16m/s **파고** 3~4m **천기** 흐리고 비

동해상 기상 악화로 모든 선박 결항

파고 3~4미터, 북동풍, 강풍 주의보 발령. 추석을 쇠러 육지에 나간 울릉 군민들이 발이 묶여 들어오지 못하고 있다. 육지에서 추석을 보낸 공무원들도 마찬가지이다. 울릉도 전체가 썰렁하다. 도동항 부근 민가에서는 이웃들이 모여 노래방 기계를 틀어 놓고 흥을 돋우는 소리가 들린다.

배도 안 뜨고 기상이 악화되면 오히려 독도나 울릉도 상황은 조용하다. 세상이 조용해지면 반면에 지휘관의 마음은 심란해진다. 나도 독도를 잘 지키려면 경비대의 위상과 업무를 한 단계 끌어올려야 하고 대원들이나 지휘 요원들의 사기도 높여야 하는데 이 궁리 저 궁리 하며 홀로 생각해 본다.

충무공께서도 임진왜란 중의《난중일기》에 이렇게 기록하셨다.

1593년 7월 1일(선조 26년). 인종仁宗의 제삿날이다. 밤기운이 몹시 서늘하여 잠을 이루지 못했다. 나라를 걱정하는 마음이 조금도 놓이지 않아 홀로 뜸 밑에 앉아 있으니, 온갖 생각이 다 일어난다.

1593년 7월 2일. 날이 늦어서야 우수사(이억기)가 내 배로 와서 함

께 선전관 류형과 식사를 하였다. 점심을 먹은 뒤 헤어져 돌아갔다. 해질 무렵에 김득룡이 와서 진주가 불리하다고 전했다. 놀라움과 걱정스러움을 이길 길이 없다.

© 김상만

9월 21일
풍향 북동—동 풍속 10~16m/s 파고 2~4m 천기 흐림

사격술 훈련을 통하여 대원들의 사기를 높이다

오늘은 지휘 요원 및 대원들과 해군 사격장을 빌려서 사격 훈련을 하는 날이다. 배는 군청 배를 빌려 타고 독도 경비를 들어가야 하고 사격장은 해군 부대 사격장을 빌려야 하고 독도에 유류는 해경청에 요청을 해야 하고 위급 환자 발생 시에는 소방청이나 경북 지방 경찰청에 헬기를 요청해야 한다. 어찌 보면 독도와 울릉 경비대는 강인한 정신력과 튼튼한 몸밖에 없는 듯하다. 가장 중요한 재산이긴 하지만. 사격장에서 대원들과 기분 좋게 사격을 하고 나니 목표물에 적중률이 높았다. 지휘관인 내가 제대로 쏘니 대원들의 사기가 드높다. 만일 전투가 벌어지면 내가 너희들을 보호해 주는 저격수로서의 역할을 하리라 다짐해 본다.

사격 훈련이 끝나고 준비해 간 김밥으로 점심을 먹었다. 잠시라도 소풍을 나온 기분이다. 식사가 끝난 후 대원들과 어깨를 나란히 하고 사진도 몇 장 찍었다. 탄피를 모두 수거하고 안전하게 귀대하니 기분이 매우 좋아졌다.

울릉도 해안 초소에서 임전 태세 훈련을 하다

울릉도와 독도를 지키는 우리 대원들은 독도에서뿐만 아니라 울릉도 해안 초소에서 간첩선이나 무장간첩 침투를 대비하여 야간 침투 방어 및 섬멸 훈련을 실시한다. 22:00가 되어 훈련이 진행되고 훈련이 진행되는 곳에 대장이 임장臨場하여 훈련 과정을 지켜보고 현장에서 평가를 실시한다.

우리 대원들은 비교적 키가 작은 대원이 많고 바닷가 군인들이 그렇듯이 피부색도 거무튀튀하여 일반 군인들보다 신체가 작아 보여 은근히 걱정이었으나 이날 임전 태세 훈련을 지켜보고 훈련에 참여하면서 그런 걱정을 말끔하게 씻었다.

정말 검은 고양이처럼 날래고 씩씩하고 민첩했다. 아~ 자랑스럽고 믿음직한 우리 대원들, 너무 고맙고 훌륭하다. 너희들이 있으니 무슨 걱정이랴. ^^

행복한 밤이다.

울릉도 해안 초소 일제 점검

우리가 관할하는 경비 구역은 비단 독도뿐만이 아니다. 훨씬 더 규모가 큰 울릉도 전체를 수호하는 것이다. 흔히 울릉 경비대는 울릉도만 지킨다거나 또는 독도만 지킨다고 잘못 이해하는 분도 상당수 있다. 분명히 말하지만 독도와 울릉도는 울릉 경비대가 지킨다. 문제는 독도에 관한 국민적 관심과 정부의 노력이 집중되고 있는 반면 울릉도 해안 초소는 30여 년이 지나도록 관심 밖이어서 근무 환경이 다소 열악하고 노후화 되어 있다.

이를 개선하고 시정하기 위해 오늘은 모든 초소를 점검했다. 육안으로 확인하고 사진도 찍고 지방청에 관련 내용을 건의했다. 마침 경북청 경비 교통 과장께서도 울릉도 해안 초소의 열악함을 잘 알고 예산 확보에 나섰다. 다행스러운 일이다. '내수전 초소'는 강호동이 주도하는 〈1박 2일〉 팀의 촬영 장소로도 활용되었다.

9월 25일
풍향 남동–남 풍속 7~11m/s 파고 0.5~1.5m 천기 구름 조금

어머님 생신

휴가 나간 대원이 하루가 지나도 귀대하지 않고 있다. 미 귀대 보고 전에 모든 지휘 요원과 대원들을 동원해 귀대 작업을 실시하였다. 물론 가족들에게도 연락하였다. 애기인즉 군에 오기 전에 사귀던 애인이 있었는데 입대하고 약 5개월 뒤에 출산을 한 것이었다. 21세의 어린 부인은 불과 두 달밖에 남지 않은 남편 대원의 제대를 앞두고 있음에도 헤어지는 것이 못내 아쉬워 포항까지 와서 귀대하지 말라고 붙잡았다.

그리고 이틀이 지난 월요일 저녁에 귀대한 것이다. 대원과 면담을 하면서 참으로 마음이 쓸쓸하고 안타까웠다. 하지만 규율대로 처리하지 않으면 부대 근무 기강이 무너질 수 있다. 징계 위원회로부터 보고가 들어왔다. 영창 15일……. 경비대 연병장에서는 대원들의 훈련 함성이 들려온다.

오늘은 음력 8월 28일, 양력으로는 9월 25일, 어머님 생신이다. 우리 5남매를 키우시느라 오랫동안 음식점을 운영하시며 사셨다. 10년 전 내가 경감으로 승진하여 고향인 충남 연기 경찰서(당시는 조

치원 경찰서) 정보 보안 과장으로 근무할 당시 서울에서 50여 년을 사시던 부모님을 시골집으로 모셨다. 시골집은 할아버지 할머니께서 사시던 집으로 비록 낡았지만 동남향의 터가 좋은 곳에 자리 잡고 있었고 무엇보다도 부모님 어릴 적 친구 분들과 친척이 생존해 계셔 말동무가 있기 때문에 안심이 되었다. 특히 쉬지 않고 일하신 탓에 어머님께서 잘 걷지도 못하실 정도로 무릎과 허리가 고장이 나 있다. 아버님과 결혼해서 시골에서 수년간 사시던 중 아버님 직장을 따라 서울로 상경하여 오랫동안 고생하셨다.

그리고 늙고 병들어 다시 고향으로 온 것이다. 이제는 부모님 모두 여든이 넘으시고 아버님은 농사를 하시다가도 면 소재지에서 서예도 가르치고 게이트볼도 치시며 활달하신 삶을 살고 계시지만 어머님은 거동이 불편하여 매일 병원에 가는 것이 일상 중 하나요, 집 앞 마을 회관에 가시는 것이 유일한 낙이다.

아버님과 어머님, 늙으신 부모님을 뒤로 하고 이렇게 멀리 울릉도, 독도에 와서 근무하게 됨을 죄송스럽게 생각합니다. 부디 제가 돌아갈 때까지 건강하게 살아 계셔야 합니다.

어머님 생신을 맞아 집사람과 아이들 편에 내가 울릉도와 독도에서 근무하는 모습을 담은 사진을 몇 장 보내 드렸는데 후에 얘기를 들으니 그렇게 좋아하셨다고 한다. 대한민국 부모들은 다 그런가 보다. 자식이 열심히 잘하고 주위에서 칭송을 들으면 그것보다 더 큰 행복은 없다고 생각한다.

충경공 류형 장군이 24세 때 어머니가 세상을 떠나셨다. 그런데

78

어머님이 운명을 앞두고, "꿩고기를 먹고 싶구나." 하였는데 한밤중이라 당장 구해 올릴 수 없었다. 장군 할아버지는 어머니의 마지막 부탁을 들어주지 못한 것이 한이 되어 평생 꿩고기는 입에 대지 않으셨다. 충무공 이순신도 효자 중에 효자이셨다. '충신을 구하려거든 효자 가문에서 구하라' 는 말은 오랜 전통이다. 하지만 나는 선조들처럼 효성도 정성도 부족하다.

1박 2일의 독도 체험 근무

울릉 경비대에서 근무하는 대원들 대부분은 독도에서 교대로 근무를 하지만 본부에서 근무하는 대원들은 행정 업무만 하고 독도에 들어갈 기회가 거의 없다. 따라서 울릉 경비대에 근무하면서 독도 관련 업무를 2년 가까이 취급하고도 그런 기회를 갖지 못한 대원 중 제대가 임박한 대원들부터 독도에서 1박 2일간의 체험 근무를 시작하였다. 이는 대원들의 사기 진작과 제대 후 독도에 대한 사랑, 그리고 경비대에서 근무했다는 자부심 등 많은 것을 얻을 수 있는 기회라고 생각한다. 대원들의 반응은 아주 좋았다.

남녀노소를 불문하고 의식이 생성되고 고정관념으로 굳어지는 사춘기와 청년기의 잘못된 가치관은 너 나 할것 없이 누구에게나 절대적 가치로 스며들게 된다. 누구나 인간으로 태어난 것은 특별한 의미가 있을 터인데 오로지 생각하고 의미하는 모든 이유가 돈을 많이 버는 것으로 연결된다. 그 외의 삶은 아무런 가치와 의미도 없어져 버렸다. 모든 이들의 삶은 물질에 종속되어 그의 노예로 평생을 사는 것에 길들여졌다.

바보들은 삶에 있어서 모든 것의 가격만 알고 가치價値는 모르고 있다. 과연 우리 삶의 가치와 의미가 이 보잘것없는 물질에 지배당하며 문제의식 없는 무의식으로 평생을 산다. 진실을 보며 본질에 접근하려는 철학을 너무도 등한시하고 있음이다. 우리는 모두 삶의 본질에 대해서 무겁게 자신을 찾아야한다.

삶의 진실은, 우리가 그것에 부여하는 의미 말고는 어떤 것에도 의미가 없다는 것이다. 많은 사람들이 이 진실을 받아들이기 어려워하지만, 그럼에도 그 삶의 모든 것과 관련하여 자신의 결정으로 자신을 규정할 수 있어야 한다.

인간은 이 세상에 행복하기 위해 태어났다. 한데 사람들은 행복하지 않다. 바보들의 세상에서는 대부분이 가치라는 것을 모른 채 미쳐서 살고 정신이 들 때쯤 죽는다. 인간이 가진 외적인 조건보다는 내적인 감정에서 나온다는 것을 잊어버리고 산다.

9월 27일
풍향 북동—동 풍속 7~11m/s 파고 0.5~1.5m 천기 구름 조금

금연 특강을 하다

울릉도에는 대학도 없고 고등학교도 울릉고등학교 단 하나밖에 없다. 얼마 전에 이 학교에서 강의 요청이 있어 강의를 했다. 강사 소개 직후 나는 노래부터 한곡 불렀다. 이태리 민요 〈연가〉인데, "비바람이 치던 바다 잔잔해져 오면 오늘 그대 오시려나~ 저 바다 건너서……" 신나게 불렀다.

아이들과 선생님들이 조금 놀라는 눈치다. 경비대장이라는 사람이 근엄한 모습에 권위적인 이미지일 것이라는 선입견과는 전혀 딴판이기 때문일 것이다. 학생들에게 '잠자는 내 안의 거인을 깨워라'라는 주제를 갖고 꿈을 갖고 정진해야 하는 이유, 독도 경비대 울릉경비대에 울릉군 출신이 한 사람도 없어 아쉽다는 점, 울릉군 주민들을 위시해서 학생들이 금연 운동을 해야 한다는 것 등을 강조하고 마지막으로 〈나 그대(조국)에게 모두 드리리〉라는 노래를 부르며 강의를 마쳤다.

울릉도에 사는 주민들은 아이들이 고등학교를 졸업하면 모두 육지로 보낸다. 가장 큰 이유는 대학 진학을 시키기 위해서이고 벌어 먹어도 육지에 가서 해야 한다는 고정관념에 사로잡혀 있기 때문이

다. 그래서 울릉도에는 해양 전문대학 등 지역 실정에 맞는 특성화 대학의 설립이 무엇보다 시급하다. 육지에 가서 공부하고 자리를 잡은 자식들 덕분인지 겨울철이 되면 울릉 군민들은 많은 사람들이 배를 타고 육지 자식들의 집에서 쉬었다가 봄이 되면 다시 울릉도로 귀향하는 생활을 반복하고 있다. 울릉도의 겨울은 눈이 너무 많이 오고 특별한 소일거리가 없기 때문이다. 울릉도에서의 눈은 낭만이 아니다. 우리 경비 대원들이나 군인들이 가장 싫어하는 게 눈이라고 할 정도이니 사람은 이렇게 환경에 따라 소견이 틀리다. 바꿀 수 없다면 즐기는 것이 최선의 일이다.

국회 국정 감사에서 독도 문제 이슈화

國민의 대표 기구인 국회에서 독도에 관한 다양한 문제 제기가 이루어졌다. 그중에서도 독도 대원들이 갑자기 아플 때 이용하는 경찰병원과의 화상 진료 시스템 점검 차 일부 국회의원들이 경찰병원을 방문한 것이다. 이 때문에 경찰병원 관계자들이 독도를 방문하고 시스템을 점검하는 등 분주한 시간을 보냈다.

경비대장에 취임한 지 2개월이 다 되어 가는 오늘 드디어 경비대 발전 방안의 초고가 완성 되었다. 우리 경비대의 명칭에서부터 대원들의 사기 진작과 독도를 한 치의 오차도 없이 수호할 수 있는 제도적 시스템, 열악한 근무 환경과 전 의경 생활 문화 개선에 이르기까지 다양한 안이 대안으로 제시되었다. 특히 호칭 문제는 울릉 경비대와 독도 경비대가 하나의 부대라는 사실을 부각시키고 싶다.

평소 대원들은 울릉 경비대에서 근무 및 교육 훈련, 독도 우발 사태 대비 등의 훈련을 하고 일정에 따라 독도에 입도하여 2개월간의 임무를 수행한다. 하지만 상당수 국민들은 울릉 경비대와 독도 경비대는 서로 다른 부대라는 인식을 갖고 있다.

지휘 요원과 대원들, 그리고 독도에 관심이 있는 일부 국민들에게 자문을 받은 결과 울릉 경비대의 명칭을 독도 광역 경비대, 독도 이사부 경비대, 독도 울릉 경비대, 독도 국민 경비대 등으로 하자는 아이디어가 나왔다. 상급 기관과 의논해야겠다.

■ 내일신문 촬영 팀 독도 입도.

나와 생사를 같이 할 독도 경비 대원을
내 손으로 뽑다

지금까지 독도 대원들은 전경으로서 군 기본 훈련을 마친 자 중에서 선발해 왔다. 다시 말하면 본의 아니게 독도에서 근무를 하게 된 것이다. 하지만 9월부터 제도를 바꾸어 원하는 사람에게 기회를 주기로 했다. 이른바 독도 의경 지원 제도인 것이다. 오늘은 20명 모집에 105명이 지원한 젊은이 중 1차로 20명을 선발하는 최종 면접 날이다.

지원자 모두 눈빛이 초롱초롱하고 의지와 정열이 넘친다. 정말 대한민국 젊은이들은 살아 있다. 그래서 대한민국의 미래는 밝다. 객관적이고 기본적인 기준도 있지만 오늘 나는 누구에게 최고 점수를 주게 될까. 정말 필요한 대원은 누구일까. 여러분이 지휘관이라면 누구에게 후한 점수를 줄까?

반대로 생각해 보았다. 내가 지금 여기에 지원해서 선택을 받아야 한다면 나는 어떤 모습일까? 하나의 과일도 그냥 익는 법이 없다. 그 안에 천둥 몇 개, 벼락 몇 개와 더운 여름의 햇빛을 견뎌 낸 인고의 세월이 있었을 것이다. 그러고 보니 어머님의 말씀이 떠오른다. 벼가 익으려면 삼복三伏을 견뎌야 하는 데, 한 번의 복伏에 한

마디씩 키가 커 마침내 벼가 패 이삭이 나오려고 대가 불룩해진 배
동바지를 볼 수 있다는 것이다.

지원자 중에는 장래 경찰관이 꿈인 지원자, 체력이 좋은 사람, 대
형 운전면허 소지자, 전기 기사 자격증 소지자, 유수한 명문 대학
재학생, 의경 생활 중 지원한 자, 국가관과 사명감이 투철한 자, 외
국어를 잘하는 자 등 모두 A등급이고 필요한 인재이지만 면접관 4
명(민간인 2명, 경찰관 2명) 중 나는 요리사 자격증이 있고 요리를 잘하
는 지원자에게 후한 점수를 주었다.

왜냐하면 대원들과 지휘 요원들에게 맛있는 음식을 제공하는 것
이야말로 가장 중요한 일 중 하나라고 생각했고 현장에서 체험했기
때문이다. 전쟁 중에 중요한 것 중 하나는 잘 싸우기 위해 군사를
잘 먹이는 일이다.

독도 의병대의 짜장면 솜씨

오늘은 독도 의병대에서 독도에 입도, 짜장면과 탕수육을 만들어 제공하여 대원들이 모처럼 맛있는 식사를 하고 사기가 높다. 바쁜 일상 중에서도 시간을 내어 대원들에게 음식 제공을 봉사하는 그분들에게 너무나 감사하다. 해방 이후 한국 전쟁(6·25 전쟁)을 틈타 일본은 독도에 대한 야욕을 행동으로 옮기며 독도를 무단 침입해 들어왔다. 전쟁 중이라 정부는 독도까지 신경 쓸 겨를도 없는 그때 분연히 일어선 사람이 바로 제2의 안용복이라 할 수 있는 홍순칠 대장이었다.

김교식 씨가 쓴 실화 소설 《아, 독도 수비대》를 보면 당시 상황들을 보다 리얼하게 그리고 있기도 하지만 실제로 전쟁에 참여하여 부상을 당한 후 고향에 돌아와 보니 울릉도의 문전옥답이라 할 수 있는 독도를 일본인들이 농단하고 있음에 의분을 감추지 못해 마침내 1953년 4월 20일 독도 의용 수비대를 창설했다.

그의 나이가 25세 때라고 한다. 홍 대장의 활약으로 그 혼란기에 독도에 대한 실효적 지배를 이루어낼 수 있었고 무인도로 계속 남아 더욱 영토 분쟁의 소용돌이에 휘말릴 수 있는 상황을 극복한 위업을 남겼다.

오늘은 독도 의경 지원자들의 최종 합격자가 발표되는 날이다. 1차로 20명을 선발하고 또한 나도 최종 면접에 참가했으니 어떤 지원자가 합격해서 오게 될까 벌써부터 궁금하다. 5.3대 1의 치열한 경쟁률을 뚫고 오는 대원들이고 본인이 지원 의사를 밝혔기 때문에 긍정적인 사고방식의 소유자일 것으로 확신하고 잘할 것으로 보인다. 선발된 대원들을 어서 빨리 보고 싶다.

10월 5일

풍향 남–남서 풍속 7~11m/s 파고 0.5~1.5m 천기 구름 많음

독도에 거주하는 대한민국 국민 김성도 씨 내외

오늘은 경비대장에 부임하여 세 번째로 독도의 근무 상태를 확인하고 대원들을 격려하는 날이다. 피자를 사 가려 했지만 마침 독도를 위문하려는 한국 유치원 총연합회에서 피자 20판과 음료수를 준비해서 함께 동행하였다. 독도 접안지에서 유치원생들이 그린 그림과 글씨를 받고 기념 촬영도 했다. 한경자 회장은 학생들과 동행

한 선생님, 부모님들과 함께 '독도는 우리 땅'이라는 인식을 심어주기 위해 목청을 높인다. 정신력과 국가관이 뛰어나고 대단하다.

일본은 왜곡된 교과서를 확대 보급하면서 학생들에게 독도가 일본 땅이라는 잘못된 교육을 시키고 있다. 장차 우리의 어린이들이 청년층이 되고 기성세대가 되었을 때 그들과 당당하게 맞서게 하기 위해서는 교육이 참 중요하다. 교육은 백년대계라 하지 않았던가…….

오늘은 마침 독도의 두 개의 섬 중 하나인 서도西島의 유일한 주민 김성도 씨를 만났다. 금년 67세, 부인은 연상인 70세로 제주 해녀 출신인데, 자주 아파서 병원 다니느라 바쁘단다. 우리가 독도에 관한 실효적 지배를 대외적으로 얘기할 때 우리 경비대 근무자와 주민 거주가 상징적인 존재이다. 이외에 많은 사람들이 오가기는 하지만…….

10월 6일
풍향 서-북서 풍속 10~14m/s 파고 1~3m 천기 구름 조금

자연과 함께 산다는 것은

경비대에서 성인봉을 오르기 위해 사동에서 200여 미터 오르다 보면 길목에 홀로 사는 80대의 공 여사님이 살고 계시다. 남편은 경찰관을 하다가 통신 회사로 옮겨 다니다 약 6년 전에 사별하고 더덕 농사를 짓고 살아가고 있으며, 태하에서 모노레일을 타고 향목 전망대로 가다 보면 80대 중반의 김두경, 최필남 노부부가 주로 나물과 약초를 재배해서 생계를 유지하는데 TV〈인간 극장〉에 출연한 덕분에 간혹 관광객들이 들러 나물도 사 가고 함께 사진도 찍는다고 한다. 죽도에 홀로 살면서 더덕 농사를 짓고 있는 김유곤 씨는 노총각으로 아직 짝을 찾지 못하고 있으며, 천부 옆 죽암에는 그림 같은 집을 짓고 산속에서 전 조합장님이신 이 선생님 내외분이 살고 있다. 이렇게 이곳저곳에서 삶을 살아가지만 역시 사람이 문제이다.

자연과 더불어 잘 살고 있지만 외로운 것은 어찌하나. 나도 울릉도 이곳저곳을 보며 이곳 주민이 되어 가고 있는 느낌이다. 오늘밤은 양치기 소년이 되어 하늘에 가득한 별들을 세어 본다.

독도 격려 방문
(외교 안보 연구원 교육 과정 최종헌 경무관 등 30명)

오늘은 감자탕 판매 업체에서도 위문을 왔다. 독도를 위문하는 분들의 90%는 대원들의 먹거리를 제공하는 게 대부분이다. 그 외 생활필수품이나 운동 기구 등이 주류를 이룬다. 심지어 짜장면을 만들어 주는 분들도 계시고 도시락을 싸 와서 함께 먹는 단체도 있다. 모두 든든한 후원자들이다.

오늘은 발전기 2호기가 수리 중이지만 그 외의 것들은 양호하다. 독도를 지키는 노하우는 가장 먼저 대원들의 사명 의식, 그리고 각종 시설물과 통신 장비의 원활한 운영이다. 따라서 기본적으로 레이더는 물론 열 감지기, CCTV, 에어컨, 삭도, 유류에서 태양광 발전기, 조수기 등에 이르기까지 온갖 장비의 점검과 고장 시 신속한 수리가 핵심이다. 긴급을 요하는 작전이 벌어질 때 이런 장비들에 작전의 성패가 달려있다. 항상 점검하고 준비하는 자세를 지휘관들에게 요구하는 이유이다.

벌써 올해 들어 일본 순시선이 독도 근해에 나타났다가 소실된 것은 총 71회나 된다.

10월 8일
풍향 남동~남 풍속 7~11m/s 파고 0.5~1.5m 천기 맑음

고흐를 찾아 떠나는 가을 스케치

土요일 아침부터 간단히 먹거리를 직접 준비한다. 계란 여섯 개를 삶고 사과 하나를 씻어서 먹을 물과 호박엿 몇 개를 준비했다. 오늘은 독도를 지원한 의경이 새로 전입을 왔기 때문에 함께 984미터의 성인봉을 오르는 날이다. 신임 대원이 오면 제일 먼저 신고를 받은 후 티타임 시간을 갖고 곧바로 대장이 PPT를 이용해 부대 소개를 하는 것이 전입 대원들에 대한 부대 적응 과정이다. 다음날은 경비대장과 울릉도에서 가장 높은 산을 등반하면서 약 4시간 동안 이런저런 얘기를 나누며 한 가족이 된다. 정상에 오르면 대원들이 부모님과 통화하고 대장과 3자 통화하여 안심시킨 후 하산한다.

산에 오르다 보니 일반 관광객들이 독도를 지키는 의경임을 알아보고 격려하고 먹을 것도 나눠준다. 덕분에 배고프지 않게 산에 다녀왔다. 오후에는 지휘 요원 가족들이 그린 그림을 관람하고 격려해 주기 위해 울릉 문화원을 찾았다. 행사 주제는 '고흐를 찾아 떠나는 가을 스케치'였다. 지휘 요원 부인들은 여러 작품을 내놓았는데 그중에서도 특히 독도를 지키는 삽살개와 독도를 그린 그림이 마음에 와 닿았다. 남편들은 독도에 가 있고 부인들은 독도를 그린

다. 너무나 드라마틱하다. 가슴이 짠하다.

　미술에서의 자연주의는 대상의 양식화와 표현의 관념화를 거부하고 관찰한 그대로를 충실하게 재현하려는 태도라고 생각한다. 그리는 사람이 대상으로 삼는 자연 그 자체가 존재의 가치가 있는 것이기에 자연의 재현 역시 가치가 있을 것이다. 서정적이고 청신한 풍경이면 그만이지, 여기에 더 이상의 의미가 왜 필요하랴. 그저 있는 그대로 그리고 있는 그대로를 느낄 수 있다면 이것이 바로 자연 그대로일 것이다.

울릉도 지형 정찰

일요일 오후, 운전 요원은 시내로 외출을 가고 없었다. 하지만 이곳의 경비를 책임지고 있는 지휘관으로서 관내 지리도 익힐겸 지형 정찰을 해야 한다. 간편한 옷차림으로 배낭 하나를 메고 물과 호박엿 몇 개를 갖고 버스에 올랐다. 우리 부대가 있는 사동에서 버스로 1시간 20분가량 가면 천부 정류장이다. 천부는 과거에 일본인들이 무단 입도하여 나무를 베어 가던 곳이고 천부天府라는 지명은 나무를 벤 자리에서만 하늘이 보일 정도로 울창하다 하여 그렇게 지었다고 한다. 천부에서 다시 마이크로버스를 타고 석포를 거쳐 내수전 입구로 가면 울릉 둘레 길이 나온다.

울릉도 일주 도로가 완성되지 않아 섬목에서 내수전까지는 배로 건너거나 이렇게 둘레 길로 가야만 내수전을 통하여 저동과 도동항에 갈 수 있다. 둘레 길 입구에서 지인의 소개로 과거 농협 조합장을 하던 분을 우연히 만났다. 숲속에 그림 같은 집을 짓고 더덕, 도라지, 밤, 헛개나무, 꿀 등을 재배하며 부부가 살고 있었다. 따뜻한 꿀 차와 얘기에 빠져 두어 시간 시간이 흘러 바삐 인사를 드리고 둘레 길로 넘어오는데 6시도 안 되어 어두워지기 시작했다.

둘레 길은 1시간 30분 정도 소요되는 약 4킬로미터로서 원시림의 깊은 산속을 조심조심 홀로 걷노라니 적막감이 몰려오고 저녁이 되니 기온이 급격히 하강했다. 더 늦기 전에 내수전 전망대 입구에 도달하여 지휘 차를 오라고 했다. 10여 분 후 차를 타고 나니 피곤함이 몰려왔다. 그런데 운전대원이, "이렇게 어두운데 앞으로 혼자 다니시지 마세요."라고 말했다. 그 한마디가 따뜻하게 가슴을 적신다. 나도 대원의 어깨를 두드려 주며 고맙다고 말했다. 이런 것들이 마음을 움직이는 진정한 소통일 것이다.

■ 일본 순시선 72번째 출현 후 소실.

독도 NGO 포럼

독도 NGO 포럼 회원 3백여 명이 오늘 저녁 울릉도 울릉 군민회 관에서 독도 시 낭송과 국악 공연을 가졌다.

그리고 독도로 들어가 독도 수호 결의 대회와 함께 촛대바위 앞 동해상에 가로 7미터, 세로 5미터의 대형 태극기를 펼치는 퍼포먼 스도 있었다. 독도 NGO 포럼은 '독도를 사랑하는 모임'과 '한국 수중 환경 협회' 등 독도 관련 23개 단체로 구성돼 있다.

독도 사랑회, 독도 사수회, 독도 연합회, 독도 탐방회 이외에도 독도와 관련한 기관, 사회단체를 총망라하면 수백 개의 단체가 활 동 중이다. 하지만 일부 단체는 독도를 사랑하고 수호한다고 하면 서 실제 행동은 이익 단체처럼 행동하는 모습도 보인다. 그래서 독 도가 몸살을 앓고 독도를 지키는 대원들에게 마음의 상처를 줄 때 도 있다. 부모가 자식을 사랑할 때도 상황에 따라 모두 다르지 않은 가. 조용히 지켜봐 주면 좋을 자식이 있고 적극적으로 나서야 할 때 가 있다. 때론 회초리를 들어야 할 때가 있고 눈물을 닦아 줘야 할 때도 있다. 독도도 말은 안 하고 있지만 느끼고 있을 것이다. 어떤 것이 진정한 사랑인지를……

10월 11일
풍향 동-남동 **풍속** 8~12m/s **파고** 1~2m **천기** 구름 많음

울릉도 경로잔치에 대원들과 함께 봉사 활동

기독교 대한 감리회 경찰 위원회 소속 목사님들이 독도를 위문하기 위해 오셨다. 목사님들의 기도 덕분인지 파도가 잔잔하다. 독도에서 '영토 수호를 위한 구국 기도회'를 개최하고 나면 우리가 임무 수행하는 데 더욱 정성을 다하게 될 것이라 믿는다. 올바른 생각이 모든 것의 바탕이 되고 그 위에서 운명이 결정된다.

오늘은 울릉군청 주최로 한마음 회관에서 경로 행사를 하는데 대원 10여 명과 함께 봉사 활동을 갔다. 독도를 잘 지키는 것은 독도에서 경비만 잘한다고 되는 것이 아니다. 독도의 젖줄 역할을 하고 있는 울릉도 주민들이 한결같이 독도를 생각하고 우리 대원들을 염려할 때 가능하다고 확신한다. 일손을 돕고 있는 여성 단체 어머니들에게 인사를 한 후 추후 경비대에 오셔서 우리 대원들을 격려하는 자리를 만들자고 제안하자 흔쾌히 좋다 하신다.

저녁 TV 뉴스 시간에 울릉도 통구미 앞바다에 2005년 이후 6년 만에 11분간의 용오름 현상이 발생하여 떠들썩하다. 국운이 상승하

던 88올림픽 때에는 용오름 현상이 두 번이나 나타났고 2003년 태풍 매미 때에는 용오름 현상이 나타난 바 있으나 해안 초소에서 근무를 서던 경비 대원 3명이 순직하는 사건이 발생하기도 했다. 다시는 대원들의 소중한 목숨을 잃는 경우가 없도록 안전을 챙기고 교육도 더욱 강화해야겠다.

© 김상민

10월 12일
풍향 남-남서 **풍속** 7~11m/s **파고** 0.5~1.5m **천기** 구름 많음

죽도의 홀로 아리랑

독도 상황이 종료되고 울릉도 초소 점검차 나섰다가 점심 무렵 조각 공원 예림원에 들렀다. 주인은 해양 경찰을 20년 하다가 퇴직한 50대 초반의 박경원 씨인데 평소 나무나 조각에 관심이 많아 약 7년간 준비하여 아름다운 공원을 조성했다. 많은 관광객의 발길이 끊이지 않는 것을 보니 나름 성공했다. 이렇게 아름다운 공원을 조성하는 데 얼마나 열과 정성을 다했을까를 생각하니 그 수고로움에 고개가 숙여진다.

제주도에 비하면 제대로 조성된 관광지는 미약하다. 다만 제주도와 다른 것은 천연 자연이 그대로 보존되고 있는 점이 울릉도의 비전이고 특징이라 할 수 있다. 오후에는 울릉도에서 배를 타고 15분 정도 가면 도착하는 죽도 섬을 정찰하기로 했다. 배를 타니 선장님이 선장실로 안내를 한다. 대체로 연륜이 있으신 분들은 경찰이나 군의 수고로움을 기본적으로 잘 알아서인지 격려와 대접이 후한 편이다.

죽도의 면적은 약 6만 평 정도 되는데 그중 약 2만 평을 임대하여 42세 된 김유곤 씨 1세대가 더덕 농장을 경영하면서 살고 있다. 아

직 총각이란다. 섬은 아름답지만 혼자 살려면 외로울 텐데 울릉도 처녀들은 다 어데 가고 결혼을 안 하고 있을까. 처음 만났지만 상술도 성품도 그만하면 보통은 넘는데 아쉽다.

울릉도에서 죽도를 바라보는 것과 죽도에서 울릉도를 바라보는 것은 또 다른 느낌이다. 간혹 사람도 상대방의 눈을 통하여 나를 바라보면 또 다른 나를 발견하듯이 세상의 이치가 모두 그러하다.

■ 일본 순시선 73회째 출현. 06:45~10:25.

■ 국립 환경 과학원 일행이 기후 변화에 따른 독도 생태계 변화 관찰을 위해 독도에 입도.

마음에게 마음을 전하다

제대를 불과 2개월 앞두고 휴가를 갔다가 미 귀대한 대원이 15일간의 영창 생활을 마치고 결국 본인이 희망하고 거주하는 경기도로 전출을 갔다. 요즘은 21개월간의 복무 기간으로 예전보다 많이 짧아졌으나 사고를 치면 타 부대로 보내는 것이 제도로 정착되어 있어 불가피하게 보낼 수밖에 없었다. 하지만 울진의 타 부대에서 사고를 친 대원 한 사람을 우리 부대에서 받아 적응시켜 보기로 하였다. 새로 전입해 온 대원을 만나 보니 아직은 일경이어서 고참은 아니었으나 한 달 후에는 상경으로 승진할 예정이기 때문에 중고참 정도의 서열을 갖고 있다. 많이 긴장해 있어서 차를 한 잔 하며 마음을 달래 주고 격려하면서 남은 기간 동안의 생활을 올바로 할 수 있도록 배려하고 솔선수범하는 자세를 가질 것을 당부하자 조금 안심하는 태도이다.

지휘 요원에게 각별히 신경 쓰고 기존 대원들이 따돌림 하지 않도록 특별히 당부를 하였다. 부모나 가족과 멀리 덜어져 생활하기 때문에 나름 애로 사항이 있을 수 있다. 서로 소통하면서 공감하는 것이 최선이다.

- 국토 해양부에서 독도 지반 환경 모니터링 연구 사업차 독도에 입도.

- CBS 라디오 〈등대지기〉 취재차 입도.

- 기상청에서 독도 기후 변화 감시 및 무인 관측소 구조 변경 공사차 현장 답사.

- 경북대 울릉도 독도 연구소에서 독도 식물상 분포 조사차 입도.

풍향 북동~동 풍속 9~13m/s 파고 1.5~2.5m 천기 흐리고 비

독도의 미래를 책임지는 것은 교육과 홍보

오늘은 김상곤 경기도 교육감 일행이 경비대를 방문하였다. 브리핑이 끝나고 일행들과 차를 나누면서 먼 훗날을 바라보면 우리의 국토를 잘 수호하는 길은 결국 교육이 매우 중요하다는 데 의견이 모아졌다. 일본은 왜곡된 교과서를 확대 보급하면서 자라나는 청소년들에게 독도가 일본 땅이라는 잘못된 인식과 역사관을 심어 주고 있고 그들이 자라면 한국의 젊은이들과 또 다른 논쟁이 될 수 있기 때문에 이에 대비하기 위해서는 올바른 교육 대응이 필요한 것이다.

서울을 비롯한 일부 지역에서는 교육감들도 진보와 보수로 나뉘어져 교육 정책과 대응 방식 때문에 자주 논란이 되는 것을 목도하는데 청소년들이 이념적 색채로 인한 갈등과 혼선보다는 보다 발전적인 사고를 할 수 있는 틀을 마련하는 것이 무엇보다 중요하다고 본다. 집안싸움보다는 세계의 청소년들과 견줄 수 있는 토대를 조성해 주는 것은 교육자뿐 아니라 우리 모두의 몫이다.

■ 한국가스안전공사에서 독도 경비대 가스 시설물 안전 점검차 입도.

장애와 노인 복지

국회의원 30여 명으로 결성된 '독도 지킴이' 주관으로 시각 장애인 70여 명이 독도에서 대원들을 위로하고 영토 수호를 향한 간절한 마음으로 음악회를 개최할 예정이었으나 날씨가 좋지 않아 취소되었다.

내 고향에 가면 아버님은 귀가 어두우시고 어머님은 다리가 안 좋아 잘 걷지를 못하며 옆집에 사시는 작은어머니는 눈이 거의 안 보이신다. 어느 날 세 분이 오순도순 얘기를 나누는 모습을 지켜보던 내가 갑자기 그런 생각이 들었다. 나이가 들어 눈이 안 보이는 경우와 다리가 아파서 걷지를 못하는 경우, 그리고 귀가 안 들리는 세 가지 경우 중 어느 경우가 가장 고통스럽고 불행할까? 그리고 그중 한 분이 미래의 나의 모습이라면 나는 과연 어떤 심정일까? 여하튼 시각 장애인들이 건강한 사람들도 오기 힘든 독도에 와서 음악회를 한다는 것은 정말 눈물겹도록 고맙고 감사한 일이다. 그리고 보면 몸은 성치만 마음이 불구인 사람들이 얼마나 많던가?

진정한 건강함이란 결국 몸와 마음과 영혼이 함께 균형을 이루는 것이다.

오후에는 성남시 고등학교 학생 30여 명과 선생님들이 부대를 방문하였다. 자라나는 청소년들에게 내가 직접 부대 소개 브리핑을 해주고 기념 촬영까지 해준 후 학생 한 사람 한 사람을 안아 주었다. 모두 애국 애족하는 청소년으로 자라겠지만 왠지 내가 뜨겁게 안아 주는 학생 중에 애국자가 나올 것이라는 예감이 있다. 그래서 나는 평소 부대 운영 시 우리 대원들을 자주 안아 주는 편이다.

저녁에는 해군 부대 지휘 요원들과 만찬을 나누며 좀 더 가까워지는 시간을 가졌다. 경비대 바로 옆에 있는 해군 부대는 이 모 대령이 지휘하는 부대로서 평소 우리가 신세를 많이 진다. 운동장도 없어서 축구장, 사격장도 빌려 쓰고 레이더 교육도 받고 협력 체계를 보다 돈독히 하는 시간을 가졌다.

10월 16일
풍향 서-북서 **풍속** 14~18m/s **파고** 3~4m **천기** 구름 많음

눈물을 거두어요

아버님이 위문차 방문하시려다 기상 악화로 연기.

80이 넘으신 아버님이 가르치는 서예 학원생 몇 분과 함께 울릉도에 오시려고 했으나 풍랑 주의보가 발령되고 파도가 높아 못 오셨다. 울릉도가 천연의 신비한 섬이라 그런지 마음대로 다녀가는 곳은 아니다. 모든 조건들이 도와주어야 하는데 배가 안 뜬 것이다. 이번에 오신다는 일행의 평균 연령 80세. 의학의 발달로 이제 100세 시대가 온 것이다.

80대 노인들이 새벽 네 시에 충청도에서 출발하여 5시간 동안 버스를 타고 포항에서 3시간 30분간 배를 타고 울릉도에 오신다는 계획인데, 내가 보면 최장수 노인들의 울릉도 방문인 셈이다. 정말 은혜롭고 감사한 일이다. 또한 평소 아버님께 더욱 감사한 것은 내 마음이 흔들리지 않도록 귀감이 되는 글을 매번 편지와 함께 보내 주시는 일이다. 8월 부임 초에는 '진충보국', 9월 추석에는 '위국 헌신 경비대 본분', 10월에는 안중근 의사의 옥중 글인 '견이사의 견위수명', 11월에는 '국태민안', 80대의 아버지가 50대 자식의 앞날을 걱정한다. 이 땅의 모든 아버지들이 똑같은 마음이겠지만……

독도 의경으로 입대한 대원 한 명이 일주일이 다 되어 가고 있으나 적응을 못하고 있다. 함께 버스를 타고 울릉도 둘레 길을 걸어가며 3시간 이상 대화를 나누었다. 밤마다 울음이 나와 견딜 수가 없단다. 독도를 지키겠다고 지원할 땐 언제고 막상 섬이라는 외딴 곳에서 생활해 보니 힘든 모양이다. 군인이라고는 하지만 책임감과 사명감만을 강조하기엔 아직 어린 나이인지도 모른다. 하지만 달래도 보고 설득도 해보고 오후에는 관사에 데려가 떡라면을 끓여 같이 먹어 가면서 4~5시간의 마라톤 대화를 나누어 봤다.

그래, 아들아. 우리 조금만 더 노력해 보자꾸나. 나도 사실은 외롭단다.

함께 온 독도 의경 1기생 3명 중 2명은 적응력도 빠르고 독도에 빨리 들어가 근무하고 싶다고 할 정도로 의욕적이다. 하지만 모두 같진 않다. 조금 더 관심을 갖고 지켜봐야겠다.

충무공의 어머니께서 아들 이순신을 만나기 위해 오던 도중 배에서 병사하셨다는 이야기를 들은 충무공이 후에 《난중일기》에 비통한 심정을 글로 썼는데 80이 넘으신 아버님께서 울릉도에 오신다고 하니 은근히 걱정이 앞선다.

■ 일본 순시선 독도 인근 출현 후 소실.

동북아 역사 재단Northeast Asian History Foundation 독도 방문

오늘은 교육 과학부 산하 동북아 역사 재단 이사장님을 비롯한 학술 관계자 몇 분이 독도와 울릉도를 방문하였다. 동북아 역사 재단은 동북아시아 역사 문제 및 독도 관련 사항에 대한 장기적·지속적·종합적 연구 및 분석을 실시하고, 체계적·전략적 정책을 개발하며, 홍보·교육 활동과 교류·지원 사업을 시행함으로써 바른 역사 인식을 공유하고 동북아시아 지역의 평화 및 번영의 기반을 마련함을 목적으로 설립된 단체이다.

또한 동북아 재단은 독도 등 한반도와 그 주변국들과의 관계를 정밀 조사 연구하는 기관으로서 중요한 가교 역할도 하고 있다. 학술 조사나 연구 사업 등은 정부가 하는 것보다는 민간단체에서 하는 것이 유익할 때가 있다. 특히 한국을 둘러싼 중국, 일본, 러시아의 역사적 현대사적 관계를 재조명하는 것은 매우 의미 있는 일일 것이다. 지금까지의 역사가 우리에게 보여 주듯이 영원한 우방도 영원한 적도 없다.

오늘은 독도 주변 수중에 묻혀 있는 폭발물을 제거하기 위해 국방부 관계자들이 독도에 올 예정이다. 출발은 오늘 하지만 독도 도착은 내일쯤 될 것으로 보인다. 독도 경비대에 관광객과 대원들의 철저한 안전 관리를 명했다. 오늘 밤 늦게 광양함을 탄 국방부 탄약 관리과 관계자들과 용감하기로 소문난 해병대 UDT 대원들이 폭탄 제거 작업을 진행하기로 되어 있다.

어머니회 창설

지휘 요원 부인들이 앞장서서 울릉도 내 여성 단체 협의회를 포함한 어머니 몇 분과 함께 경비대 어머니회를 발족하기로 했다. 발족이 되면 우리 경비대는 처음으로 어머니회를 가지게 된다. 경비대, 아니 그 이전 전경대부터 지금까지 십 수 년이 지났지만 경찰서에는 다 있는 전·의경 어머니회가 우리 부대에 없다는 것은 큰 손실이다. 다 큰 대원이라 해도 어머님들의 따뜻한 손길이 그리울 때가 있기 때문이다.

육지 경찰서 같으면 경찰서마다 전·의경 어머니회가 있어 어머님들이 바쁜 시간을 쪼개어 한 달에 한 번 배식 봉사를 하든지 명절 등에 함께 떡을 해서 먹거나 여름 복날에 삼계탕을 준비해서 함께 먹는 등의 다양한 행사를 하는데, 여기 와서 보니 우리 부대는 전·의경 어머니회 자체가 구성되어 있지 않았다.

이 어머님들에게 지휘 요원과 대원들을 만나게 하고 부대 소개도 하고 그리고 티타임을 통하여 대원들과 어떻게 지낼 것인지도 논의를 하였다. 김치도 담가 준다. 송년회도 하자. 여러 가지 좋은 제안이 나왔다. 사람은 일단 만나서 얘기를 해봐야 안다. 소통이 그만큼 중요하다. 이 시대 으뜸 화두는 소통이다. 성공학 강의로 유명한 브라이언 트레이시Brian Tracy는 이런 말을 했다.

"성공을 하든 실패를 하든 둘 다 이익이다. 성공하면 그대로 나아가면 되는 것이고, 실패하면 그로부터 배우면 되기 때문이다."

그렇다. 실패를 하더라도 그 실패를 통하여 무엇을 배울 수 있다면 그것은 결코 실패라고 말할 수 없을 것이다.

10월 19일
풍향 동–남동 **풍속** 8~12m/s **파고** 1~2m **천기** 구름 조금

올해를 빛낸 경찰로 뽑혀 서울로 향하다

오늘은 경찰의 날 행사 참석차 오후 5시 배를 타고 강릉으로 향했다. 집에 가면 10월 20일(목) 새벽 1시경이 될 것이고 10월 21일(금) 오전에 세종문화회관에서 개최되는 경찰의 날 기념식에 참석해야 한다. 또한 식전에 나는 대통령님과 환담하도록 일정이 짜여 있다. 영광스럽기도 하지만 이 모든 영광은 독도를 잘 지키고 있는 우

리 대원들과 지휘 요원, 그리고 뜨거운 국민들의 사랑 덕분인 것은 두말할 나위 없다.

대통령 내외분을 만나기 전 나는 충경공 류형 장군께서 충무공 이순신 장군을 도와 승전보를 울린 노량해전의 상황을 되새겨 보았다. 500여 척의 일본 전함들을 맞아 불과 100여 척의 배로 이들을 섬멸하여 일본으로 살아 돌아간 배의 숫자는 50여 척에 불과하였다. 왼쪽 갈비뼈에 적탄을 맞고도 활을 쏘며 군사들을 독전하던 용맹함, 그리고 충무공께서 전투 지휘 중 돌아가심을 알고 분통해 하시며 당신도 6발의 탄환을 맞으시고 기절하기에 이르렀던 처절함을 생각하면 일본을 생각만 해도 치가 떨리고야 만다.

거기에 비하면 나는 그분의 발끝에도 못 미친다. 내가 갖고 있는 것은 그분들을 돌아보며 근무에 최선을 다하며 거친 숨결을 듣는 겸허한 마음 하나뿐이다.

■ 일본 순시선 금년 들어 75회째 출현.

10월 21일

풍향 북동—동 **풍속** 10~16m/s **파고** 1~3m **천기** 흐리고 비

제66주년 경찰의 날

오늘은 제66주년 경찰 창설 기념일이다. 아울러 신임 전경 9명이 경비대로 새로 전입해 왔다. 우리 경비대는 다른 부대와는 달리 전경과 의경이 혼재하여 짜인 부대가 되었다. 모집 과정에서 복장에 이르기까지 조금씩 다른데 어떻게 다름을 존중하고 하나로 일체감을 만들어 갈 것인가?

대원들을 잘 지켜 주는 것이 경비대장 임무 중 가장 중요한 임무인데 사실상 대원들의 관리가 쉽지 않다. 요즘 집에서 자식들을 키워 보면 한두 명 키우는데 별별 일이 많지 않은가. 저출산의 원인이 단순히 교육비에만 있지 않을 것이다. 교육비가 많이 들어가도 가족 전체가 행복하다면 그것을 선택할 것이다. 부모가 자식을 잘 기르는 것, 국경선에서 전투 요원을 관리하는 것, 그리고 혈기 왕성한 그들을 올바로 생각하고 올바로 생활하며 나아가도록 하는 것은 결코 쉽지마은 않다.

경찰의 날에 대통령 내외분과 특별히 티타임을 하며 환담을 가졌다. 오늘 모인 경찰관은 나는 포함하여 전국에서 14명이었다. 살인,

강도, 폭력범을 검거해야 하는 힘든 경찰관들이다. 그리고 경찰 창설 이후 최초의 강남 경찰서의 여성 강력계장을 비롯하여 부부 특공대 경찰, 첨단 과학 수사 논문으로 박사 학위를 받은 경찰관 등 그야말로 2011년을 빛낸 사람들이다. 나는 우리 대원과 독도가 백그라운드이다.

시詩 로 마음을 달래다

오늘은 오후에 왠지 마음이 울적하여 시집을 꺼내어 시를 한 수 읊는다.

시 한 수 읊으면 어느새 마음은 청량하고 아름다운 시인의 세계로 접어든다.

가을 강에는 물이 가득한데
사람이 청사靑沙의 길 위를 가네.
정자를 나와 서로 보내는데
저녁별이 성긴 빗속을 비추누나.
— 충경공 류형

밤 하늘 별을 세다

서울 하늘 아래 살면서 별을 보기도 쉽지 않지만 설사 별을 보더라도 맑고 찬란한 별을 구경하기란 쉽지 않다. 하지만 섬인 울릉도와 독도에서는 별이 별답게 반짝이고 검푸른 하늘에서 쏟아지는 별이란 가히 아름답다. 밤 11시, 잠자리에 들기 전 관사 앞에서 떠 있는 별을 바라보았을 때 섬이 갖는 또 하나의 특징을 만끽하였다. 배를 타고 다니며 뱃멀미를 심하게 할 때는 고통스럽지만 이렇게 섬만의 고유의 장점을 만끽할 때는 즐겁고 탄성이 나온다. 앞으로는 뱃멀미를 안 할 수 있는 묘안을 연구해야겠다.

오늘도 가족이 그리워 별을 바라보며 시 한 수를 읊조렸다. 한 편의 시를 읊으면 마음이 차분해지고 기분도 좋아진다. 오늘은 윤동주의 〈서시〉이다.

죽는 날까지 하늘을 우러러
한 점 부끄럼이 없기를
잎새에 이는 바람에도
나는 괴로워했다.

별을 노래하는 마음으로
모든 죽어 가는 것들을 사랑해야지.
그리고 나한테 주어진 길을 걸어가야겠다.
오늘 밤에도 별이 바람에 스치운다.

© 김상민

10월 25일
풍향 북서-북 **풍속** 12~16m/s **파고** 2~4m **천기** 구름 조금

독도의 날

　오늘은 2010년 민간단체인 한국 교총에서 10월 25일을 '독도의 날'로 선포한 날이다. 이것은 1900년 10월 25일 대한제국 고종황제 칙령 41호를 제정하여 울릉군의 관할 구역에 독도를 포함시킨 것을 기념하여 독도의 날로 제정하게 되었다. 2010년 한국 교원 단체 총 연합회(한국 교총)는 16개 시·도 교총, 한국 청소년 연맹, 우리 역사 교육 연구회, 독도 학회와 공동 주최로 경상북도, 울릉군, 한국 교

ⓒ 김상민

육 삼락회 총연합회, 독도 지킴이 서울 퇴직 교장회 후원으로 경술국치 100주년을 맞아 대한제국의 독도 영유권을 칙령으로 제정한 10월 25일을 전국 단위 최초로 '독도의 날' 로 선포하였다.

기타 관련된 사항으로, 2004년 8월 10일 울릉군에서는 '울릉군민의 날에 관한 조례' 로 10월 25일을 '군민의 날' 로 제정하였다. 또한, '다케시마의 날' 이 체결된 것에 대응하여, 2005년 6월 9일에 경상북도 의회는 '독도의 달' 조례안을 가결하였는데, 이 법안은 매년 10월을 독도의 달로 정하는 것과 '경상북도 소속 공무원과 도道가 기본 재산 등으로 2분의 1 이상을 출자, 출연한 법인 및 단체 임직원의 공무상 일본 방문을 규제할 수 있는 권한을 도지사에게 주는 것' 을 골자로 하고 있다.

■ 수협 중앙회에서 독도의 날 기념으로 독도 경비대 제습기를 위문품으로 보내왔다.

122

독도 의경 급성 폐렴 및 편도선염, 헬기로 구조 요청

독도를 자원한 제1기 의경 중 한 대원이 독도에 투입되기 약 열흘을 앞두고 10월 24일 월요일 저녁 점호 시간에 가슴 통증을 호소하여 저녁에 울릉 보건 의료원에 진료 후 입원 조치하였다.

이틀이 지나도 차도가 없어 아침나절에 환자와 주치의를 만나 보니 기침할 때마다 가슴과 목이 아프고 심지어 가래를 뱉으면 일부

피가 섞여 나와 대형 병원으로 옮겨야 된다는 의사 소견을 듣고 경북 지방 경찰청과 경북 지방 소방청 상황실로 긴급 구조를 요청하였다.

대원을 안심시키고 부모에게 연락한 후 한 시간 뒤 사동항에 소방청 구조 헬기가 도착, 대원을 보내고 부대로 돌아오는데 가슴이 찡하다. 유독 다른 대원에 비해 의욕이 강하고 부대 적응 훈련 기간 중에도 하루속히 독도에 들어가 임무를 수행하고 싶다고 입버릇처럼 말한 대원이었다.

특히 독도 자원 의경을 공개 모집해서 우리 부대에 처음으로 전입 온 대원중에 하나였기에 더욱 마음이 아팠다. 무사 귀환을 빌면서 헬기에 타서 수척해진 대원에게 용기를 북돋아 준다는 마음으로 이렇게 외쳤다. "아무 걱정 마! 큰 병원에 가서 빨리 치료하고 와." 하면서 주먹을 불끈 쥐고 파이팅!! 그러자 그 대원은 알았다는 듯이 고개를 끄덕끄덕 하였다.

■ 일본 순시선이 77회째 출현 후 소실되었다.

10월 27일
풍향 남동–남 풍속 7~11m/s 파고 1~2m 천기 구름 많음

서울 혜화 경찰서 보안 협력 위원회와 자매결연

직전에 근무해 친정집이나 다름없는 서울 혜화 경찰서 보안 협력 위원회에서 자매결연을 위해 경비대를 방문하였다. 시집 간 딸이 걱정되어 친정 부모가 보살피는 것과 다를 바 없는 형국이다. 너

무 고마워서 몸 둘 바를 모르겠다. 경찰서마다 몇 개의 협력 단체가 존재한다. 예를 들어 경찰 발전 위원회, 녹색 어머니회, 모범 운전 자회 등 대부분 협력 단체들이 생활 치안, 민생 치안이 목표라면 그 중에서도 보안 협력 위원회는 국가의 안보를 염려하고 국토 수호의 정신이 가장 많이 깃들어 있는 단체라고 할까. 우리 국토의 최동단, 대한민국의 심장부를 지키는 우리 경비대와 최초로 자매결연을 하는 것이다. 자매결연을 한다는 것은 그만큼 독도를 사랑하고 독도를 수호하는 세력의 연대화에 기여하는 것이며 국민과 소통하고 공감하는 한 방편이다. 의미 있는 시간을 위하여 독도까지 동행했다. 독도에서 의미가 있는 단 한 컷의 사진도 그러하지만 어려운 가운데 여기까지 오신 손님들을 위해 정성을 다했다.

풍향 서-북 **풍속** 7~11m/s **파고** 1~2m **천기** 구름 많음

독도, 오색 실크의 바람의 옷을 입다

세계적인 패션 디자이너 이영희 교수와 모델들이 독도에서 최초로 우리 한복 패션쇼를 개최하였다.

한복 패션쇼를 관람하기 위해 경북 지사 일행이 헬기를 타고 왔는데 독도의 바다와 독도 특유의 섬을 배경으로 선조들의 전통적인 의상과 어촌 아낙네의 모습을 그대로 보여 줌으로써 우리 땅 독도와 한복의 아름다움을 새롭게 알리는 계기가 되었을 것이다.

특히 오후에는 삽살개 재단에서 전문 사육사가 와서 개를 훈련시키고 1년 만에 수컷 개와 암컷 개를 만나게 해주었다. 독도에서 견우직녀가 만난 셈이다. 암컷은 좋아서 어쩔 줄 모른다. 하지만 수컷은 오랜만에 만난 암컷 때문인지 자꾸 도망 다닌다. 요즘 우리 사회도 여성들의 경제력과 지위가 향상되다 보니 남녀 관계에 있어서도 여성이 더욱 적극적인 경우가 많다. 빠른 시일 내에 새끼를 가져서 2012년에는 삽살개를 독도를 사랑하는 국민들에게 분양할 수 있었으면 하는 바람도 가져 본다.

"독도 일본 영토 아니다." 일본 교원 노조 주장

오늘은 아침 일찍 일본 순시선이 13해리 상에서 활동 중이다. 어제 오전에는 독도를 방어하기 위한 육해공 합동 훈련이 있었다. 헬기를 타고 독도에 상륙한 해병대 수색대대 요원들의 의기양양한 모습이 하늘을 찌른다.

한편 일본 교원 노조에서는, "독도가 일본 땅이라는 근거가 없다."는 성명서를 발표하고 최근 일본의 영토 주권에 입각한 민족주의 교육에 반기를 들고 나왔다. 교육은 백년 앞을 내다보고 후손에게 올바른 가르침을 주는 것이 아닌가. 나는 일본이 하는 행동 중 가장 우려되는 것이 바로 교과서 왜곡이라고 생각한다. 우리가 살다 보면 간혹 소탐대실의 우를 범하기도 한다. 진실이 아닌 줄 알면서도 물욕을 앞세우거나 자기의 이익을 먼저 챙기려 하는 데서 갈등이 시작된다. 하지만 정말 못할 짓은 자식들에게 후손들에게 제대로 진실을 가르치지 않는 것이다. 민족주의를 앞세워 인간 존엄성이나 진실을 왜곡하고 잘못 가르친다면 일본의 미래는 없는 것과 다름없다.

■ 일본 순시선 78번째 출현.

진실 게임

사전에서 진실眞實이란 뜻은 사실, 거짓이 아닌, 왜곡이나 은폐나 착오를 모두 배제했을 때에 밝혀지는 바를 말한다.

"진실은 여러 개가 있지만, 사실은 하나 밖에 없다."라는 말과 같이, 대부분 진실은 사실에 대한 사람의 평가와 그 진위를 따른다. 그래서 그것을 신념이나 신의와 관련짓기도 한다.

일본이 독도를 자기네 땅이라고 우기는 것을 보면 자기네만 생각하는 이기적 진실이라고 말할 수밖에 없다. 수많은 역사적 사료와 문화적 자료를 보더라도 독도는 엄연하게 대한민국의 땅인데도 불구하고 우기는 것을 보면 주관적 진실의 억지인 것이다.

인간이기에 주관이 개입되는 것은 어쩔 수 없을 것이다. 그러나 그들이 가지고 있는 편견이란 것이 인간 보편적인 정의에 어긋나기 때문에 더욱 신경에 거슬린다. 우리 말이나 근거는 듣지 않고 자기네 주장만 되풀이하는 것이다.

인간이 무엇을 주장할 때에 선한 의도가 중요하다. 행위의 도덕성은 그 결과들보다는 오로지 그 배후의 의도들에 의해 판단되어야 한다. 그래서 도덕성은 객관적이다. 즉 그것은 취향이나 문화의 문제가 아니며, 오히려 모든 합리적 존재들에게 보편적으로 적용되는 어떤 것이다. 그들의 주장의 뒤에는 임진년의 그것처럼 대륙을 탐하는 침략욕이라고 생각한다.

얼마 전에 미국 언론인이자 작가 파하드 만주Farhad Manjoo의《이기적 진실True Enough》이라는 책은 의문에 대한 답을 명쾌하게 풀어냈다. 저자는 더 이상 사실을 믿는 시대는 끝났다고 단언한다. 정보의 흐름을 자유롭게 해 준 인터넷, 스마트폰, 소셜 네트워크 서비스SNS 같은 정보 기술은 역설적으로 세상에 대한 시야를 좁히고 마음이 맞는 사람들끼리만 똘똘 뭉치게 만들었다는 분석이다. 사람들은 자신의 믿음에 부합하는 정보에만 선택적으로 노출되고 다시 이를 자신만의 방식을 동원해 선택적으로 인지한다. (지금 일본의 경우를 보면) 히틀러가 독일 국민을 게르만주의라는 엄청난 수렁으로 끌고 갔던 것처럼 일본이 지금 그러한 것은 아닐까?

자신만의 이론과 편협된 기준에 사로잡혀 유태인과 함께 길거리에서 부랑하는 집시와 소수 민족들을 소위 불량 민족이라 싸잡아 가스실로 보냈던 어리석기 짝이 없는 히틀러의 명품 민족주의 사상이 일본에도 존재하는 듯 보인다.

10월 31일
풍향 북-북동 **풍속** 8~12m/s **파고** 1~2m **천기** 구름 조금

휴대폰, 어찌하오리까?

어느 대원이 허락 없이 휴대폰을 몰래 사용하다가 적발되었다. 규율을 위반했으니 당연히 공적 제재감이다. 나는 대원에게 공적 제재를 가하기 전에 휴대폰 소지 및 사용에 관한 여론을 수렴하기로 했다.

머리를 맞대고 서로의 의견을 개진하였으나 지휘 요원들 못지않게 대원 스스로가 휴대폰을 사용하게 되면 집이나 지인들과의 연락이나 소통에는 좋지만 단체 생활 시 지장을 초래한다. 그리고 통신 보안과 전화 요금 등의 여러 가지 문제점이 내재되어 있어 부정적인 요인들이 많다는 것을 지적했다. 가족 여행을 다녀 봐도 예전과는 사뭇 다르다. 부모는 열심히 경치를 구경하고 아이들은 열심히 스마트폰을 보고 있어 나들이를 갔다 온 후에도 관심도 본 것도 느낌도 서로 다르다. 분명히 동행이었지만 보고 느낀 것이 다르니 함께 했다 할 수 있을까?

첨단을 가는 시대에 이제 휴대폰은 말 그대로 전화기로서의 기능뿐 아니라 작은 컴퓨터 역할을 다하기 때문에 장점만큼이나 단점을 내포하고 있는 것이다. 심지어 대원 중에는 외출이나 휴가 시 컴퓨

터 게임에 빠져 귀대를 지연하거나 미 귀대하는 소동까지 발생하고 있는 것이다. 이른바 게임 중독이다.

회의 끝에 우리는 기본적으로 소지와 사용은 불허하되 휴가나 특별 외박 등 부대 밖에서는 휴대폰을 사용할 수 있도록 하는 데 의견의 일치를 봤다. 이 시대 소통이 화두이긴 하지만 군이라는 특수 집단에서는 소통이 한계에 직면할 수 있다.

시월의 마지막 밤은 이렇게 가고 있었다.

전·의경과 부모 가족들간 e메일을 통한 서신 왕래

2007-12-10 오전 10:36:53 부모님께 : 김○○ 이경

아버지, 어머니 그리고 호정이 다들 잘 계시죠? 얼마전에 입대한지 3달째 되는 날이었어요. 9월 초 많이 더울 때 와서 벌써 이렇게 날씨가 추워졌네요. 여기 울릉도에는 눈도 자주 온답니다. 거기 수원은 어떤지 궁금하네요. 만약 눈이 오면 길이 많이 미끄러울텐데 아버지는 항상 길, 운전 조심하세요. 날씨가 추워지고 눈이 올 때 마다 그게 생각나네요. 그리고 얼마전에 어머니랑 통화했는데 목소리가 약간 감기 기운 있는것 같았는데 건강 조심하세요. 잘 때도 따뜻하게 주무시고요. 또 잔소리처럼 들리시겠지만 항상 건강하시고 잘 지내세요.

아버지 아들아. 아빠다. 이제서야 보게 되었다. 잘 몰랐다. 아빠도 아들에게 전자 메일을 보내게 되어 기쁘다. 신병 교육 받느라 수고 많았고 앞으로 연일 계속되는 군생활 잘 적응하여 항상 활기차고 보람 있게 생활하길 바란다.

2008-08-10 오후 5:02:33 아버지 어머니께 : 양○○ 이경

어제(9일) 잘 도착했습니다. 오늘까지는 개인정비와 준비로 보내고 내일부터는 훈련에 들어갑니다. 잠도 잘자고 허리도 괜찮고 아무 무리

없이 잘 적응할 것 같습니다. 너무 걱정마시고 아버지 어머니 건강 조심하세요. 여기 시설도 꽤 괜찮아서 아무런 불편도 없습니다.

처음 배를 타고 3시간만에 도착했을때 본 바다가 잊을 수가 없습니다. 정말 맑고 그동안 봐왔던 한국의 바다가 아니었습니다. 제가 제대한 후거나 아니면 휴가차 놀러 오시면 정말 좋을 것 같아요. 근데 물가가 너무 비싸다고 들었습니다.

다시한번, 말씀드리지만 건강조심하세요. 몸이 건강해야 나중에 호강도 시켜드리지요. 정연이도 자기진로 잘 알아서 하니까 너무 걱정마시고요. 그럼 또 연락드리겠습니다.

아버지_ 소식이 뜸해 걱정했는데 네 편지 반갑다. 아픈 허리가 걱정되는구나. 조금고생이 되더라도 잘 견디리라 믿는다. 어디서든지 최선을 다하고 의미 있는 시간이 되기 바란다.

弟_ 군복이 생각보다 잘 어울리십니다 오라버니

엄마_ 와우 옛날에 아들이 아닌듯… (예전에도 잘했었어 늦잠만 아님 ㅋㅋㅋ) 세련된 군대에 쎄련된 울 아들 앞으로 우리 울릉 독도는 명명백백 우리 것!!! 홧팅!!!

충성! 사랑하는 부모님 그리고 이제 점점 아름다운 꽃으로 변해가는 다희, 밤송이같이 작고 귀엽지만 어디로 튈지 모르는 귀염둥이 막내 신율이 모두 건강히 잘 지내시는지 궁금합니다.

저는 어제 막 신비의 섬 울릉도에 도착 했습니다.

이곳은 제가 생각했던 것 보다 눈이 더 많이 왔습니다.

그리고 울릉도까지 오는 뱃길 또한 높은 파도가 있었습니다.

어찌나 그리 멀미를 심하게 했던지요,

심지어 "휴가 나가기 싫다" 라고 생각할 정도였습니다.

하지만 우리 가족 그리고 친구들을 볼 수 있다면 이까짓 멀미쯤이야 아무것도 아닙니다.

부디 몸 건강히 잘 계시고 우리 이쁜 동생들 잘 보살펴 주시길 부탁 드립니다.

저희 기동복(군복)에 대한민국의 국기마크를 달고 자랑스럽게 하루 하루를 살겠습니다.

이 아름다운 섬 울릉도를 내손으로 지킬 수 있어서 행복하고 또한 이 울릉도와 독도를 내손으로 그릴 수 있어서 행복합니다.

사랑하는 부모님 남은 군생활 울릉경비대의 일원으로써 충성을 다 하겠습니다.

아버지 어머니 사랑합니다♡ 다희야 신율아 사랑한다♡

다희_ 오빠야. 아름다운꽃이 뭐니ㅋㅋㅋ독도 생활이 힘들었나보네 사람이 감상적으로 변해 버렸어! 어쨌든 아프지말고 열심히 지내셔요 ~화이팅!

송복_ 사랑하는 내아들아~맨날 애같다고 생각했는데 어느새 이렇게 많이 커버렸네.너무 믿음직스럽다.장한 내아들아 울가족들은 너를 믿는다.아름다운 울릉도에서 너의 미래또한 아름답게 그릴수있을거라고…… 힘내 아들

2011 7. 28 오전 11:00:23 사랑하는 우리 아들!

우리 아들은 성격도 좋고 성품도 좋으니까 주위에 있는 선임이나 동기들과도 모나지 않게 잘 지낼거라고 엄마는 생각하는데 어때? 서울은 비가 많이 와서 엄마 걱정하는 아들전화를 받고 반갑고 행복했다. 우리 집은 아무 문제없으니 걱정하지 말고 아들은 잘 적응하고 있는거지? 아까 전화왔을 때 넘 기운이 없는 듯해서 마음이 쓰이네. 목은 어때? 조금이라도 안좋아지면 바로 말씀 드려서 문제생기지 않게 하는거 알지? 나름 힘들겠지만 열심히 잘 보내고 제대하고 나서는 좋은 추억으로 얘기할 수 있는 그런 군생활을 하길 바랄께. 사람들과의 만남도 관계유지 잘하고 서로 마음을 나누며 위로할 수 있는 그런 시간들이었으면 좋겠구나. 신앙생활도 그렇구 늘 주님과 동행하는 찬양이가 되길 기도할게. 이 편지가 아들에게 잘 전달이 될지는 잘 모르겠구나. 하

지만 전처럼 편지를 슬 수 있는 홈페이지가 있다는게 엄마는 참 마음이 놓인다. 건강하게 열심히 잘 적응하고 잘 지내라. 씩씩한 우리 아들… 사랑한다 우리아들~~서로 파이팅하며 지내는거다. 아자 아자.

2012-01-04 오후 3:26:15 사랑하는 아부지, 그리고 가족에게

사랑하는 아부지 이경 이수0입니다. 가족들 모두 건강히 잘있다는 말에 조금은 안심이 됩니다!! 이제 떡국 한그릇 더먹었으니 편지만큼은 존댓말로 쓰겠습니다 1월1일엔 우리 독도경비대가 인터넷 뉴스 메인에도 나왔습니다. 정말 자랑스럽더라구요 ㅎㅎ 아부지 말씀대로 저는 이곳에서 항상 긴장의 끈을 놓지 않고 최선을 다하고있습니다. 가족이 제게준 긍정적인 마음은 제가 이곳생활, 그리고 미래의 저를 위해서도 값을 매길 수 없는 최고의 선물이라고 생각합니다. 〈중략〉 군대는 선임분들이 한걸음 한걸음 올라간 계단을 뒤따라 올라가는 것이라고 생각합니다. 저는 그 계단에 비바람도 불고 눈도 내리겠지만 조심히 한걸음씩 뒤쫓아 가겠습니다. 그러다보면 언젠가는 그 계단의 꼭대기로 올라설 수 있겠지요 ㅎㅎ 〈중략〉 엄니 아부지도 오순도순 잘 지내구요~!! 누나 계절학기 끝나고 서울에서 잠시 지낼때 같이 꼭 여행가서 일상의 여유를 좀 찾았으면 좋겠습니다. 그리고 아부지 생신을 진심으로 축하드립니다. 사랑합니다!! 우리 가족 새해엔 좀 더 힘내고 부자되자!! 파이팅!!!♥♥

138

2012-01-05 오후 8:05:45 멋진 울아들 조병○

사랑하는 내 아들 ! 예쁜왕비엄마야!!! 오늘 KBS 6시 내고향에 울릉도가 나와서 엄마 텔레비전 안으로 들어 가려고했어 도동항, 성인봉,성인봉 올라가는길에 눈이 많이 왔더라 울 아들 해맞이 갈때도 그랬겠지 풍경도 넘넘 멋있고… 울 아들이 거기 없었다면 관심 없을텐데 안테나엄마 주파수 울 아들한테 맞춰져 있는거 알지!!! 독도는 파도때문에, 독립문바위 정도만 보여줬어 멋있드라 울릉도와 독도는 우리 모두의 천국이다 라는 명언을 리포터가 했어 엄마도 꼭 가고말거야 울 아들 행복하지~ 걍 관광하고 군생활하고는 느낌이 다르겠지만, 넬2부 한다니까 봐야지 아들~~ 아빠 동생도 최선을 다하고 생활하니까 울 아들도 ㅎ팅!!!엄마 또쓸께 2012년 1월5일 목욜 울 아들땜에 행복한 엄마 박현○

2012-01-08 오전 11:54:53 사랑하는 아들에게[이경 유현○]

아들 안녕!!어느새 1월하고도 두번째 일요일인 8일째 되는날 오늘도 여지없이 날씨는 쌀쌀하고 아들의 안위가 궁금해서 문을 두르려 보고 있단다. 잘지내고 있지?요즘 눈이 많이 왔을텐데 제설작업하느라 고생많았지? 〈중략〉 엄마가 좋아하는 헤이즐넛원두 한잔 마시면서 따끈따끈한 아들들의 독도출정 사진을 보면서 내 아들의 모습은 어디에 있는가 보고 있단다. 검은 제복의 독도지킴이 대원들...검은제복 어깨에 붙어있는 태극마크^^울아들의 모습을 생각하니 엄마는 아들이

140

얼마나 자랑스럽고 대견스러운지 감회가 깊어진단다.〈중략〉돈주고도 살수없는 좋은공기와 소대원들과의 돈독한 우정 그리고 군생활의 모습들.서랍속에 차곡차곡 쌓아넣어두렴.그리고 감기라는 녀석과는 절대로 친구하지 말구 알았지.사랑하는 엄마가 아들에게^^** 보고싶다 아들아!!!

2012-01-18 오전 9:44:02 울릉경비대 청룡지역대 이경 윤웅◯

사랑하고 그리운 우리 아들! 몸 건강하게 청룡지역대에서 잘 적응하고 있겠지 훌륭하신 대장님과 선임분들의 사랑으로 잘 적응하리라 믿는다. 이곳의 너를 아는 모든 분들은 웅◯가 나라를 지켜주는 덕분에 몸 건강히 다들 잘있단다. 이곳은 염려하지 말고 몸건강히 맡은바 너의 소임을 다하길 아버지는 바란다. 사랑하는 아들. 이제 몇일 후면 우리 고유의 명절인 설이 다가오는구나. 해마다 너와 함께 했던 설이 올해에는 그렇지 못하는구나.〈중략〉항상 대장님과 모든 선임분들께 고맙고 감사한 마음뿐이다. 사랑하는 아들 웅◯ 항상 우리나라 동쪽을 지킨다는 자부심을 가지고 늘 최선을 다하며 겸손함과 온유함을 가지는 우리 사랑하는 아들이 되길 바란다. 사랑하고 축복한다. 아들을 사랑하는 아빠가 다음에 또 쓸께

마가목이 풍년이면 오징어는 흉년일세

오늘은 11:30~15:30, 일본 순시선 PL-53키소 1,800톤급 8관구 소속 순시선이 독도 기점 남동쪽 30해리에서 출현하여 배회하다가 소실되었다. 독도에 79번째 일본 순시선 출현, 독도 경비대와 동해 해경에서 동시에 발견하여 필요한 조치를 취하였다.

울릉도에는 대표적인 특산물이 많이 있지만 그중에서도 빼 놓을 수 없는 것은 혈액 순환과 신경통에 좋은 마가목이란 열매와 오징어인데 올해는 마가목이 풍년이어서 그런지 오징어가 흉년이라 어부들이 울상이다. 특히 마가목 열매는 술을 담가 먹고 잎사귀와 가지는 말려서 차를 끓여 먹는데 비탈에서 농사짓는 할머니들이 다리, 허리가 많이 아플 때 먹으면 효과가 좋고 남성들은 기관지가 안 좋거나 담배를 많이 피우시는 분들에게 특효약으로 알려져 있다.

원주민들에 의하면 두 종류가 번갈아 가면서 잘된다고 하니 내년에는 오징어가 풍년이어서 울릉도 처녀들이 제 짝을 만나 결혼을 하는 경사가 많았으면 좋겠다.

오늘은 한국 예총 경상북도 연합회 모범 회원 45명이 독도에 입도하여 경비 대원들을 위해 〈독도 아리랑〉 등의 노래도 불러 위문을 했다. 오늘도 우리 전·의경들의 진급식이 있었다. 상경에서 수경 15명, 일경에서 상경 9명, 이경에서 일경 17명 등이었다. 나도 군복무 시절을 회고해 보면 흔히 쉽게 알 수 있는 작대기 하나에서 2개인 일경이 되었을 때 비로소 군인이 된 듯 느낌을 받았고 최고 고참인 작대기 4개를 달고 수경이 되었을 때(군에서는 병장)는 나보다 높은 사람이 없는 듯한 착각에 빠졌다가 제대가 점점 임박해짐을 예감하게 된다.

ⓒ 임정현

11월 2일
풍향 동–북동 **풍속** 7~11m/s **파고** 1~1.5m **천기** 구름 많음

독도를 찾는 방문객 급증

2005년도부터 천연 기념물인 독도를 일반에 개방한 후부터 꾸준히 독도를 찾는 방문객이 늘어나 2010년도에 독도를 찾은 대한민국 국민은 9만여 명, 2011년 10월 말 현재 15만 2천여 명에 달해 전년도 대비 약 60% 증가 추세이다. 물론 울릉도에도 2011년도 관광객이 31만여 명에 달해 전년보다 50%나 증가하였다. 특히 서울을 비롯한 수도권에서는 서울–묵호–독도를 연결하는 배를 타고 들어온 입도객이 전년도 대비 117%가 늘어나는 등 향후 울릉도에 일주도로가 완공되고 경비행장 등이 건설되면 기하급수적으로 관광 인구가 증가할 것이 불 보듯이 환하다.

독도는 울릉도를 거쳐 다시 2시간가량 배를 타고 갔다가 운이 좋으면 20여 분간 잠시 접안하여 기념 촬영 등을 한 후 다시 2시간 배를 타고 울릉도로 되돌아오는 코스로서 뱃멀미가 심한 분들은 고행길이나 다름없다. 하지만 독도를 밟는 순간 여행의 피로는 말끔히 씻어진다.

그것은 독도가 아름다운 섬이기도 하지만 그곳을 철통같이 지키

144

고 있는 우리 전·의경들과 지휘 요원들을 보는 순간 애국 충정의 뜨거움이 가슴에서 우러나와 고통과 피로를 잊게 하기 때문이다. 특히 아들을 군대에 보낸 부모들은 독도 관광을 마치고 배가 떠날 때 우리 전·의경들의 경례와 안녕을 기원하며 흔드는 손을 보면서 우는 사람이 많다.

오늘은 경상북도 교육청 주관으로 독도 관련 전시회를 열고 학생들에게 독도와 관련한 교육을 강화할 방침임을 천명했다. 참 바람직하고 좋은 현상이다. 독도 미래의 성패는 교육과 홍보에 달려 있다고 봐도 과언이 아니다.

일본 정부가 경상북도가 추진하는 독도 현장 관리 사무소 건립 계획의 철회를 요구하고 나섰다. 일본 외무성 아시아 대양주국의 이시카네 기미히로 심의관이 일본 자민당의 '영토에 관한 특명 위원회'에 출석해 지난 10월 27일 문화재청 문화재 위원회가 독도 현장 관리 사무소 건립 승인한 것을 철회하라고 요구한 것이다.

독도 현장 관리 사무소는 방문객이 급증함에 따라 태풍이나 자연재해로부터 안전하게 독도에 접근하도록 동도 선착장 부근에 총사업비 100억 원을 들여 연면적 480㎡, 3층 건물로 건축될 예정이다. 국민의 생명과 재산을 보호하기 위해 우리나라 땅에 건물을 짓겠다는데 왜 일본 정부가 철회 요구를 하는지 어처구니가 없다. 일본 정부에 건축 허가라도 받으라는 말인가. 상식과 예의 없는 일본의 태도에 다시 한 번 분개한다.

11월 3일
풍향 북-북동 **풍속** 7~11m/s **파고** 1~1.5m **천기** 구름 많음

독도 대원을 위한 삼겹살 파티

천재지변 등이 없다면 11월 9일 본부에서 교육 훈련을 받던 예비대가 독도로 들어가고 현재 독도를 지키고 있는 독도 경비대가 울릉도로 나오는 교대식이 있는 날이다. 출정식이나 다름없다. 독도 교대식을 앞두고 전·의경과 지휘 요원들을 위로하기 위해 오늘 저녁 부대 식당에서 삼겹살 파티를 했다. 회식 때마다 고민되는 것은 전·의경들에게 술을 먹게 할 것인가의 고민이다. 나이로 봐서는 모두 성인이지만 군대라는 특수한 집단에서도 제대로 술을 먹는 주도를 가르쳐야 한다. 그래야 사회에 나가서도 주정을 부리지 않는 건전한 음주 문화가 형성될 것이다. 대원들이 회식 때 술을 먹고 사고라도 치면 어쩌나 하는 생각은 부정적인 기우 때문이다. 그래서 나는 음주에 대한 선을 긋는다. 술은 먹게 하되 과음은 금물, 맥주 한잔 정도씩만 허용하기로 했다!

술은 엄격한 분위기에서 또는 어른에게 잘 배워야 한다는 관행은 예부터 있어 왔다. 이것도 또한 사회에 나가기 전 배워야 할 예의 중에 하나가 아니던가!

모든 범죄나 사고의 기저에는 술이 원인인 경우가 많다. 사람이 동물과 다른 것은 이런 것들을 통제하며 절제하는 법을 가지고 있다는 것이다.

기왕 여기까지 생각했으니 멋지게 건배를 제창하기로 했다.

"독도에 들어가는 그 순간부터 우리는 한 개인이 아니라 국민을 대표하고 국가를 대표한다. 여러분은 이제 들어가면 물 샐 틈 없이 독도를 수호하고 금년을 독도에서 마무리 짓게 될 것이며 또 역사의 한 페이지를 장식하게 될 것이다. 대원 여러분과 지휘 요원 여러분들의 건승을 위하여!"

대장의 건배사에 이어 대원 대표의 건배사를 시켰더니 한 번도 건배 제의를 해본 적이 없는 대원인 듯싶다. 기어가는 목소리로, "지휘 요원과 대원들을 위하여!"라고 간단히 건배 선창을 했다. 나

는 건배에 대한 부연 설명을 했다. 술을 먹는 것도 건배를 제안하는 것도 사회에 나가면 모두 대원 여러분들이 가장 먼저 부딪히게 되는 공공 예절이다. 건배는 짧지만 의미 있는 메시지를 담아서 연습하도록 주문했다. 술 먹는 주도酒道, 건배 제의도 어른들이 제대로 가르쳐야 한다.

지금 세상은 술과의 전쟁이 한창이다. 그러나 정작 술을 잘 먹는 법을 가르치는 곳은 눈에 띄지 않는다. 대학 교양 과목에서라도 누군가 가르쳐야 하는 것 아닌가. 회식 중 회식에 참여하지 못한 울릉도 각 지역대 대원들과 지휘 요원이 생각이 나서 나머지 회식 진행을 부대장에게 맡기고 먼저 일어났다. 운전 요원에게 컵라면 2박스를 챙기도록 하고 야간 순시 길에 올랐다. 검푸른 바다, 검푸른 하늘에는 반달과 별이 반짝인다. 해안 일주 도로를 따라 초소를 돌다 보니 관측 근무를 서는 전경 대원이 1호차를 발견하고 경례와 함께 '충성'이라는 구호가 대한민국을 위협하는 모든 악의 무리를 쫓는 듯 우렁차다…… 충성!

11월 4일

풍향 동-남동 **풍속** 8~12m/s **파고** 1~2m **천기** 구름 많음

새우깡을 무척 좋아하는 검은 고양이 네로

관사 주변을 돌아다니던 들고양이 네로는 약 한 달간 하루에 한 번 과자나 음식물 찌꺼기를 현관 앞에 놓아두니 와서 먹고 가곤 하는데 두 달이 다 되어 가자 나를 보면 세 발자국 가까이까지 도망치지 않고 인사도 건네고 먹을 것을 달라고, "야옹" 하고 앉아 있다.

태어난 지 1년도 채 안된 새끼 고양이라 야생성을 유지하게 하기 위하여 먹을 것을 하루에 한 번 새우깡 5개, 또는 멸치 3마리 정도를 준다. 먹거리가 풍족하게 되면 게을러질 것이고 그러면 집고양이로 변할 것이라는 생각 때문이다. 네로는 현관 앞 베란다가 식사 장소이다. 어쩌다 바빠서 먹을 것을 주지 않으면 저녁 늦게 창문 앞 베란다에서 나를 호출한다. "야옹" 그러면 나도, "네로야!"라면서 이름을 불러 주고 응답한다. "야옹" 하지만 아무리 고양이 목소리를 흉내 내려 해도 잘 안 된다.

관사 주변에서는 많은 벌레와 곤충들을 접하게 되는데 가장 많은 것은 다리가 많이 달린 노랭이, 메뚜기, 사마귀, 나비, 지네, 풍뎅이, 거미, 딱정벌레 등 다양하다. 그중에서 내가 가장 마음에 드는 것은 고양이와 사마귀이다. 특히 검은 고양이는 몸이 날렵하다. 돌

150

아다니는 들고양이 중에서 살찐 고양이는 찾기 힘들다. 자기 관리에 충실한 편이고 늘 경계심을 늦추지 않으며 갈색 눈으로 목표물에서 시선을 떼지 않고 노려보는 것이 내가 일본 순시선을 보는 것과 비슷해서 동질감을 갖는다.

사마귀는 살아 있는 듯 죽어 있는 경우를 많이 볼 수 있는데 그 위용이 대단하다. 죽은 듯 살아 있고 산 듯 당당히 죽어 있다. 죽음 앞에서 조금도 그 모습이 흐트러짐이 없다. 조국을 위해 내가 할 수 있는 최선의 모습을 사마귀로부터 보았다.

● 오늘은 정갑수 군산 해양 경찰서장이 해상 근무 중 바다에 빠져 숨졌다. 특히 사고 당일이 정 서장의 생일이었던 것으로 밝혀져 주위 사람들을 더욱 마음 아프게 하였다. 더구나 인천에 거주하던 부인이 생일상을 차려 주기 위해 군산에 가서 사고가 난 줄도 모르고 홀로 미역국을 끓여 먹었다는 소식은 더욱 가슴을 메이게 했다. 군인이 전쟁터에서 죽으면 가장 영광스럽다는데 그래도 아쉬움은 남는다.

● 오늘 저녁은 군청 문화원에서 주관하는 연극제를 대원들이 관람하도록 했다. 연극 제목은 〈우동 한 그릇〉, 연극이나 영화 뮤지컬이나 음악회 등이 울릉 지역에서 있으면 가급적 대원들을 관람시킨다. 문화 예술은 대원들의 마음을 안정시키고 사고의 유연성을 높이는 데 특효약이다. 문화 예술은 사람과 사람 사이에 막혀 있던 소

통을 가능하게 한다.

　언어의 논리로는 사람들 사이의 소통이 더 이상 가능하지 않을 때, 이해타산의 예의바른 몸짓으로는 더 이상의 생각의 반전을 일으킬 수 없을 때나 예술에 대한 이야기로 풀어 나가면 대화의 통로가 열리고, 그로 인해 막혀 버렸던 마음에 새로운 바람을 불러일으킨다.

　문화 예술은 무한한 상상력을 가능하게 하고, 때론 지식으로 무장한 논리를 여유로운 미소로 꿰뚫으며, 그 안에 들어 있는 인간의 욕심을 없애기도 한다. 또한 입으로 전달하는 현란한 수사적 표현이 없이도 인간의 본성을 자극하여 우리네 삶의 방향에 부드러운 윤활유 역할을 하기도 한다.

11월 5일
풍향 동~남동 풍속 9~13m/s 파고 1.5~2.5m 천기 비

독도 와인 출시, 101명의 독도 전도사 탄생^^

미국 거주 한국인 치과 의사가 독도의 우편번호 799-805를 새긴 와인을 출시하고 와인을 통하여 독도가 대한민국 땅임을 홍보. 아이디어가 기발하다. 우리 대한민국 사람들은 누구나 애국자이다. 독도를 찾아오는 사람들부터 미국에 있는 사람들까지 나라를 사랑하는 마음은 똑같다. 와인뿐 아니라 독도 티셔츠에서부터 울릉도의 상회 이름이나 심지어 교회 이름조차도 독도가 들어가 있다. 오늘은 서울의 100개 고교와 경기도의 1개 고교 대표 학생 101명이 독도에서 '독도는 한국 땅'이라는 결의문을 낭독했다. 이른 바 독도 전도사 고교생 101명이 탄생한 것이다.

11월 6일
풍향 북~북동 풍속 10~16m/s 파고 2~4m 천기 비

독도의 상징, 괭이갈매기

일본 순시선 올해 80회째 출현 후 소실, 전년 동기 83회 출현.
오늘은 아침 07:25경 PS-10 300톤급 일본 순시선이 출현했다가 10:20경 소실되었다.

우리나라 동해와 남해에서 서식하는 괭이갈매기는 4월경 짝짓기를 한 후 5월에 태어난 새끼들에게 먹이를 공급하고 비행 연습과 사냥하는 법을 가르치다가 8월 초에는 집단으로 이동하는 것이 확인되었다. 독도와 홍도 등에서 번식을 마치고 새끼들의 먹이 활동이 시작되면 8월 초순경 집단 이동을 시작하는데 수 백 킬로미터 떨어진 태안반도나 서해 최북단인 백령도까지 한반도 해안선이나 강줄기를 따라 이동하는 유랑 생활을 계속하고 일부는 서울 한강 어귀에 머무는 것으로 우리 연구진에 의해 최초로 확인되었다.

나는 갈매기 하면 리처드 버크가 생각난다.

"가장 높이 나는 새가 가장 멀리 본다."

과연 '갈매기의 꿈'은 뭘까. 멀리 높이 날고 싶고, 먹고 싶은 걸까?《갈매기의 꿈》은 갈매기를 소재로 하여 그들의 일상적 타성에서 벗어나 새로움에 대한 무한한 도전과 꿈의 추구를 선명하게 나타내면서도 인간의 마음을 편안하게 하고 있다. 주인공인 조나단은 다른 갈매기와는 달리 보다 더 잘 날기 위해 연습에 열중하고 있을 때 외부의 방해와 스스로의 갈등 속에 빠져들지만 이내 불굴의 투지로 하늘을 높이 날아오른다.

최근에 글을 쓰는 지인 한 분이 동물에 얽힌 이야기를 보내 주셨다. 누구의 글인지는 모르지만 참 예리한 관찰력이라는 생각이다. 동물이 인간을 멋지게 조롱한다. 제목은 〈까마귀의 불평〉이고 '인간에게 띄우는 동물들의 메시지'라는 부제가 붙었다. 어느 면에선 인간이 하등 동물보다 더 열등하다는 사실은 의심할 여지가 없다. 그러나 과연 인간들 가운데 자기가 동물들 보다 열등할지도 모른다고 생각할 사람이 있을까?

가련한지고!
지금부터 콧수염이나 기르는 인간의 이야기를 조롱 삼아 써 보자.

너희 인간들은 모기 한 마리에 물려도 얼굴이 붓고 일그러져 조물주께서 만들어주신 모습을 엉망으로 만들어 버린다. 그리고 너희보다 백 배는 작은 곤충도 너희는 짐스러워한다. 너희는 파리가 코를 간질여 짜증나게 하면 이 철없는 곤충을 놓아 주기는커녕 죽여버리고 만다.

너희는 벼룩 때문에 잠이 깨면 눈에 불을 켜고 벼룩을 잡으려 다니다 날을 꼬박 새운 적이 없다고는 못할 것이다. 하지만 그 조그만 침입자는 결국 너희의 손아귀에서 빠져나가고 만다.

너희 인간들은 왜 우리에 갇힌 사자 앞에서도 얼굴이 하얗게 질리는가? 아하, 쯧쯧! 사자가 살짝 껴안기만 해도 네 물러 터진 뼈들은 우두둑 부러질 테니 그럴 만도 하지…….

인간들은 다 자란 목화가 코앞에 있어도 엉성한 천 쪼가리 하나 만들 수 없다. 누가 거미처럼 먹이를 제 집 문 앞으로 꼬여 교묘하게 잡을 수 있는가?

누가 능수능란하게 위험에서 빠져나갈 수 있는가? 너희 인간들은 여우보다 교활하고 뱀보다 더 음흉할 수 있는가? 너희는 스스로 심성이 훌륭하다고 자랑한다. 하지만 너희가 다정함이나 참된 헌신성의 본보기를 찾는다면 그 귀감은 바로 우리 동물들 사이에 있다…….

펠리컨처럼 매일같이 옆구리가 찔리거나, 캥거루처럼 늘상 새끼들을 품고 다니는 인간의 어미가 어디 있는가? 너희 인간들의 부성애와 새끼에 대한 희생을 얘기하고 싶으면 어디 맘껏 해보라. 너희 인간들은 허영심을 만족시킬 온갖 이야기를 늘어놓을 게 뻔하다. 너희는 제일 미천한 새조차 비록 눈에 띄지는 않아도 끊임없이 새

끼에게 헌신하는 모습을 보면서 부끄러워해야 할 것이다. 바깥일을
제대로 해내면서 새끼들의 먹이를 마련하고 그 어린것들을 달래서
재우는 인간의 아비가 있으면 어디 한번 나와 보라.

우리 동물들에게는 우리에게 주어진 본분을 다할 방법을 가르치
는 교회나 학교도 필요 없다. 우리는 태어날 때부터 본능의 가르침
을 받기 때문에 본능의 아주 희미한 속삭임에도 순종한다. 우리에
겐 음악이나 미술이나 과학을 가르치는 학교가 없다. 하지만 나이
팅게일은 진실하고 아름답게 노래하고 벌은 비할 데 없이 우아하고
정교하게 집을 짓는다.

우리 동물 왕국은 구걸을 모른다. 우리는 거지 노릇으로라도 목
숨을 부지하려고 갖가지 불행을 겪는 시늉을 하느니 차라리 굶어
죽을 것이다. 우리는 주어진 본분을 다하고 제 힘으로 먹고 살 수
없을 때가 되면 아무 미련 없이 죽음을 택한다. 하지만 인간들은 다
르다. 인간들은 생의 모든 기쁨과 영광이 사라지고 나서도 근근이
목숨을 붙들고 천벌을 받은 양 살아갈 운명이다.

11월 7일
풍향 북-북동 풍속 9~14m/s 파고 2~3m 천기 흐림

의지 강화 훈련, 사명서 낭독

나는 경비대장에 취임한 이후 본인은 물론 전 지휘 요원과 대원들과 함께 사명서를 작성하였고 기회가 될 때마다 사명서를 낭독하는 시간을 가져 왔다. 그것은 혹시라도 있을 해이한 마음을 다잡는 데 유용하기 때문이다.

하나, 나는 대한민국 경찰의 일원으로서 본인이 선택해서 울릉경비대장을 지원했고 단순히 어떠한 직책을 떠나 역사의 현장에 서 있다는 자부심과 막중한 책임감을 느낀다.

하나, 나의 소임은 독도와 울릉도를 책임지고 지키는 것이지만 그러한 목표가 우리 대원과 지휘 요원들이 하나로 단합하고 상호간 소통이 원활할 때 가능하며 독도를 지키는 지휘 요원과 대원들을 내가 잘 지켜 줄 때 비로소 성취될 수 있는 일임을 확신한다.

하나, 나의 목표와 조직의 목표, 나아가 국가의 목표가 분명히 지켜지기 위해서는 무엇보다도 생각이 유연하고 건강이 뒷받침되어

야 한다는 것을 전제로 평소 심신 단련과 인격 수양에 힘쓴다.

하나, 공적인 업무를 떠나면 지휘 요원들은 마치 나의 친동생 같고 대원들은 나의 아들이나 다름없다는 생각으로 늘 역지사지의 심정으로 상대방을 배려하도록 노력한다.

하나, 처음 이곳에 올 때 아버님께서 당부하신 대로 충성을 다하여 나라의 은혜에 보답한다는 진충보국의 초심을 잃지 않고 늘 마음속에 되새길 수 있도록 기억하고 간직한다. 위의 모든 것들이 제대로 이루어져 강한 부대로 거듭 태어나기 위해서는 나와 우리 전부대원들이 의기투합하고 사랑하는 마음으로 하나가 될 때에 완수될 수 있다고 믿고 가족 같은 분위기에서 상식과 예의가 통하는 훌륭한 부대가 유지되도록 늘 염두에 둔다.

11월 8일
풍향 북-북동 **풍속** 8~12m/s **파고** 1~2m **천기** 구름 많음

나의 사랑하는 아들에게!

군대에 간 아들이 그리워 쓴 엄마의 편지는 내 가슴까지 울린다.

금관보다 더 빛나는 투구를 쓰고 미래를 향해 배에 올랐네. 둥지 떠나 새로운 세상으로 떠나는 나의 보석아! 빛나는 눈동자가 가슴 가득 자리 잡고 내 곁에 남는 것은 사랑하는 그리움뿐. 엄마가 염려하는 것은 첫째는 너의 건강이요, 둘째는 너의 자존심이다. 네 몸은 비록 너의 것이나 엄마의 것이기도 하다. 그만큼 소중한 것이니 건강한 육체를 만들어라. 쓸데없는 자존심은 너의 방 옷걸이에다 잠시 걸어 놓길 바란다.

아들아~ 동기들과의 인연을 소중히 여기고 의리와 원칙을 지키는 참 인간이 되어 주기를 간절히 바란다.

인내는 쓰다. 그러나 그 열매는 달다. 참고 견디면 훗날 네가 세상을 살아가는 데 가장 큰 방패와 창을 얻게 될 것이다. 힘든 고난 이겨 내고 우리 다시 만나는 날. 내 기꺼이 버선발로 달려 나가 너를 맞으리.

가슴 찡한 포옹의 월계관을 씌어 주리라.

사랑하는 아들아~가족과 조국은 너를 믿는다.⋯⋯그리고 사랑한다!

— 대원에게 보낸 엄마의 편지

오늘은 급성 폐렴과 편도선염으로 헬기로 후송되었던 독도 지원 의경 제1기 대원이 무사히 치료를 마치고 부대로 복귀하였다. 10여 일간 병원 신세를 져서 그런지 다소 수척한 듯했으나 정작 본인은 신이 나 있다. 왜냐하면 본인이 그렇게 꿈에 그리던 독도에서 내일부터 근무를 할 수 있게 되었기 때문이다.

지휘관의 입장에서는 좀 더 예비대에 머물면서 건강을 추스른 후에 독도를 보내고 싶지만 본인은 당장 독도에서 근무하는 것이 소망이라니 독도로 보내 주는 것이 엔도르핀 효과가 더 있으리라 판단해 독도 경비대장과 상의하여 독도로 보내도록 최종 결정하였다. 대신 특별히 건강관리에 유념해 줄 것을 당부하면서. 이렇게 김진수처럼 군 생활을 적극적으로 하고 정면 돌파하는 청년들이 많다면 우리 대한민국은 건강하다고 자부한다.

최근 연예인 현빈과 가수 비가 군에 입대한 것이 무척이나 언론에 오르내리고 있는데 청소년들의 우상이 군 복무를 잘하는 것은 바람직한 현상이라 아니할 수 없다. 오후에는 울릉도 노인복지 회관 시온성의 김장을 돕기 위해 대원 10여 명과 배추를 뽑아 나르기 봉사 활동에 나섰다.

독도 경력 교체, 출정식에서……

지휘 요원과 대원들에게 고함

사랑하는 지휘 요원과 대원 여러분!

오늘은 두 달간의 독도 수호 임무 수행을 위하여 여러분이 독도로 가는 날입니다.

독도로 가면 제일 먼저 우리 국토의 최동단 독도가 여러분을 반길 것입니다.

경찰로서 대한민국의 국토를 수호하고 국민의 생명과 재산을 보호하는 임무는 우리가 해야 할 가장 존귀하고 신성한 임무일 뿐만 아니라 대한민국의 역사에 당당하게 동참하는 무척이나 의미 있는 것입니다.

여러분은 독도에서 때로는 추위와 고독함, 그리고 위험한 환경과 마주하게 될 것입니다. 하지만 여러분의 뒤에는 5천만 국민의 뜨거운 성원이 있습니다. 또한 무사하기를 간절히 바라는 소중한 가족들이 있습니다. 추위는 국민의 따뜻한 사랑으로 녹을 것이며 고독감은 여러분의 조국을 향한 애국심으로 불타오르게 될 것입니다.

자~ 갑시다! 우리를 필요로 하는 국토의 심장, 독도로!!!

독도에서 우리의 청춘을 불살라 조국을 지키는 든든한 파수꾼이 됩시다.

국민의 안전하고 든든한 울타리가 됩시다.

독도 경비대 파이팅! 울릉 경비대 파이팅!!

─ 2011. 11. 9. 07:40 울릉도 사동항에서 경비대장 류단희.

오늘 아침 10시경 경비대 본부 현관 앞에는 흑비둘기 한 마리가 죽어 있는 것을 발견하였다.

특별한 자연 현상이나 기운을 느끼면 인간들은 제일 먼저 이것이 길조인지 흉조인지를 점친다. 지진이나 화산 폭발 등 자연 재해가 오기 직전에는 그 징후를 포착할 수 있는 동물이나 곤충, 벌레들의 이상한 움직임이 있다는 것은 이미 과학적으로 입증된 것이다.

오늘은 독도 경력이 교체되는 중요한 날인데 왜 하필 이런 일이 생겼을까. 느낌상으로는 길조라는 느낌보다 흉조라는 느낌이 더 강하게 든다. '그래. 모든 경력들이 이동하는 날, 바람도 좀 강하게 부는 편이니 안전 관리에 만전을 기하도록 각 지역 대장들에게 다시 한 번 당부를 해야겠다.' 그것만이 흉조를 길조로 바꿀 수 있는 최선책이라 믿었다. 나는 즉각 핸드폰으로 문자를 날린다. '오늘은 독도의 경력 교체가 있는 날일 뿐 아니라 각 지역대가 부대 이동을 하는 날로서 안전을 최우선으로 작전을 개시한다.'

그러자 독도 대장과 각 지역 대장들이 즉각 답장이 왔다.

'첫째도 안전, 둘째도 안전, 끝까지 안전하도록 하겠습니다!' 하는 응답이 온 것이다.

어려운 가운데에서도 남을 돕고 배려하는 것은 인간의 가장 기본적인 도리이고 홍익인간의 핵심이다. 남을 좋은 쪽으로 이끄는 사람은 사다리와 같다. 자신의 두 발은 땅에 있지만 머리는 벌써 높은 곳에 있는 것처럼……

이 말의 뜻은 널리 인간 세계를 이롭게 함께하자는 단군의 건국 이념으로 이후 우리나라의 정치, 교육의 최고 이념으로 삼고 있는 가치이다. 홍익인간과 재세 이화在世理化야말로 한국 사상의 가장 근본적인 특질이라고 할 수 있을 것이다.

11월 10일
풍향 북-북동 풍속 8~12m/s 파고 1~2m 천기 구름 많음

도전 정신

모착석두과하摸着石頭過河, 동북아 역사 재단 경북 교육청과 MOU 체결

'모착석두과하' 는 '손으로 돌을 더듬어 강을 건너다' 라는 뜻으로 1978년 중국의 덩샤오핑이 한 말이다. 이것은 시행착오를 허용하고 모험을 두려워하지 않는 도전 정신이다. 최근 경찰 지휘부에서는 총기 사용 논란을 두고 현장 경찰관들의 도전적이고 진취적인 업무 추진을 위해서는 시행착오에 관대해야 한다고 의견을 모으고 일선 현장 지휘관들에게 당부했는데, 조폭들이 활개쳐서도 안 되지만 영광과 임무를 양 어깨에 멘 경찰관들이 올바른 법 집행을 하면서 주저해서도 망설임도 있어서는 안 된다는 교훈을 다시 한 번 우리에게 일깨워 주고 있다.

동북아 역사 재단과 경상북도 교육청은 독도에 관한 바른 지식을 학생들에게 교육시키기 위한 MOU를 체결했다. 또한 대구대학에서는 외국인 학생들을 대상으로 독도가 대한민국 땅임을 알리는 교육의 장을 마련하였다. 독도의 미래와 대한민국의 미래를 담보할 수 있는 가장 중요한 일중의 하나가 바로 교육이기 때문이다.

한편 7080 세대의 트랜드인 세시봉의 조영남, 개그맨 전유성을 비롯해 가수 이장희 씨, 그리고 미국에 있는 그의 아들까지 많은 사람들이 울릉도를 방문했다. 2011년 11월 11일, 울릉도 이장희 씨 집 앞마당에서 거행되는 울릉 천국 제막식에 참석하기 위해서다. 어느새 이장희 씨는 울릉도에서 가장 귀한 주민이며 홍보 대사가 되었다.

■ 06:10 일본 순시선 81회째 출현, 2010년도 동기 대비 83회에 비해 2회 적은 셈이다.

11월 11일

풍향 북동-북 풍속 7~11m/s 파고 0.5~1.5m 천기 구름 많음

독도 아리랑

우리 땅 독도에서 첫 클래식 음악회가 열렸다.

독도를 지키는 국회의원들의 모임 국회 독도 지킴이 주관으로 11일 오후 독도 선착장에서 '아름다운 우리 땅 독도 음악회'를 개최했다. 음악회에는 국회의원들과 이주석 경북 행정 부지사, 박효식 울릉 경찰서장 등 100여 명이 참석했다.

이날 발표된 창작 가곡 〈독도 아리랑〉은 탈북 음악가인 김철웅 씨가 우리 민요 〈아리랑〉을 편곡해 더욱 의미가 남달랐다. 독도에서 듣는 의미 있는 아리랑의 선율에 청중들은 우레와 같은 박수갈채를 보냈다. 원래 가수 서유석 씨가 오래전 부른 〈홀로 아리랑〉이나 독도 홍보 대사인 정광태 씨가 부른 〈독도는 우리 땅〉이라는 노래가 독도를 배경으로 한 노래이며, 독도 홍보에 그 공이 적다고 할 수 없다.

한편 일본 외무성은 지난 9일 우리 정부에 독도 음악회를 중단해 달라고 요청했으나, 이 소식을 접한 국내 트위터 이용자들은, "이번 음악회로 독도가 우리 땅임을 전 세계에 널리 알릴 수 있는 하나의

계기가 됐으면 좋겠다.", "일회성으로 그치지 않길 빈다."며 독도 음악회를 격려했다.

 기상 악화로 두 번이나 연기되었다가 개최된 이번 음악회는 20여 명의 연주자 중 14명이 시각 장애인 연주자로서 앞을 못 보는 시각 장애인들이 연주하는 아름다운 선율을 통해 독도의 아름다운 풍경 과 독도가 대한민국 고유 영토로서 평화로운 지역임을 국제 사회에 널리 알리는 계기를 마련하였다. 독도를 지키는 국회의원들의 모임 은 2011년 5월에 독도 수호에 대한 정부 활동의 한계를 보완하고 국회의 보다 적극적인 영토 수호를 위해 여야 36명으로 구성되어 있다. 올해만도 독도에서 개최된 행사들은 음악회뿐 아니라 한복 패션쇼, 철인 3종 경기 등 다양하다.

11월 12일
풍향 북동-북 풍속 7~11m/s 파고 0.5~1m 천기 구름 조금

신세대 군인

우리 사회의 모든 분야에 신선함과 놀라움을 제공하는 신세대!

신세대라고 하면 컴퓨터와 스마트폰, 게임, PC방, 오락 등에 파묻혀 사는 그야말로 첨단의 혜택을 누리면서 개인주의가 극명해지는 연령대를 말한다. 최근 입대한 신임 전입 대원들과 성인봉을 오르는 극기 훈련을 하며 얘기를 나누다 보면 막내아들과 연령대가 비슷하여 아들 같은 느낌을 받는 것은 물론 사고의 유연성과 자유분방함이 그대로 느껴진다. 그러면서도 나름 조국애나 국방의 의무와 같은 기본적인 책무에 대해서도 소신을 갖고 있고 예전보다 발표력도 더욱 좋아진 느낌이다.

요즘 사회에서는 담배를 피우는 중학생을 말리던 교감에게 학생이 폭행을 가하여 무너진 교권의 파장이 심각하다. 우리 부대에서도 최근 휴가를 나갔다가 귀대 일에 PC방에서 게임을 하다가 하루동안 귀대가 늦은 대원이 있었는데 귀대하자마자 10일간 유치장 수감 등 공적 제재를 가하였는데 대원 어머님의 말씀이 더욱 가슴에 남는다. "제발 아이 좀 휴가 보내지 말고 군에서 제대로 정신이 나도록 교육을 시켰으면 좋겠다."고 하소연 투의 말씀을 하신다. 내가

군대 생활을 할 때에도 군에 갔다가 첫 휴가 때는 어머니들이 버선발로 마당까지 뛰어나와 반갑게 아이를 맞다가 두 번 세 번 고참이 되어 휴가로 집에 가면 곧 제대할 텐데 왜 그렇게 집에 자주 오냐며 반기지 않는다는 우스갯소리가 있었는데 지금도 그 소리는 적용이 되는 모양이다.

"나쁜 병사는 없다. 다만 나쁜 장군이 있을 뿐이다."

나폴레옹의 이 말이 어쩌면 맞는 말인지도 모르겠다. 엄격한 상명하복의 시스템 하에서 그 부대와 대원들이 잘못되는 원인과 까닭은 오직 전·의경 대원 때문이 아니다. 지휘관의 리더십과 지휘 요원들의 관심도에 문제가 있기 때문이다. 대부분 대원들의 부모님들은 군에서 자식들이 더욱 철이 나고 현철해지기를 바라며 그러한 교육 훈련을 군에서 제대로 시켜 주길 바란다. 말을 안 들으면 군에서 보다 엄격하게 교육을 시키고 필요하다면 기합도 주고 강하게 거듭날 수 있는 계기를 만들어 주기를 희망한다.

그럼에도 요즘 군에서는 '전·의경 생활 문화 개선'이라는 지휘 방침에 따라 신세대 젊은이들의 취향에 맞도록 부대 운영의 틀과 분위기를 조성해 주고 있다. 부모님들이 아마도 옛날의 군대 방식 같은 것을 혹간 원하시는 분들이 있을지 모르지만 지금은 군이나 전·의경 부대도 많이 변해 가고 있는 것이다.

우리 부대도 일주일에 한 번 전 지휘 요원과의 확대 참모 회의 시에는 분대장 요원 전원이 참여하여 자유롭게 얘기를 나눈다. 주제는 주로 대원들의 생활과 밀접한 것들이다. 여론 수렴과 피드백은 챔피언의 아침 식사라는 말이 있듯이 지휘관 혼자 독단적으로 판단하고 결정하는 것은 지금의 패러다임에 맞지 않는다. '섬기는 리더인가 아니면 규율의 리더인가' 이 문제는 결국 참모들이나 대원들이 더 자유로워지고 더 자율적이고 더 건전해지며 스스로 섬기는 리더로서 성장해 가고 있는가라는 말과 일맥상통한다.

선배님들의 격려 방문

10여 년 전에 퇴직하신 선배님 몇 분이 울릉도를 방문하셨다. 고희를 목전에 두고 계셨지만 모두 정신도 몸도 건강하신 편이다. 나도 퇴직하고 나면 선배님들처럼 건강해서 여행을 다닐 수 있을까 하며 나 자신을 돌아본다.

사람은 태어나서 자연과 싸우고, 적들과 싸우고, 자기 자신과 싸운다. 그러나 나 자신과의 싸움이 가장 어렵다. 나를 이기기 위해선 진실한 마음을 놓지 않아야 한다. 알렉산더 대왕이 죽어 가면서 자기의 휘하 장군들에게 이렇게 말했다고 한다.

"내 시신을 화장할 나무 위에 올려놓을 때 나의 손바닥이 하늘로 향해 펴 놓아 내 비록 세계를 정복했으나 가지고 가는 것이 아무것도 없음을 보게 하라."

요즘에는 재산이나 유산을 사회에 기부하거나 환원시키는 분들이 점점 늘어나고 심지어 사후 장기 기증까지 약속한 분들이 많다. 많은 재산을 자식들에게 남겨 잘된 후손이나 집안을 보기 드물다. 사서오경만큼 우리에게 낯익은 중국의 고전《신음어呻吟語》에 보면 이런 구절이 있다.

인간의 진선미의 본성은 추호도 모자람이 있어서는 아니 되는 것이므로 늘 다다익선이다. 그래서 하는 말이 진리를 온전히 깨달아야하고 진선미의 본성을 다해야 하며, 하늘의 뜻을 깨달아 순종해야 하고 신의 경지에 이르러 그 마음은 우주만큼 광대하고 그 사려는 고명하여 모든 것을 꿰뚫느니라.

인간의 정욕은 남아돌아서는 아니 되는 것으로 늘 줄이고 또 줄여야 하는 것이로다. 그래서 하는 말이 항상 말조심하고, 행동을 신중히 하며, 스스로 자신을 단속하며, 마음을 맑게 가지고, 음식을 절제하고, 욕심을 부리지 말라는 것이니라.

그렇다. 탐욕은 인간의 모든 것을 어지럽게 만들며 깊은 지옥의 나락으로 떨어지게 할 것이다.

경남 교육청이 경북 교육청에 이어 두 번째로 동북아 역사 재단과 MOU를 체결하고 독도 방문 체험 활동을 비롯하여 독도 교육의 메카로서의 역할을 하겠다고 적극 나섰다.

■ 일본 순시선 82회째 독도 인근 출현.

독도 경비 대원 만기 전역 14명

21개월의 군 생활을 마치는 기분은 어떠할까. 나도 30여 년 전 군대에서 전역했을 때가 떠오른다.

오늘 전역 신고를 받는 대신 기념 촬영을 한 후 대원들과 티타임을 가졌다. 대학에 다니다 온 대원들은 복학이라는 기다림이 있으니 그나마 다행이다. 하지만 고교만 졸업하고 곧바로 입대한 대원들은 사회로 나가면 이제는 완전한 성인으로서 자기 몫을 해야 하고 진로를 결정해야 하는 중요한 순간이다.

끝이 좋으면 다 좋기 때문일까. 대원들은 한결같이 처음 울릉도에 배치되었을 때는 기분이 좋지 않았으나 생활하다 보니 좋은 곳에서 근무했다는 자긍심이 생겼다면서 무엇보다도 '독도를 잘 지켜냈다'는 자부심과 평생 자랑거리가 있어 좋다는 반응이었다. 하지만 해상 날씨가 급격히 안 좋아 배를 타지 못하고 항구에서 제대자들끼리 즐거운 시간을 가진 것 같다. 제대는 했으나 부대 주변을 떠나보내지 못하는 바다의 마음, 야속하다 해야 할까, 정 때문이라 해야 할까……

〈독도는 우리 땅〉이라는 노래를 다양한 외국어와 춤으로 엮은 동영상이 국내는 물론 세계적으로 확산되면서 인기 몰이를 하고 있다. 일본 네티즌들은 이러한 동영상을 임의로 조작, 왜곡하는 등 방해가 심각하다. 마침내 한일 간에 독도 영유권을 둘러싼 네티즌들의 사이버 전쟁이 시작된 것인가?

ⓒ 김상민

11월 15일
풍향 서-북서 풍속 10~14m/s 파고 1~3m 천기 구름 많음

대학생 SNS 독도 홍보단 발족

國내 유학중인 외국인 대학생 42개국 대학생 70명과 국내 대학생 80명 등 200여 명으로 구성된 글로벌 대학생 SNS 독도 홍보단이 구성되어 활동을 시작하였다. 이들은 비록 기상 악화로 독도에 입도하지 못하고 울릉도에서 퍼포먼스 등 행사를 가졌으나 성명서를 통해, 진실을 말하는 역사 앞에 일본 정부가 신속히 영토 침탈 행위의 과오를 인정하고 국제 사회에 사과할 것을 촉구했다. 일본 정부가 왜곡된 사회 교과서에 독도 영유권을 표기한 것을 강력 규탄하고 교과서 왜곡 시정도 요구했다.

대학생 SNS 홍보단은 직접 제작한 다큐멘터리 영상을 유튜브 You Tube에 게재하고 소셜 네트워크 서비스SNS를 활용해 독도가 대한민국의 영토임을 지속적으로 홍보할 예정이다.

독도와 우리 영토를 잘 지키고 미래에 대비하기 위해서는 무엇보다 교육과 홍보가 매우 중요하다. 더구나 한국에서 유학중인 외국인 대학생들을 통하여 전 세계에 분명한 논거를 제시하고 알리는 것은 의미가 있다. 특히 홍보단원 중 할아버지께서 이름을 지어 주셨다는 손소라 양은 본인이 자원 봉사 활동을 하고 있는 삼척의 반

석 지역 아동 센터 선생님 및 학생들과 함께 한반도 모형의 포스트 잇을 정성껏 만들어 구구절절 위로와 격려의 메시지를 보내 주었다. 한편 조선시대 과거 시험에 독도와 관련된 문제가 출제되었다는 문헌을 새롭게 발견하여 학계가 떠들썩하다.

오후에는 민주 평화 통일 자문 회의 고양시 소속 위원들이 독도를 위문하기 위해 왔다가 풍랑 주의보로 들어가지 못하고 울릉 경비대를 찾아왔다.

저녁에는 대원들을 위한 테마 점호를 하였는데 함께 노래도 부르고 나의 애창곡도 몇 곡 들려주었다. 아울러 내가 보낸 청소년 시

ⓒ 김상민

절, 군인 시절, 직업 경찰관으로 입문한 과정 등을 얘기해 주었다. 백 번의 훈육보다 한 번의 따뜻한 공감이 더욱 효과적일 수 있다. 특히 〈나 그대(조국)에게 모두 드리리〉라는 노래와 〈이등병의 편지〉를 불러 줄 때는 모두 숨죽이듯 눈물까지 글썽인다. 정서적인 안정의 핵심은 배꼽 잡도록 웃게 만들거나 눈물이 날 정도로 감성을 자극하는 것이다. 그것은 사람들과 관계가 이성적으로 통하는 것보다 감성적으로 통하는 것이 훨씬 더 중요하기 때문이다.

아버지가 경비대 아들에게(11. 15. 오후 1:29)

일상이 단조롭고 거듭되어도 늘 새롭고 즐겁게 바라보자. 늘 새롭고 즐거운 기운을 가지는 것은 깬 사람의 몫이다. 승모야~이제 부모 곁을 떠나 나 홀로 깨어날 좋은 기회다. 너의 의미 있는 행보에 아낌없는 박수를 보낸다. 추워지는 날씨에 건강 조심하고 사랑한다. 승모야~

11월 16일
풍향 북~북동 풍속 10~14m/s 파고 1.5~2.5m 천기 구름 많음

독도가 아름다운 이유

우리 국토의 최동단이며 심장인 독도가 왜 아름다울까라고 묻는다면 관점에 따라 입장에 따라 다양한 의견이 나올 것 같다. 그중에 우리가 음미해 볼 만한 대답은 1년에 독도에 입도해서 독도를 볼 수 있는 기간은 불과 4개월 정도밖에 되지 않아 그 신비로움 때문에 더욱 아름답다는 것이다.

독도를 둘러싼 일본의 막무가내식 주장과 예의 없는 행동이 독도를 힘들게 해도 대한민국 주민이 엄연히 살고 있고 대한민국 경찰이 지키고 있으니 우리 땅임은 두말 할 나위 없다.

그리고 수많은 관광객들이 독도를 보기 위해 험한 뱃길을 마다하지 않고 오지만 일본인들이 마음대로 드나들 수 없기 때문에 일본인들은 더욱 독도가 탐나고 신비롭게 느껴질 것이다.

멀리서 바라보는 은행나무인들 어떠하랴.
행복은 조건이 아니라 느끼는 사람의 것이다.
국화꽃 향기는 바닷길을 지나 독도에 이르고

괭이갈매기 님 향기 갖다 주네.

한국 해양 연구원 연구원들이 독도 환경 조사 및 촬영차 아일랜드 호를 타고 입도했다. 독도 인근 해역에 관한 해양 환경과 동식물의 생태 등을 계속적으로 조사, 연구하는 것은 우리나라 영토에 대한 기초 과학적인 의미와 국력의 기반을 갖추는 일이며, 또한 일본의 막무가내식 독도 영유권 주장을 불식시키는 계기를 마련하는 것이다. 독도의 해양 및 자연 생태계에 대한 관련 기관과 학계의 유기적인 자료 협조를 통하여 식물 군집의 유형 및 조류 및 어류 현황을 파악하고 생태계 보전 방향을 제시하는 것은 매우 의미 있는 일이다.

■ 일본 순시선 83회째 출현(2010년도 86회).

11월 17일
풍향 남동–남 풍속 8~12m/s 파고 1~2m 천기 구름 많음

우리 부대 가을 체육회

오전 10시부터 해군 전투 함대 실내 체육관에서 시작된 체육 대회에는 독도에 들어간 부대원을 제외하고 모두 모였다. 운동 종목은 피구, 단체 줄넘기, 단체 축구, 이어달리기 등의 순으로 진행되었고 특별 게임으로 해군 전투 함대와 축구 한판 승부가 이어졌다. 단체 축구는 프로 축구와 달리 한 팀이 20명씩 들어가 공 2개를 놓고 차는 것이다. 많은 인원이 참여할 수 있는 데다 공이 2개이다 보니 선수는 물론 관객들까지 보는 재미가 있다. 더구나 내가 출장한 게임에서 골든 골까지 터져 나와 대원들의 환호를 들을 수 있었다. 대장과 대원들이 똑같이 줄 서서 똑같은 반찬으로 똑같이 식사하고 똑같이 공을 차며 똑같이 일희일비하는 모습으로 우리는 이미 하나가 되어 있었다.

오늘의 하이라이트는 역시 해군 전투 함대와의 축구 일전이다. 해군 부대 장병들과 우리 부대원들이 전반전을 끝냈는데 1:2로 우리가 지고 있던 상황이다. 전반전이 막 끝날 무렵 해군 전대장인 이 대령님이 연병장으로 나왔다. 반갑게 악수를 했으나 승부에 신경이 쓰인 것은 마찬가지였던 것 같다. 군에서의 운동의 승부는 장병들

의 사기와도 밀접하기 때문에 사기 진작 요소로써 상당한 비중을 차지하고 있다. 더구나 같은 부대원끼리 하는 것도 아니고 전반전에서 우리가 지는 형국이라 당연히 초조한 쪽은 나였다.

그런데 후반전에 접어들면서 슬슬 우리 부대원들의 프로 축구단 같은 실력이 나오기 시작했다. 결국 4:2로 역전승을 거두었다. 해군 전투 함대 운동장을 빌려 축구 시합을 하고 손님이 주인을 이긴 것은 분명히 예의에 어긋나지만 승부의 세계는 비정하다. 우리 대원들과 지휘 요원들의 함성이 드높다. 단체 우승 팀과 개인 MVP에게는 특별 외박 2박 3일을 수여했다. 11월 15일부터 파도가 높고 풍랑이 심해 3일째 독도에 배가 접안하지 못하고 있다. 이제 서서히 겨울의 초입에 들어서고 있다. 대원들과 체육 대회 기념 촬영 시 배경인 성인봉 뒷산에는 단풍의 끝자락만이 남아 있었다.

삼성전자 기술자들이 겨울철을 맞아 지난 2006년 독도 경비대에 설치한 시스템 에어컨 점검을 위해 헬기로 독도에 입도하였다. 20여 대가 설치된 냉난방 기기는 사계절 계속 사용하기 때문에 지속적으로 유지 보수가 필요한 제품이다. 배편이 여의치 않자 헬기까지 띄워 가며 애프터서비스를 하겠다는 그 정신은 차별화된 고객 대응 전략으로 높이 살 만하다.

11월 18일
풍향 남동–남 풍속 12~16m/s 파고 2~4m 천기 흐리고 비

'생각이 팔자' 라는 말

교육과학기술부는 동북아 역사 재단, 광주시 교육청과 공동으로 11월 18일~12월 16일까지 광주 민속 박물관 기획 전시실에서 제4 기 독도 전시회를 개최한다. 그동안 천안 독립 기념관과 서울 전쟁 기념관, 부산 해양 자연사 박물관에서 1~3기 전시회가 개최된 바 있고 연인원 10만 명이 관람하였으며 이번 전시회는 광주 호남 지역으로 이어지는 지역 순회 전시회로 '나선을 타고 울릉도, 독도를 드나들던 전라도 사람들' 이라는 특별 주제를 구성하여 조선 후기 전라도 사람들이 울릉도 나무로 만든 홍두깨 등을 함께 전시하여 지역의 특색을 부각시켰고 여수 지방의 사철나무와 독도의 사철나무의 유전적 연관성도 알아볼 수 있는 다채로운 독도 체험 학습장이 마련된 것이다.

특히 이번 전시회는 3월 말 검정 통과된 일본 교과서의 부당한 독도 영유권 주장과 역사 왜곡에 대한 대응으로 초중고 학생 및 국민 모두가 독도가 역사적, 지리적으로 명백한 한국 영토라는 사실을 내외에 알리는 계기가 되었다.

오늘은 다음번에 독도에 들어갈 예비 지역대가 유사시 독도에 출동할 대비 태세를 점검하고 교육하는 날이다. 예비 지역대의 가장 큰 임무는 지금 독도에 근무 중인 독도 경비대가 철수하면 독도로 들어가 독도를 완벽하게 지킬 수 있도록 준비하면서 교육 훈련을 받는 것이고, 또 하나는 독도에 돌발 상황 발생 시 1차로 긴급 투입되는 것인데 공군 전투기나 해군 함정이나 해경이 출동하기는 용이하지만 경비대가 투입되려면 헬기나 배가 있어야 하는데 그 점이 아쉽다. 국방부에서 이 문제를 해결하기 위해서 울릉도 사동항에 해군정과 해경정이 입출항 할 수 있도록 항구를 정비 중이므로 보다 근원적인 해결책이 나오리라 기대한다.

내 친구 할아버지가 돌아가시기 전 늘 손자들에게 이런 말씀을 하셨다고 한다. "생각이 팔자야." 아마도 어르신은 자손들에게 좋은 생각 바른 생각을 갖고 인생을 살라는 교훈을 주시려고 이 말을 하신 듯하다. 참으로 단순 명쾌하고 의미 있는 말이라 아니할 수 없다. '올바른 사고는 좋은 습관을 만들고 좋은 습관은 사람의 운명을 좌우한다.' 라는 우리 집 가훈과도 비슷하다.

11월 19일
풍향 북서-북 **풍속** 10~14m/s **파고** 2~3m **천기** 구름 많음

침묵보다 더 깊은 침묵

08:25 독도 남동 22마일 지점에 일본 해상 보안청 소속 순시선이 출현, 즉각 우리 해경이 육안으로 확인하고 대응에 나섰다. 올해 들어 84회째 출현이고 전년 동기 87회 대비 3회 감소 상태이며, 2010년에는 총 95회 출현한 바 있다.

겨울비와 안개가 섞여 바다가 제대로 보이지 않는다. 울릉도는 온난 다습한 해양성 기후로 내륙 지역과는 다른 독특한 기후대를 형성하고 있으며 연평균 기온은 12.0도, 연평균 습도는 72%, 연 강수량은 1,367밀리미터이다. 겨울에는 북서 계절풍의 영향으로 연 강수량의 40%가 눈으로 내리는데, 평균 적설량은 1미터이다. 250~450만 년 전 생성된 것으로 추정하는 독도는 강수량은 연 1,048밀리미터로서 1,400밀리미터인 육지와는 다소 차이가 나지만 연중 85%가 흐린 날씨이거나 눈비가 내려 비교적 습한 형태를 띠고 있다. 또한 강한 해풍과 암석류의 척박한 토질로 식물이 잘 자랄 수 없는 환경 조건을 갖추고 있다.

어제와 오늘 종일 내린 비는 겨울을 재촉하는 비였다. 파도가 높

고 풍랑이 심해 배도 일주일 이상 뜨지 않는다. 가을 산의 아름다움이 흔적조차도 찾아보기 힘든 계절이 돌아왔다. 바다의 항구에 배가 없고 육지 사람들의 왕래가 없다. 그렇게 붐비던 항구가 적막하다.

세계적으로 유명한 필하모닉 기획자가 한국의 관객이 좋아 자주 찾는다기에 기자가 왜 좋으냐고 물으니 한국의 관객들은 음악을 듣는 태도가 '침묵보다 더 심오한 침묵으로 반응을 보이기 때문' 이란다. 그렇다면 웅변보다 더 큰 것은 무엇일까? 나의 안을 들여다보고 알아차리는 관찰일 것이다.

모든 능력이 당신 안에, 당신이 머문 곳에 있습니다.
하면 할수록, 주면 줄수록 커지는 능력
많이 나눌수록, 많이 베풀수록 커집니다.
평생 사랑하고 풍요로운 능력, 이미 당신 앞에 가득합니다.
무엇을 망설이십니까.
얼른 꺼내 쓰시길 바랍니다.

오늘은 안전사고 예방에 주력하도록 독도와 울릉도 전 지휘 요원과 대원에게 특별 지시를 내렸다. 계속 기상 상황이 좋지 않고 바람이 심하게 부는 데다 배가 일주일 넘도록 뜨지 않은 지루한 상황이 계속되고 있다. 특히 안전사고의 대부분은 휴일에 발생한다. '다모클레스의 칼' 처럼 안전사고는 평상의 행복과 즐거움을 순식간에 빼앗는 파괴력이 큰 잠재적인 재앙이다.

11월 20일

풍향 북서-북 풍속 12~18m/s 파고 3~4m 천기 구름 많고 비

홀로 성인봉을 오르다

일요일 아침 07:40, 물과 호박엿 몇 개만 갖고 성인봉을 오르기 시작했다. 일요일에 홀로 관사에만 있으면 건강에도 안 좋고 마음도 심란해질 수 있기 때문에 극기 훈련도 할 겸 등산을 하기로 했다. 성인봉에 오르는 길은 나리분지, 안평전, KBS, 대원사 등 대략 4개소에서 출발하는 것인데 984미터 산이라 최소 2시간은 걸려야 정상에 오를 수 있다. 안평전 코스는 처음 올라갔지만 간간이 남아 있는 산골짜기의 단풍을 음미할 수 있는 깊은 계곡을 끼고 올라가는 코스였다.

높은 산에 인적이 드문 코스로 가면 다소 위험성이 있다. 특히 울릉도의 산은 비탈이 심하여 더욱 그렇다. 하지만 혼자 산에 가면 좋은 점이 있다. 우선 속도에 신경을 쓰지 않고 경치를 충분히 감상하면서 오를 수 있어 체력 조절을 하기 쉽고 다른 사람 신경 안 쓰니 명상하기에 좋다. 정상에 오르니 울릉중학교 남학생 5명이 벌써 도착해 있다. 그중 한 학생이 나에게 성인봉에 몇 번 와 봤느냐고 묻는다. 나는 5번째라고 대답하니 외지 사람도 성인봉 10번 이상 올

라가면 울릉도 사람이나 마찬가지라고 어른들이 말씀하셨단다. 나는 군이 내 신분을 밝히지 않았다. 학생들이 선입견을 갖게 될까 봐 그렇고 굳이 그럴 이유도 없었다. 인증 샷을 하고 하산하려는데 컵라면 등을 간식거리로 싸 온 학생 중 하나가 내게 삼각 김밥을 건넨다. 김밥은 차가운데 먹으니 마음은 따뜻하다. 나도 호박엿을 몇 개 건네주고 하산하는데 싸락눈이 내린다. 마음은 아직 가을에 머무는데 계절은 벌써 겨울이 오고 있다. 숙소로 돌아와 겨울에 어울리는 안도현님의 〈연탄 한 장〉을 읊어 본다.

또 다른 말도 많고 많지만
삶이란
나 아닌 그 누구에게
기꺼이 연탄 한 장 되는 것

방구들 선들선들해지는 날부터 이듬해 봄까지
조선 팔도 거리에서 제일 아름다운 것은
연탄 차가 부릉부릉
힘쓰며 언덕길 오르는 거라네.
해야 할 일이 무엇인가를 알고 있다는 듯이
연탄은, 일단 제 몸에 불이 옮겨 붙었다 하면
하염없이 뜨거워지는 것
매일 따스한 밥과 국물 퍼먹으면서도 몰랐네.
온몸으로 사랑하고 나면

한 덩이 재로 쓸쓸하게 남는 게 두려워
여태껏 나는 그 누구에게 연탄 한 장도 되지 못하였네.

생각하면
삶이란
나를 산산이 으깨는 일

눈 내려 세상이 미끄러운 어느 이른 아침에
나 아닌 그 누가 마음 놓고 걸어갈
그 길을 만들 줄도 몰랐었네, 나는……

11월 21일
풍향 서-북서 풍속 12~16m/s 파고 2~3m 천기 구름 많음

휴먼 네트워크Human network

요즘은 SNS(소셜 네트워크 서비스)가 대세인 듯하다. 10대와 20대가 스마트폰과 SNS의 대명사라면 우리 같은 50대는 말꼬리를 잡고 뛰는 아디 세대이다(아디 세대는 아날로그와 디지털 세대의 중간쯤 위치한 사람을 지칭). 조선일보 주필을 지낸 이규태 씨가 연재했던 '말꼬리를 잡고 뛰는 세대' 제하의 글의 요지는 이렇다. 말은 원래 사람이 말 등에 타고 가야 정상인데 말 등에 오르지 못한 아날로그 세대는 말꼬리를 잡고 함께 뛰는 형국이라는 것. 그림을 생각해 보면 웃음이 나지만 스마트한 세대에는 어울리지 않는 사람들이다.

하버드대학에서 컴퓨터 과학과 심리학을 전공하고 주목받는 글을 여러 차례 발표한 페이스북Facebook 설립자이자 최고 경영자CEO 마크 주커버그Mark Zuckerberg는, "인간은 본능적으로 관계를 지향하는 동물이다."라고 규정했다. 영화 〈소셜 네트워크〉 속의 마크는 현실 사회의 친구나 연인과 잘 소통하지 못하는 이상한 인간으로 묘사되어 있다. 마크가 페이스북을 만든 이유가 보잘것없는 외모와 한심한 체력의 소유자인 자신의 존재를 인정받기 위해서라는 것이다. 그렇지만 인터넷에도 커뮤니케이션 스킬, 그리고 사람의 도리

와 규칙이 존재한다. 게다가 밀도 높은 커뮤니케이션까지 이루어진다. 특히 실제 이름으로 실제와 같은 관계를 맺으며 소통하는 페이스북은 이제까지 몰랐던 인터넷의 본질과 사용 방식을 우리에게 제시한다. 지금 정부에서 하려는 규제의 움직임이 보편적 사회적 담론을 아우를 수 있을지 귀추가 주목되는 이유이다.

우리 부대는 20대에서 50대까지 다양한 연령층이 모인 첨단과 전통의 조화를 이루고 있는 조직이다. 특히 매주 월요일 회의에는 21세의 분대장 요원들부터 30~50대의 지휘 요원에 이르기까지 모두 모여 자유 토론을 한다. 나는 경찰대학이나 국세청 등에서 강의 요청을 받을 때면 '정보학' 강의를 할 때 정보에 있어서의 '인간관계론'을 강조한다.

우리가 미래를 예측하고 판단할 때에는 정확한 정보 자료가 필요하다. 특히 독도와 울릉도의 해안을 지키는 우리 부대의 경우에는 해상 날씨의 예측과 독도와 관련된 기관, 단체, 주민의 여론과 관심사 등도 매우 중요하다. 사소한 것 같지만 기상과 사물의 움직임 같은 기본적인 정보는 대부분 인간관계와 데이터를 통해서 인지하게 된다. 오늘 분대장급 대원들을 참여시킨 확대 지휘 요원 회의에서도 사명서 발표를 하게 했다. 사명서 낭독을 듣노라면 난 어느 틈에 우리 대한민국의 최동단이자 대한민국 국민들의 마음의 심장부인 독도 경비 책임자의 초심으로 돌아간다.

11월 22일

풍향 서-북서 풍속 8~12m/s 파고 1~2m 천기 구름 많음

이사부와 안용복

이사부 장군과 안용복은 독도와 울릉도가 대한민국의 땅이라는 확실한 논거를 제시한 실존 인물이며, 우리의 영웅인 두 분에 대한 존귀함이 후손들에 의해 정성껏 고증되는 발현 작업을 거치고 있다. 강원도 삼척시는 이사부의 역사성과 상징성, 문화 브랜드 가치를 발견하고 독도에 이사부 길을 만들었으며 끝없이 지속되는 일본의 독도와 동해 침탈 야욕을 분쇄할 수 있는 범국민적 교육 체험 시설인 '이사부 테마 파크' 건설을 추진 중이다. 2012년은 이사부 장군이 우산국을 정벌한 지 1,500주년이 되는 해이다.

신라의 명장 이사부 장군은 신라의 17번째 임금인 내물왕의 4세손으로 알려져 있다. 성은 '김'이고 태종苔宗이라고 불리었다고 한다.

512년(지증왕 13년)에 우산국을 정벌할 때 장군의 지위로 출정한 것으로 알려지고 있다.

《삼국사기》에는 진흥왕 11년, 즉 550년에 이사부 장군이 군사를 이끌고 고구려의 도살성과 백제의 금현성을 함락시켜 신라의 영토로 삼았다는 기록이 나온다. 또 진흥왕 15년인 554년, 진흥왕이 이

사부에게 명해 대가야를 병합시키기도 했다. 하지만 무엇보다도 이사부 하면 가장 먼저 떠오르는 게 우산국(울릉도) 정벌이다. 이사부는 지증왕 13년인 512년, 아슬라 주(지금의 강릉시) 군주의 자격으로 우산국을 정벌하여 신라의 영토로 복속시킨다.

《삼국사기》에 보면 이때에 이사부는 우산국 사람들이 어리석고 사나워서 위력으로는 정벌하기가 어렵다고 판단, 나무로 사자 모양을 많이 만들어 전선戰船에 나누어 싣고 우산국 해안에 다다르자 거짓으로, "너희들이 항복하지 않으면 이 맹수를 풀어 놓아 밟아 죽이겠다."고 말했다고 한다. 그러자 우산국 나라 사람들이 두려워서 곧 항복했다고 하는 이야기가 전해진다.

한편 안용복 재단에서도 울릉도에서 독도가 보이는 석포 전망대 인근에 안용복 기념관을 건립 중이며, 독도가 대한민국 땅이라는 홍보와 교육 사업에 열중하고 있다. 안용복은 숙종 22년(1699년) 봄에 해산물 채취를 나갔다가 또다시 일본 어선들이 울릉도에서 어로 활동을 하고 있는 것을 보고 즉시 그들을 쫓아내고, 울릉도가 조선의 영토임을 항의하기 위하여 일본의 돗토리鳥取 번으로 넘어갔다. 돗토리 번주 앞에 선 안용복은 울릉도와 독도가 조선 땅임을 명확히 하고, 일본인들의 계속되는 침범을 근절하여 줄 것을 요구하였던 것이다. 이에 돗토리 번주는, "두 섬이 이미 당신네 나라에 속한 이상兩島旣屬國, 만일 다시 국경을 넘어 침범하는 자가 있으면 국서를 작성하고 역관을 정하여 무겁게 처벌할 것이다."라고 하여에도 바쿠후의 결정 사항을 정했으니 그의 용기와 애국심은 실로 대단하다.

　개그우먼 조혜련 씨가 일본어 교습 책을 내면서 〈독도는 우리 땅〉 이라는 노래를 일본어로 개사했다가 논란이 일자 전량 폐기하고 사과하는 소동을 빚었다. 일본어를 쉽게 배우게 하려는 의도였다는 해명이지만 교육적 측면만 강조한 나머지 국민적 정서나 여론을 등한시한 결과이다. 세상은 독도를 놓고 일희일비한다. 그래도 독도는 말이 없다.

■ 일본 순시선 15:20경 출현, 17:30경 소실, 올해 85회째.

11월 23일
풍향 서-북서 **풍속** 14~20m/s **파고** 3~5m **천기** 구름 많고 비, 눈

김장하는 날

오늘은 우리 경비대 전·의경 어머니회가 부대에서 김장 김치를 담그는 날이다. 요즘은 김치도 사서 먹는 것이 경제적이라고 할 정도여서 굳이 김장을 할 필요성이 없다고 할 수 있으나 내 생각은 조금 다르다. 첫째는 우리 대원들에게 다양한 경험을 시켜 주고 싶다. 나도 어릴 적 학교에서 집으로 와 보면 마당 가득히 김치와 무가 쌓여 있고 온 식구가 팔을 걷어붙이고 김장을 하는 모습을 보았는데, 아마도 어머니가 많은 식구를 위해서 그랬겠지만 200포기 이상씩 김장을 한 것 같다. 김장하면 으레 뒤따르는 돼지고기를 삶아서 겉절이 김치를 싸서 먹는 것 또한 일품이다. 배추김치 사이사이에 넣는 무는 한겨울에 꺼내 방금 지은 밥과 먹으면 그야말로 꿀맛이다. 둘째는 이러한 경험을 통해서 대원들의 정서적인 안정감을 도모하는 것이고 셋째는 전·의경 어머니들과 대원들이 친교의 시간을 갖는 것이다. 다시 말하면 김장도 우리가 공적으로 하는 일종의 작전과 다를 바 없다. 삶은 곧 작전의 연속이다.

오늘은 연평도가 북한으로부터 포격 도발을 받은 지 1년이 되는

날이다. 오전에는 순직 장병을 위한 추모제가 열리고 오후에는 연평도를 중심으로 합동 방위 훈련이 있었다. 해병 대원들은 그날이 되풀이되지 않기 위해 열심히 훈련하고 있다. 만일 그런 상황이 또 온다면 백 배, 천 배로 응징할 것을 다짐 또 다짐하고 있다. 일부 언론 보도에서 당시 대응 사격을 한 해병 대원을 영웅이라고 호칭하자 그 해병 대원은 이렇게 말하였다.

"나는 영웅이 아닙니다. 다만 군인일 뿐입니다. 북한의 포격 도발이 있을 때 나는 내 임무를 완수하기 위하여 오로지 북한을 향해 자주포를 쏴야 한다는 생각만 머릿속에 가득할 뿐 아무런 생각도 하지 않았습니다."

이것이 바로 군인 정신이요, 국토를 수호하는 모든 사람들의 생각이어야 한다.

11월 24일
풍향 서-북서 **풍속** 14~18m/s **파고** 3~4m **천기** 흐리고 비, 눈

우리나라 국토 면적
9만7,700㎢+EEZ면적 37만4,936㎢

이른 아침에 첫눈이 살짝 내렸다. 어제가 소설이고 오늘 눈이 내린 것을 보니 틀림없는 겨울이 온 것이다. 바람도 차고 바다에는 풍랑 주의보까지 내려져 해안선 일주 도로까지 물이 넘친다. 하지만 오늘은 지휘 요원과 대원들의 사격 훈련이 계획되어 있어 예정대로 훈련에 임하기로 했다. 서해는 긴장도가 높은 만큼 군사적인 대비도 한층 강화되었다. 그런 것을 보면 오히려 동해의 방비 태세 점검이 더욱 중요해졌다.

어제 북한의 연평도 도발에 순직한 해병 대원에 대한 추모제가 열리고 오후에 연평도를 중심으로 합동 방위 훈련을 전개한 데 대하여 북한은 '청와대를 불바다로 만들 것'이라는 협박이다. 연평도 도발에 대한 북한의 사과 요구는 이로써 묵살되었다. 북한이 우리를 무력으로 불바다를 만들겠다고 떠들어 대고 있지만 지금 서울 한복판에서는 한미 FTA 국회 처리를 둘러싸고 반대 집회 시위가 한창이다.

최근 권도엽 국토 해양부 장관은 한국 해양 전략 연구소가 서울

용산 전쟁 기념관에서 '무한 해양 경쟁 시대 어떻게 준비할 것인가'를 주제로 개최한 모닝 포럼에 초청 인사로 참석해, "해양 자원 개발을 둘러싼 연안국 간의 마찰이 심화돼 해양 관할권 확보를 위한 본격적인 해양 경쟁이 심화될 전망"이라면서, "독도에 종합 해양 과학 기지를 구축하고, 서해 접적 해역에 정밀 조사를 벌이며 영해 기점 관리를 통해 실효적 관할권을 강화해야 한다."고 말했다.

특히 동북아의 경우 한·중·일 세 나라는 1996년 EEZ 제도를 모두 시행하고 있다. 현재 EEZ와 관련해 우리나라와 일본 사이에는 독도와 대륙붕 문제를, 중국과는 EEZ 경계 설정 등을 두고 적잖은 갈등을 빚고 있는 상태라면서, "154개 연안국이 200해리 EEZ를 선포할 경우 해양 37%, 어장 90%, 석유 매장량 90%가 연안국에 귀속될 수 있다."며, "주변국과의 경계 획정 협상이 본격화될 것."이라고 예상했다.

우리의 해양 여건과 관련, "우리나라는 국토 면적(9만9720㎢) 대비 EEZ면적(37만4936㎢) 비율이 약 3.8배로 넓은 해양 관할권을 갖고 있다."며, "기술 발전 수준에 따라 개발 잠재력이 큰 해양 자원을 보유한 만큼 우리 영해와 EEZ 내 부존 석유, 천연 가스 등의 조사·연구 강화가 필요하다."고 주문했다.

나도 돌이켜 보니 부대 운영을 함에 있어서 대원들 위주로만 마음을 쓰고 지휘 요원들에게는 다소 등한시한 느낌이다. 어느 쪽으로도 치우치지 않는 균형성을 갖추도록 노력하여 늘 초심을 유지하도록 더욱 마음을 가다듬어야겠다.

정치가와 행정가, 그리고 CEO의 차이

行정학이나 정치학 이론 중에는 정치와 행정이 동일하다는 일원론과 그렇지 않다는 이원론으로 나뉜다. 정치인들은 정치는 행정적으로 풀이할 수 없는 고도의 기술적, 정치적 색채가 강한 색채를 띠고 있으며 한마디로 행정보다 한 수 위라고 주장한다. 자치 단체장은 정치인인가, 행정가인가? 이렇게 구별할 필요는 없지만 딱히 이원론적으로 구별할 필요도 없다.

그런데 또 하나의 구별 방식은 정치인은 페이퍼보다는 말로 하는 것을 선호하고 행정가들은 페이퍼를 선호하는 경향이 있다. 그것은 정치는 유연성과 자유분방성을 내포하지만 행정은 보다 안정적이고 부동적인 특징을 지니고 있기 때문이다.

CEO도 예전에는 기업의 이익만 잘 챙기면 최고의 경영자였지만 지금은 사회적 기업의 의미를 간과해서는 훌륭한 CEO가 될 수 없다. 만일 결재권자가 정치인 출신이라면 그는 분명히 페이퍼보다는 립 서비스(구두 보고)를 좋아할 가능성이 높다.

국무총리 두 분을 비교하면 고건 전 총리와 김종필 전 총리이다. 고건 전 총리는 매사에 페이퍼를 좋아하고 밑줄까지 쳐 가면서 결재를 하는 스타일이었던 반면 김종필 전 총리는 주로 얼굴 결재를 하는 스타일이다. 한사람은 행정가요, 다른 한 사람은 정치가이다.

새에게는 날 수 있는 날개가 있고
물고기에게는 헤엄칠 수 있는 지느러미가 있으며
들짐승에게는 달릴 수 있는 발이 있다는 것은 나도 알고 있다.
달리는 들짐승은 덫을 놓아 잡으면 되고
헤엄치는 물고기는 그물로
날아가는 새는 활을 쏘면 된다.
그러나 용은 바람과 구름을 타고 하늘을 날아오르니
그것에 대해서는 누가 안단 말인가?
오늘 나는 노자를 만났는데 그는 한 마리 용이었다.

이 글은 공자가 예절에 대해 묻고자 노자를 만난 이후 제자들에게 한 말이라고 한다. 자치 단체장이나 국회의원처럼 국민이 리더를 잘 만나는 것은 모든 국민들의 바람이며 꿈이 아닌가. 육지에서는 수사권 조정 문제를 둘러싸고 국무총리실의 편중된 조정안이 경찰의 거센 반발을 불러일으키고 있다. 쟁점이 있을 때 이를 중재하는 조정자도 힘들 것이다. 더구나 검찰처럼 무소불위의 권한을 가진 기관을 상대로 하는 것은 더욱 그렇다. 하지만 조정안이 균형성을 잃었을 때 잘된 조정안이라 할 수 없다.

이 세상에는 검찰 공화국이라는 오명을 바로잡아야 한다는 여론이 가득하다. 절대 권력은 부패하게 되어 있다는 것은 만고의 진리이다. 권력이 균형과 견제라는 원리에서 벗어나면 통제가 안 되는 것이다. 브레이크 없는 벤츠와도 같을 지 모른다.

11월 26일
풍향 서-북서 풍속 8~12m/s 파고 1.5~2.5m 천기 구름 많음

와우, 생일 축하합니다!

오늘 아침 메뉴는 미역국이다. 내 생일이라 취사반에서 특별배려한 것이다.

지휘 요원 및 대원들과 함께 아침을 먹던 중 대원들이 케이크를 들고 내게로 와서 생일 축하 노래를 불러 주고 편지까지 건네준다. 그 어느 때보다 행복한 아침이다.

내 생일 전날 배가 안 떠 토요일 새벽 4시부터 서둘러 집을 나선 아내는 고속버스로 강릉에 와서 아침 배를 타고 점심때가 되어서야 울릉도에 도착할 수 있었다. 엊그제는 시골 부모님께 미역과 잡술 것을 챙겨 소포로 보냈다. 집사람이 이렇게 챙겨 주니까 위안이 된다.

아침에 어머니에게 안부 전화를 했다. 날씨가 춥다고 하니까 어머니께서, "네가 태어난 해에 비하면 이건 추위도 아니다."라시면서 미역국이라도 먹었는지 물으신다. 어머니가 자식을 낳고 수십 년이 지나 자식의 생일날 미역국이라도 받으셔야 마땅하지만 현실은 그렇지 못해 마음이 불편하다.

지난 11월 4일 해상 근무 중인 정갑수 군산 해양 경찰서장이 순직

한 그날이 본인의 생일이었는데 그때도 인천에 있던 부인이 생일상을 차려 주기 위해 군산에 내려갔으나 사고 소식을 듣고 망연자실했다는 보도가 생각났다. 고인의 명복을 빌면서 '오늘이 내 생일이니 나는 아직 살아 있구나' 하고 실감한다.

세상 모두가 아름다움을 아름다움으로 보는 것은 추함이 있기 때문이다.
착한 것을 착하다고 하는 것은 착하지 않음이 있기 때문이다.
있음과 없음은 서로를 만들어 낸다.

어려움은 쉬움 속에서 태어난다.
긴 것은 짧은 것으로 인해 정해지고 높은 것은 낮은 것으로 인해 결정된다.
앞과 뒤는 서로 함께 간다.
기르되 소유하지 않고 일하되 보답을 바라지 않는다.

생일 편지

생신 축하드립니다. 대장님께서 부임하신 지가 엊그제 같은데 벌써 몇 개월이 흘러 즐겁고 체계적인 군 생활을 보내고 있습니다. 앞으로도 건강하시고 항상 저희를 아들처럼 보살펴 주십시오! 저희 독도 울릉 경비 대원들도 대장님을 아버지처럼 믿고 따르겠습니다.
— 일경 정유종

대장님의 오른팔 이희윤입니다. 아직 많이 부족한 저를 잘 대해 주시고 많이 생각해 주셔서 저로서는 정말정말 감사합니다. 저도 앞으로 대장님께 보답하기 위해 최선을 다하겠습니다.

생신 축하드리고 항상 건강하시길 바라겠습니다.

대장님! 생일 축하드립니다. 맛있게 음식을 드셔 주셔서 감사드리고 항상 대원들을 챙겨 주시는 대장님의 너그러운 배려 덕분에 슬기롭고 유익한 군 생활을 보낼 수 있어서 감사드리고 존경합니다. 대장님의 생신을 같은 곳에서 보낼 수 있어서 영광입니다. 대장님! 생신 축하드립니다 ─ 취사반 일경 황지영

대장님 생신 축하드립니다. 저를 소개하자면 울릉 경비대의 맥가이버가 될 발전 대원 일경 최민규입니다. 대장님을 생각하면 열정적이고 항상 젊게 사시는 것이 존경스럽습니다. 대장님께서 기억될 만한 생신 파티가 되었으면 좋겠습니다.

존경하는 대장님! 생신 축하드립니다. 저희 아버님과 연세가 같으셔서 그런지 대장님을 뵐 때마다 아버지가 생각납니다.……ㅠㅠ 사랑합니다. ─ 상경 정오영

대장님 생신 축하드리고요. 본부 대원들 모두 열심히 하고 있고 나름 고생하고 있습니다. 특박을 받고 싶습니다!

에고……귀여운 내 새끼들이라니……ㅎㅎㅎ

독도 실효적 지배를 논하다

실효적 지배 강화를 위한 해 · 육상 관광 현실화 방안

정부가 독도에 대한 실효적 지배권 강화 차원에서 독도 해상을 관광하는 수중 관람실과 동도와 서도를 직접 관람하는 '연결로' 등 관광 시설을 설치, 오는 2016년부터 독도 해 · 육상 관광을 현실화할 것임을 밝혔다. 아울러 독도에 관광 시설 및 방파제를 설치하기 위해 2013년 공사에 착수하고 2016년 완공하여 국민들은 물론 외국인을 대상으로 관광을 실시하기 위해 4천억 원을 투입할 방침이다.

독도에 대한 실효적 지배권 강화를 위한 다양한 방안은 역시 우리 영토를 우리 국민이 직접 가서 보고 체험하는 관광 시설을 설치하는 것이 무엇보다 필요하고 수중 관람실, 수중 정원 같은 해상 관광 시설은 독도가 우리의 땅임을 전 세계에 널리 알리는 계기가 될 것이다. 특히 우리의 국토인 독도를 지키기 위해 시급한 것은 대규모 관광객이 이용하는 여객선과 우리 군, 경찰의 경비정이 접안할 수 있는 방파제의 건설이다. 지금도 겨울철 파고로 독도 경비 근무하는 경비 경력을 교대할 때 애를 먹고 있고 관광객도 독도까지 왔다가

206

파도가 높아 입도하지 못하고 되돌아가는 경우가 비일비재하다.

일본 외무성은 즉각 반응을 보였다. 일본 대사를 우리 외무부에 보내 독도에 관광 시설 설립은 안 된다는 입장을 전달하고 한국의 공식 입장을 통보해 줄 것을 요구해 왔다. 참 어이없고 기가 막힌 일이다. 우리 땅에 우리가 관광 시설을 하는 문제를 왜 일본이 나서서 된다, 안된다고 하는가. 참으로 예의 없고 상식적으로 납득이 되지 않는 일이다.

"과거를 바꿀 수는 없다. 하지만 과거에서 배울 수는 있다. 다시 똑같은 상황이 벌어지면 우리는 다르게 행동할 수 있고 더 조심스럽게 현재를 살 수 있다. 과거에 어떤 일이 일어났는지 돌아보라. 과거에서 소중한 교훈을 배워라. 그리고 배움을 통해서 더 나은 현재를 만들어라."
《선물》의 저자 스펜서 존스의 말이다. 실패를 통해서 배울 수 있다면 그것은 실패가 아니라는 생각이 든다.

이만희 경북 청장님의 취임식이 오후에 있었다.
취임사의 핵심은 주민들이 무엇을 필요Needs로 하는지 잘 파악하고 법 집행자로서뿐만 아니라 문제 해결자Problem Solver로서 현장 중심 치안을 실천할 것을 강조하셨다. 특히 공직자로서 일기일회一期一會의 마음으로 임하라는 당부가 있었다. 인생에 있어서의 단 한 번의 기회, 만남의 인연도 해야 할 일도 단 한 번뿐이라면 얼마나 절박하고 소중한 마음으로 임할 것인지 분명해진다. 참으로 가슴에 와 닿는 말이다. 우리 독도 경비대는 취임식에 참석할 수 없는 관계로 화상 시스템을 통하여 청장님의 격려 말씀을 들을 수 있었다.

■ 05:45 일본 순시선 3천 100톤급 독도 기점 남동쪽 18해리 출현, 즉각 우리 해경과 해군에 통보하고 대응에 나섰다.

11월 29일

풍향 북동-동 **풍속** 12~18m/s **파고** 3~4m **천기** 흐리고 비

해상 국립 공원

울릉도와 독도를 해상 국립 공원으로 지정하는 문제

우리나라 국민 10명 중 9명은 울릉도와 독도를 해상 국립 공원으로 지정해야 한다고 생각하는 것으로 나타났다.

미래 희망 연대와 독도 수호 국제 연대, 독도 수호대와 공동으로 한길 리서치에 의뢰해 전국 성인 남녀 1,000명을 대상으로 실시한 전화 여론 조사 결과에 따르면 '울릉도 독도 해상 국립 공원' 지정 여부에 대해 찬성한다는 응답이 89.9%에 달했다. 그 이유로는 '독도의 영토 수호를 위해(51.5%)', '자연 환경 보전을 위해(26.4%)', '세계적 관광지로 키우기 위해(22.3%)' 등의 순이었다. 울릉도 독도의 국립 공원 지정에 반대하는 의견은 8.0%에 그쳤다.

환경부가 신규 지정을 검토 중인 21번째 국립 공원 후보지 중 선호도 1위도 울릉도 독도(59.5%)였다. 이어 비무장 지대DMZ (13.3%), 광주 무등산(10.2%), 강화 갯벌(9.5%), 태백산(5.5%) 순으로 나타났다.

최근 전국적으로 휴가나 특박을 나간 대원들이 부모님 차량을 운전하다가 사고를 내는 경우가 간혹 있고 음주 운전 사고까지 발생

해 물의를 빚고 있다. 우리 대원들도 가급적 영외에서의 운전을 삼가도록 교양을 실시하였지만 대원 휴가 시 대원 부모에게도 협조를 당부해야겠다.

■ 비정기 운항으로 새벽 5시에 포항에서 출발한 배가 기상 악화로 회항.

독도의 어족 자원과 생태 환경

독도는 바다 속에 55킬로미터에 이르는 3개의 해산海山으로 연결되어 있고 물에 잠긴 전체 면적이 울릉도의 6배 크기인 450평방킬로미터에 달한다. 수면 아래 해산의 높이도 최고 2,270m로 한라산보다 높다.

우리나라 해양 연구소 조사에 의하면, 독도를 구성하는 땅덩이는 동해 심해저로부터 2,000여 미터 높이로 솟구친 3개의 해산으로 구성돼 있고 독도라 일컫는 동도와 서도는 제1 해산 위에 드러난 작은 부분이다.

3개의 해산은 제1 해산과 이곳에서 15킬로미터 떨어진 제2 해산, 55킬로미터 떨어진 제3 해산으로 나뉘며, 물에 잠긴 산 정상까지의 수심은 60~200미터에 불과하다. 각 해산은 원추형이고 윗부분은 경사도 2% 안팎의 평지인 것으로 확인됐다.

광합성 해조류가 많이 자라고 어자원도 풍부한 것으로 조사됐다. 이 3개의 해산은 5백만 년 전에서 2백70만 년 전 사이 일어난 화산 활동으로 형성된 것으로 일본의 대륙붕이나 독도에서 일본 쪽으로 가장 가까운 오키隱岐 섬의 생성 기원(일본판 화산 활동)과는 다르다.

이어도와 함께 독도는 경계 수역 위치로서 중요한 곳이지만 특히 더 소중한 점은 해양 자원이 풍부하여 미래의 해상 생태 공원을 조성할 천혜의 무한한 가치가 있어 우리가 힘을 합쳐 반드시 지켜 내고 후손에게 고이 물려줄 우리의 꿈이 녹은 섬이다. 일본이 그리 탐내는 이유도 천혜의 가치와 함께 대륙붕으로서 연결 고리를 마련하여 섬나라가 아닌 대륙적 본토를 노리는 음험한 야욕을 실현시키기 위함인 것이다.

최근에는 새벽에 잠을 깨는 경우가 종종 있다. 나는 아침형 인간, 새벽형 인간이다. 우리나라 CEO들의 라이프스타일은 80% 이상이 아침 6시 이전에 일어나는 것으로 알려졌다. 시간이 누구에게나 공평하고 단순하게 믿을 때 그것은 모두의 손에 쥐어진 영화 티켓이나 밥 한 그릇처럼 단순하고 유한한 자원에 불과하다. 하지만 시간이 공평하지 않다고 생각할 때 무한에 가까운 활용 가치를 갖게 된다. 새벽형 인간의 특징은 긍정의 마음을 갖는 것이라는 생각이 든다.

문제는 입동이 지나면서인데 아침 일출 시간은 6시 50분경인데 울릉도 관사에서 홀로 지낼 때는 혼자이므로 책을 보든, 인터넷이나 TV를 보든 별 문제가 되지 않는다. 하지만 집에서는 아내와 아이들이 한참 잘 시간이고 특히 휴일에 집사람이나 가족들의 기상 시간이 7시 또는 8시 이후로 늦어지므로 컴컴한 두세 시간을 어떻게 보내느냐 하는 것이 상당히 심각한 문제이다. 시골에 계신 어머님께서 간혹 새벽 3시경 잠에서 깨었다고 하실 때 그 고충을 알 것 같다. 우리 부대도 동절기로 접어들면서 아침 점호를 7시로 늦추어 대원들의 함성 소리도 동이 트고 나서야 들을 수 있다.

12월 1일
풍향 북동-동 **풍속** 12~16m/s **파고** 2~4m **천기** 구름 많고 비 또는 눈

겨울이 없어지는 울릉도와 제주도

2012년 1월 초, 새해에 독도를 지키러 가는 독수리 지역대와 함께 자체 사고가 없도록 기원하는 마음을 담아 경비대 앞마당에 타임캡슐을 묻는 행사를 실시했다. 타임캡슐에는 자체 사고 예방을 위한 각오, 향후 군 생활 계획, 자기 인생의 꿈과 포부, 부모님께 드리는 편지 등을 넣었는데 개봉일은 6개월 후인 2012년 6월이다.

독도 의경 지원율이 점점 높아져 1차에 5.3:1, 2차에 6:1, 3차에는 무려 11.8:1의 경쟁률을 보여 해병대 입대보다 어려워지고 있다. 독도 지원율이 높아지는 가장 큰 이유는 '독도를 수호하면서 보람을 느끼고 싶다'는 것이고 경찰관이 되기 위한 필수 코스로 여기는 경향이다. 조국의 영토를 지키려는 젊은이들이 자랑스럽다.

이렇게 자기의 인생은 자기가 스스로 개척하고 살아가는 것이다. 결국은 행복도 내 마음의 문제가 아니던가? 다른 사람이 아무리 좋아 보여도 내가 할 수 없다면 아무 소용이 없다. 나를 위해 살고 나를 기준으로 살 수밖에 없다. 결국은 내가 만족하는 삶이 가장 지혜로운 삶일 것이다. 자신이 중심이 되는 것은 이기적인 삶과는 다르다. 스스로 자신의 삶에 만족하고 삶을 주도적으로 만들어 갈 때 우

리는 다른 사람에게도 기쁨과 여유, 유머, 감사함을 나누어 줄 수 있기 때문이다. 그렇게 자발적으로 나라를 생각하는 마음이 진지하게 오래가는 애국이리라.

지구의 탄소 배출량이 현재 상태를 계속 유지하면 2050년 평균 기온이 현재보다 3.2도 오르고 2100년에는 6.0도가량 뛰어오른다. 2100년까지 전 세계 기온의 상승 전망치는 4.8도이고 강수량은 2050년에 15.6%, 2100년까지 20.4% 늘고, 해수면의 높이도 각각 27㎝, 78㎝ 올라갈 것으로 분석됐다.

온난화로 인해 현재 한 해 평균 8.8일인 폭염 일수는 2050년 25일로 3배 늘고 열대야 역시 현재 5일에서 30일로 6배 증가할 것으로 예측했으며, 2050년에는 서울과 부산의 기후가 비슷해지는 등 우리나라 내륙 일부 지역을 제외한 전국이 아열대 기후로 바뀔 것이라고 국립 기상 연구소가 전망하고 있다. 제주도와 울릉도는 겨울이 아예 없어질 것이라는 것이다.

외국에서는 지구 온난화와 환경 보호를 위해 인기 스타들을 앞세운다. 할리우드 스타들을 환경 보호 운동을 하는 사람과 그렇지 않은 사람으로 식별해서 상을 주기도 하고 대중들에게 어필시켜 세계인들이 환경 보호에 저마다 앞장서고 관심을 갖도록 하는 것이다. 우리도 명망 있는 분들과 젊은이들이 좋아하는 연예인들이 보다 환경 운동에 관심을 갖도록 유도하는 사회적 분위기와 시스템이 필요하다. 독도의 쓰레기 청소 문제에 더욱 각별한 관심을 가져야겠다.

충무공 이순신의 리더십

내가 한국 역사에서 가장 존경하는 분이 바로 이순신 장군이다. 23전 23승 무패라는 기록은 전 세계 해군 역사에도 없다. 비결이 뭘까? 비결은 의외로 간단하다. 이길 때까지 준비했기 때문이다. 임진왜란이 나기 1년 전부터 거북선을 만들고 병사들 훈련시키고 군량미를 비축했다. 승리가 우연이 아닌 99%의 필연이 될 때까지 준비한 것이다(김미경의《스토리 건배사 2》중에서).

서강대 안세영 교수가 이순신 장군이《난중일기》를 쓴 7년간 시간 활용 비율 분석 자료에 의하면, 일상의 30%는 활쏘기, 24%는 장병 교육(부대 관리), 술좌석 18%, 취침 및 여가 28%를 할애한 것으로 나온다. 특히 전 수군 5천여 명의 회식 기록이 난중일기에 자주 나오는데, 부하 장병과의 술좌석을 상하 간의 원활한 의사소통과 군의 사기를 높이며 리더십을 확보하는 수단으로 활용한 것이 아닌가 생각이 든다.

경비대 운동장이 비좁아 대원들이 축구를 하기 위해서는 부대 인근에 있는 초등학교에 가서 하게 되는데 울릉도에 있는 대부분의 초등학교에는 충무공 이순신 장군의 동상이 있다. 자라나는 아이들은 부지불식간에 학교에 다니는 내내 충무공과 함께하는 것이다. 그러니 애국심과 충성심이 바탕에 깔려 있는 것은 자명한 일이고 나라가 위급할 때는 앞장서는 것이 당연지사로 여겨진다. 광화문 서울 한복판에서도 한결같이 국가와 국민을 위해 말없이 애국에 대한 메시지를 얘기하고 계시고 이처럼 울릉도 섬 한편에서도 묵묵히 나라를 지키고 계신 충무공 이순신 장군의 혼이시다.

■ 06:45 일본 순시선 87회째 출현, 우리 해경 5001함이 근접 감시 중(작년 대비 91회).

12월 3일
풍향 북동~동 **풍속** 12~18m/s **파고** 3~4m **천기** 흐리고 비

독도 경비대 아저씨께

초등학교 아이들이 위문편지를 보내왔다. 위문편지를 대원들과 함께 뜯어보고 함께하는 시간을 가졌다.

물안개가 껴서 앞도 잘 보이지 않으실 텐데 열심히 총을 들고 독도를 지켜 주셔서 감사합니다. 나쁜 일본인들 때문에 이렇게 고생하시는데 정말 용감하고 멋지십니다. 독도를 왜 일본인들이 넘보는지 이해가 안 갑니다. 우리 건데. 독도 경비대 홈페이지에 있는 사진들을 보니 강아지도 있고 제사를 지내고 계신 모습도 있네요. 제사를 지내고 계신 사진이 안쓰럽기도 하였습니다. 독도를 지키느라 집에도 못가시고 그리고 만약에 일본이 독도를 빼앗으러 독도에 온다면 어떻게 하실 건가요? 저는 따뜻한 곳에서 편히 쉴 수도 있는데 죄송할 거 같은 마음이 듭니다. 독도 경비대 아저씨들, 우리 땅 독도 열심히 지켜 주세요! 충─성!
— 태장초등학교 5학년 5반 홍대연

학교 복도에서도 너무 추운데 독도에서는 차가운 바닷바람이 얼

마나 뼛속까지 스며들지 상상조차 할 수 없는 날씨입니다. 육지에서 떨어져 살아야 하고 비바람과 추위, 독도를 탐내는 사람들과 싸워야 하는 많은 어려움을 가지고 계시겠지요. 어렸을 때는 새들의 고향인 아름다운 곳 독도를 지키시는 아저씨가 부러웠습니다. 하지만 이제 보니까 외면적 아름다움으로 판단한 것 같습니다. 나중에 제 꿈인 세계적인 소설 작가가 되어 돈 많이 벌어서 그곳에서 봉사 활동을 하겠습니다. 다시 한 번 감사드립니다.

— 태장초등학교 5학년 5반 김민제

12월 5일

풍향 북-북동 풍속 9~13m/s 파고 1.5~2.5m 천기 구름 많음

울릉도 일주 도로 기공식

"지금 국립 공원 지정을 주장하는 것은 주민들을 완전히 무시하는 겁니다."

경북 울릉군 북면 현포 2리 안성덕 이장(55세)은 29일, "일주 도로 같은 기반 조성이 훨씬 더 급하다."고 목소리를 높였다. 농사를 짓는 안 이장은 2년 전 육지에서 있었던 딸 결혼식에 못 갔다. 여객선이 8일 동안 끊겼기 때문이다. 현재 도동항에 들어오는 2000톤급 여객선은 파도 때문에 갑작스레 결항하는 경우가 잦아 주민 1만여 명은 이런 당황스러운 일을 자주 겪는다.

섬 일주 도로(44킬로미터) 중 개통되지 않은 4킬로미터를 2015년까지 연결하는 공사가 시작된다. 1963년 착공한 일주 도로는 조금씩 공사를 해오다 미 개통 구간은 '공사가 어렵다' 는 이유로 중단됐다가 오늘 비로소 착공식이 거행되었다.

육지 사람들은 울릉도가 오징어와 소라, 전복 같은 수산업과 호박엿으로 먹고사는 것처럼 생각하기 쉽다. 그러나 지금 울릉도를 먹여 살리는 산업은 '관광' 이다. 연간 관광 소득이 690억 원인 데

비해 농·축산업이 160억 원이고, 어업은 150억 원으로 가장 낮다. 동해에도 중국 어선이 늘어나 오징어 어획도 점점 줄어든다. 주민들이 믿을 건 '관광' 뿐이다.

독도를 잘 수호하기 위해서는 무엇보다 울릉도 주민들이 건재해야 한다는 공식이 성립된다. 왜냐하면 독도는 울릉도의 부속 섬이고 독도를 수호하는 데 있어서 울릉군 주민들의 관심과 애정이 필수 조건이기 때문이다. 일주 도로가 완공되고 육지와 울릉도 간 교통편이 편리해지면 울릉도는 활성화될 것이다. 물론 독도를 울릉도만의 전유물로 생각하는 것은 경계해야겠다.

오늘은 부대 내 하극상이 발생해 징계 위원회를 하는 날이다. 하극상이란 하급자가 상급자의 정당한 지시 명령에 불복종하거나 저항하여 위계질서를 무너뜨리는 것으로서 단체 생활의 질서를 유지하기 위해서는 해당자들에 대한 엄중 문책이 불가피한 것이다. 따라서 대원뿐 아니라 지휘 요원들에게도 그 책임을 묻지 않을 수 없다. 물론 가장 큰 책임은 지휘관인 본인이다. 나는 과연 어떻게 부대를 지휘해야 할까? 지나간 내 말을 살피고 마음을 보듬으며 몸도 살펴본다.

12월 6일
풍향 북서–북 풍속 9~13m/s 파고 1~2m 천기 구름 많고 비

독도 사전 출간

국무총리실 산하 국책 연구 기관인 한국 해양 수산 개발원KMI은 독도의 일반 현황부터 역사, 지리, 국제법 정보를 망라한 《독도 사전》을 만들어 배포한다고 밝혔다.

KMI는 2009년부터 역사학, 국제법, 지리학, 정치학 등 각 분야 석학들로 구성된 편찬 위원회와 전문가 69명으로 구성된 집필진을 꾸려 3년의 작업 끝에 사전을 완성했으며, 독도와 관련된 용어 1천 여 개에 대한 상세 설명을 담고 있을 뿐 아니라 독도를 포함한 고지도 28점을 첨부, 독도가 역사적으로 우리 고유 영토임을 분명히 알 수 있도록 합리적으로 설명해 독도 영유권을 주장하는 일본의 잘못된 인식을 바로잡는 데 도움이 될 것으로 기대된다.

어찌 보면 일본 국민들의 특징에 비추어 볼 때 이렇게 차분하게 학문적인 접근을 통한 사실에 입각한 확인이 일본 내의 지식인들을 움직이는 효과가 있을지도 모른다는 생각이 든다.

■ 07:10 일본 순시선 올해 88회째 출현, 우리 해경 1511함 근접 감시, 전년 동기 92회.

버킷 리스트Bucket List

영어에 '킥 더 버킷kick the bucket'이라는 숙어熟語가 있다. 사람의 목에 밧줄을 감은 다음 나무에 다시 묶고는 물 양동이를 차면서 죽는 자살 방법에서 유래된 숙어이다. 이 때문에 '버킷 리스트Bucket List'는 죽기 전에 해야 할 리스트로 해석이 되었다.

사람이 태어나서 죽기 전 꼭 하고픈 일을 한 번 정리한다는 것으로 유언장과는 사뭇 다른 의미 있는 일이다. 특히 50대로 접어들면 더욱 그렇다. 최근 기대 수명이 80세라면 의·과학이 발달하여 곧 90대로 접어들 것이다. 요즈음은 열정적으로 일하더라도 60세가 되면 대체로 일선에서 빠져 2선쯤에서 관망하며 지원자로서의 역할을 하게 되는데 노후 20~30년을 어떻게 살 것인가 하는 문제는 누구나의 관심사이며 고민이다. 죽기 전에 하고픈 일이 무엇인가라는 질문에 열정적인 사랑이 가장 많았고 두 번째가 세계 일주 여행이었다고 한다. 나는 울릉도에서 살며 독도를 안내하는 가이드가 되고 싶기도 하지만 많은 공부가 뒤따라야 할 것이다.

또 하나 재미있는 통계에 의하면, 70~80대 노인들을 대상으로 '만일 당신이 돌아갈 수 있다면 어느 시대(나이)로 돌아가기를 희망하는가?'라는 질문에 대다수가 50대라고 답했다고 한다. 청춘 시대인 20~30대라고 우리가 예상했던 것과는 딴판이다. 왜 노인들은 청소년 시기가 아닌 중년의 시기를 선택하고 있을까. 50대는 중요한 전환점이자 결실의 시기이기 때문일까? 50대에 일어나는 일들은 본인은 직장 생활을 하거나 사업을 한다면 중요한 위치에 있었을 것이고 자식들을 결혼시키거나 바쁜 일상에서 휴년기로의 전환 시기이다. 그리고 70~80대에 견주어 보면 병원 신세를 덜 지는 건강한 시기이고 결실의 시간이다.

명망가들이 죽고 난 후의 묘비명 중 기억에 남는 것들이 있다. 김수환 추기경의 '주님은 나의 목자, 나는 아쉬울 것 없어라', 걸레 스님 중광의 '괜히 왔다 간다', 노스트라다무스의 '나의 휴식을 방해하지 마시오', 그리고 가장 기억에 남는 것은 영국의 극작가 조지 버나드 쇼가 남긴 '우물쭈물하다가 내 이럴 줄 알았지.' 버나드 쇼의 묘비에 남겨진 글을 되새기노라면 머리를 스치는 나의 묘비명이 생각난다. "독도를 지키다 전사하다."

인생을 사는 데 몇 번의 기회가 올 것이라는 말보다는 일기일회一期一會의 마음으로 살아야겠다는 각오가 늘 새롭게 느껴진다.

최근 해양 경찰, 소방관, 경찰관 등이 현장에서 근무하다가 순직하는 경우가 자주 발생하여 동료와 국민들의 안타까움이 더한다.

12월 8일
풍향 북-북동 풍속 14~18m/s 파고 3~5m 천기 흐리고 눈

절대 권력은 절대 부패한다

오늘은 수사 구조 개혁 관련 중대한 결심을 하게 되었다. 지금까지는 스스로의 임무에만 충실하자고 수없이 다짐해 왔지만 12월 20일 차관 회의와 12월 22일 국무회의 안건으로 오를 수사 구조 개혁과 관련한 대통령령 제정을 앞두고 나의 입장을 담아 대국민 호소문을 발표하기로 하였다.

경향신문에는 나의 호소문이 이렇게 게재되었다.

독도 경비대를 관할하는 경북 지방 경찰청 울릉 경비대장 류단희 경정(54)이 8일 수사권 조정과 관련한 대통령령 제정을 앞두고 성명을 발표했다. 유 대장은 이날 울릉 경비대에서 '수사권 조정과 관련, 독도 지킴이 울릉 경비대장이 국민 여러분께 드리는 글'을 발표했다.

그는 "절대 권력은 부패한다는 진리를 우리는 역사 속에서 보고 배웠다. 그래서 늘 권한은 견제와 균형이라는 잣대가 중요하다."고 밝혔다. 이어 "비리가 발견되면 옷 벗고 변호사 하면 된다는 오랜 관행이나 비리 검사를 수사하기 위해 특임 검사를 임명하는 모습이

224

참으로 안타깝다.”며 “권력 기관은 내부 통제와 외부 통제가 적절히 조화롭게 병행돼야 기능을 온전하게 행사할 수 있다.”고 덧붙였다.

“수사권 조정과 관련해 애국 충정의 마음으로 대다수 국민들이 납득할 수 있고 전문가들이 동의할 수 있는 법령을 만들어 주실 것을 청원드린다.”고 말했다. 류 대장은 이날 울릉 경비대 회의실에서 무릎을 꿇고 이 글을 낭독했다. 그는 “결연한 의지를 보이기 위해 운동장에서 삭발도 할 계획이었으나 국민들이 불안해 할 것 같아 이는 취소했다.”고 말했다.

나는 꿈꾼다.
적대적인 사람들 가운데서도 미움이 없고
폭력적인 사람들 가운데서도 평화로우며
집착하는 사람들 가운데서도 집착하지 않는 사람이 되기를…….

성명서를 발표하고 난 오후에도 내내 바람도 차갑고 마음도 무거웠다.

12월 9일
풍향 북-북동 풍속 12~16m/s 파고 2~4m 천기 구름 많고 눈

외로운 섬의 쓸쓸한 위령비

2009년 1월 26일 새벽, 독도 경비대에서 근무 중이던 고 이상기 경위는 설 연휴에도 불구하고 순찰을 돌던 중 갑작스런 돌풍으로 인해 실족하여 절벽 아래로 떨어져 순직했다. 이외에 독도를 수호하고자 독도에서 근무하던 중 순직한 분은 모두 6명이다. 경비대 인근 망양대 가는 길에 고인이 되신 6위의 위령비가 세워져 있다. 특히 고 이상기 경위는 의무 경찰 복무 도중 화재 현장에서 민간인을 구해 의로운 사람으로 청룡 봉사상을 받고 본인의 원에 의해 경찰관으로 특채된 사람이다. 기구한 운명이다.

울릉 경비대에는 2003년 9월 13일 새벽 4시, 태풍 매미로 인하여 울릉군 서면 구암 초소에 근무하던 대원 7명 중 3명이 실종 또는 사망했다. 이들 3인의 위령비가 울릉 경비대 마당 한편에 지금도 외롭고 쓸쓸하게 서 있다. 이처럼 목표를 달성하고 임무를 수행하는 과정에는 많은 사람들의 희생과 헌신이 필요한 것이다.

이렇게 묵묵히 자기 일에 성실하게 임하다가 사고를 당한 분들을 보면 저절로 고개가 숙여진다.

부디 하늘나라에서나마 행복하시기를 바랍니다.

　인생은 의미 없이 흘러가는 것이 아니고 성실로써 내용을 이루어 가고 있는 것이다 인생은 하루하루 보내는 것이 아니고 하루하루를 내가 가진 무엇으로 채워가야 하는 것이다
　나는 속된 말로 '인생은 한방이다', 또는 '인생은 대박 한 번만

나면 된다'는 얘기에 절대 동의하지 않는다. 복권에 당첨되어 많은 돈을 거머쥔 사람들이 행복한 삶을 살았다는 얘기도 믿지 않는다. 인생은 성실함의 연속이고 오늘 나의 모습은 오랜 세월을 통해 내가 만들어 온 모습이다. 중용에 이런 말이 있다.

"성실은 이 세상 어디에서나 통용되는 유일한 화폐다. 성실한 것은 하늘의 도道. 성실해지려고 하는 것은 사람의 도다. 그 성실을 얻는 데에는 다섯 가지 덕목이 있다. 첫째 널리 배우는 것, 둘째 자세히 묻는 것, 셋째 조심스럽게 생각하는 것, 넷째 분명하게 판별하는 것, 다섯째 독실하게 행하는 것이다. 박학博學, 심문審問, 신사慎思, 명변明辯으로써 일단 한편의 지식은 얻을 수가 있으나 얻은 것을 실행해야 비로소 자기가 터득한 학문이라 할 수가 있다."

■ KBS 진종철 네트워크 관리국장 일행과 은평구 의회를 대신해서 울릉군 의회 의원들이 위문을 왔다.

12월 10일

풍향 서-북서 풍속 10~14m/s 파고 2~3m 천기 구름 조금

긍정으로 만들어진 눈사람

어제부터 내리기 시작한 눈이 20센티미터가량 쌓여 울릉도에도 겨울이 왔다는 것을 실감할 수 있었다. 아침 일찍 대원들과 제설 작업을 하면서 눈싸움도 하고 눈사람도 만들었다. 눈의 무게를 못 이겨 나뭇가지들이 맥없이 부러져 내린다. 일부 대원들은 벌써부터 '눈 사역' 얘기를 하면서 눈은 낭만이 아니라 고생이라고 걱정이 앞선다. 점심나절 식당에서 만난 대원들에게 나는 이렇게 말했다. 눈 사역을 걱정한다면 우리는 겨우내 고생만 하게 될 것이다. 하지만 눈썰매를 타고 산타가 우리에게 온다고 생각하면 마음이 훨씬 편해질 것이다. 긍정적인 사고의 출발은 여기서부터 시작이다. 글쎄 대원들이 얼마나 공감하고 있는지는 두고 볼 일이다.

오랜만에 충경공 할아버지의 시 한 수를 읊었다.

모든 산은 흰 눈에 덮이고
길에는 행인이 끊어졌네.
흰 머리에 도롱이 차림
그 누가 홀로 낚시질 하는 정취情趣를 알리.

눈과 달빛은 하늘과 땅에 가득하고
바람은 사립문을 흔드네.
그리움 간절하나 만날 길 없어
밤마다 꿈속에서 찾네.

풍향 서-북서 **풍속** 9~13m/s **파고** 1.5~2.5m **천기** 구름 조금

독도 지킴이 삽살개의 짝짓기

1년 만의 해후로 국민 분양 가능성이 열리다.

통신 위성망 장애를 해결하기 위해 KT 관계자들과 함께 헬기를 타고 독도에 입도하였다. 나도 헬기에 동승하여 피자와 보급품을 챙겨 지휘 요원과 대원들을 격려하기 위해 독도로 날아갔다. 날씨가 풀려 영하의 날씨는 아니었으나 역시 바닷바람이 차다. 휘날리는 독도의 태극기 아래 우리 초병 두 명이 총을 들고 경계 근무를 서고 있다. 점심을 함께 먹는데 밥보다 피자를 더 좋아하는 대원들의 모습을 보니 독도에 와서 격려하기를 참 잘했다는 생각이다.

독도를 지키는 삽살개 내외가 한 방을 쓴 지 한 달 가까이 되어 가는데 어제는 서로 짝짓기를 했다는 반가운 소식이다. 1년 만의 해후이다. 잘하면 임진년에는 독도 지킴이 삽살개를 분양할 수 있을 것 같다. 삽살개를 분양하는 가장 큰 이유는 전 국민들이 독도에 관심과 사랑을 가져 달라는 것이고 또 하나는 임진년에 대한민국의 액운을 물리쳐 달라는 의미 때문이다. 구체적인 계획은 삽살개 재단과 협의해서 추진할 것이다.

울릉도의 주택 보급률은 78%로써 주민 1만여 명 중 22%는 집이 없는 데다 올해 울릉도를 방문한 관광객 수는 35만 명으로 성수기인 7~8월에는 관광객을 수용할 숙박 시설이 부족하여 집집마다 민박을 해야 할 지경이다. 그래도 부족하면 교회나 학교 교실까지 내주는 형편이니 대안이 있어야만 관광 울릉으로서의 면모를 갖추는 것인데 단기간에 해결될 쉬운 문제는 아닐 듯싶다.

12월 13일
풍향 북-북동 풍속 8~12m/s 파고 1~2m 천기 구름 많고 비

독도, 홍해삼 방류 행사

독도 해역의 홍해삼 자원이 과학적 자원 관리의 부재로 점차 감소하는 경향을 보이고 있어 경상북도 어업 센터 울릉 지소 주관으로 독도에 자원 방류를 통한 홍해삼 자원 회복과 실효적 지배를 강화한다는 목적으로 20여명의 관계자들이 독도에 입도했다.

해양 경찰이 불법 조업을 하는 중국 어선을 단속하다가 중국인 선장으로부터 살해되는 어처구니없는 일이 발생했다. 해경은 철저한 수사를 진행 중이고 국회 국토 해양위에서는 정부에 강경 대응을 촉구하고 나섰다. 서해안에서의 중국 어선들의 불법 조업과 단속 해경을 향한 폭력과 횡포는 이미 그 도를 넘었고 이 사건도 충분히 예견할 수 있었던 것이다. 북한이 대한민국의 영토에 대포를 쏴대고 그것도 모자라 불바다를 만들겠다고 엄포를 놓지 않나, 중국 어선들이 불법 조업을 해도 수수방관하는 중국 정부와 틈만 나면 독도가 자기네 땅이라고 우겨 대는 일본 등 우리 대한민국을 둘러싼 주변국들의 횡포와 불법적인 행태는 무엇 때문일까?

우리가 힘이 없기 때문이다. 힘이 있어야 나라도 지키고 민주주

의도 실천할 수 있다. 나라의 힘은 국민들의 일치단결된 모습이 가장 훌륭한 힘이라는 생각이 드는 오늘이다.

순직한 해양 경찰 대원의 명복을 빈다. 그리고 뒤에 남았을 슬픈 가족들에게도 따뜻한 위로의 한마디를 전하고 싶다.

12월 14일
풍향 서-남서 풍속 9~13m/s 파고 1.5~2.5m 천기 구름 조금

위안부 할머니, 일 대사관 앞에서
1천 번째 수요 집회와 평화비 건립의 의미

우리 민족은 참으로 유순하다. 임진왜란을 위시하여 한일 강제 합병 등 일본으로부터 그렇게 인권이 유린되고 짓밟혔음에도 불구하고 제대로 된 보복 한 번 하지 않았다. 위안부 할머니들도 당초 234명 중에서 생존해 계신 분은 63명뿐이다. 오늘은 위안부 할머니들이 매주 수요일에 일본 대사관 앞에서 집회를 개최한 것이 무려 1천 번째에 해당하는 날이다. 세월이 가면서 잠시 잊히기도 하겠지만 분명히 기억해야 할 것은 지금도 일본은 위안부 문제 등에 있어서 제대로 된 사과나 피해 배상 등을 하지 않고 있는 것이다. 역사는 되풀이된다. 역사를 다시 쓸 수는 없지만 우리는 역사를 통해 보고 배운다. 그리고 오늘 우리가 어떻게 준비하고 행동하며 내일을 대비해야 할지 방향타가 되어 준다.

나의 할아버지 휘諱 금운錦雲 선생은 일제 강점기에 상투를 자르지 않은 분으로 유명하다. 상투를 자르지 않고 창씨개명을 하지 않는다는 이유로 일본 순사들이 툭하면 지서로 잡아가 윽박지르고 갖은 수모를 다 주었는데 끝까지 고집하시고 삭발을 하지 않으셨다고

한다. 해방 이후에도 계속해서 상투를 자르지 않으시고 1960년대 내가 초등학교 다니던 시절에도 서울 우리 집에 다니러 오시면 동네 사람들조차 구경거리인 양 무심코 지나가는 법이 없었다. 그때는 나도 철없이 특이한 할아버지 머리가 신기하기도 하고 재미있기도 하여 물끄러미 바라보던 때가 있었다. 시골에서 서울 우리 집에 다녀가실 때는 영락없이 나는 할아버지와 함께 잠을 자게 되었는데 새벽녘이면 일어나셔서 머리를 단정히 빗고 글을 외우신 후 긴 담뱃대에 불을 붙이셨다. 그리고 생강 한 쪽을 입에 넣고 우물우물 씹고 계시던 모습이 지금도 아련하다.

■ 일본 순시선 90회째 출현, 전년 동기 93회.

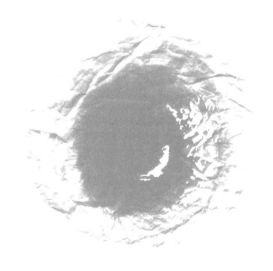

12월 15일

풍향 북서-북 **풍속** 10~16m/s **파고** 2~4m **천기** 흐리고 눈

키친 캐비닛Kitchen Cabinet
오바마의 식탁에 독도를 올리는 남자, 이홍범.

일본의 독도 영유권 주장은 일본의 세계 팽창 정책의 일환에 하나이다. 또한 우리가 독도 문제에 국제 사회가 관심을 가져야 하는 이유는 자유와 평화를 사랑하는 인류 보편적 양심과 정의이기 때문이다. 이것은 나도 이 생각에 동의하지만 재미 역사학자 이홍범 박사의 주장이기도하다.

LA의 Huntigton Career College의 학장이기도 한 이홍범 박사는 자신의 저서《아시아 이상주의Asia Millenarianism》에서 이런 점을 강조하고 있다. 이 책은 3년 연속 하버드대학의 연구 도서 및 참고 도서로 선정되기도 했다.

버락 오바마 미국 대통령의 '키친 내각Kitchen Cabinet' 일원인 재미 동포 이홍범 박사가 최근 오바마 대통령을 비롯한 지도층 인사들에게 서한을 발송한 것으로 알려졌다. 일본의 독도 영유권 주장을 군국주의의 부활로 규정하고 전 세계가 합심해 일본의 야욕을 저지할 것을 촉구하는 내용이다.

이 박사는 한미 관계 증진을 위해 활발한 활동을 해 온 인물로,

지난 2009년 11월 오바마 대통령의 키친 내각의 명예 장관으로 위촉됐다. 키친 내각이란 대통령의 식사에 초청받아 담소를 나눌 수 있을 정도로 격의 없는 지인들을 이르는 말인데, 이 박사도 이 그룹에 속해 있다. 이 박사는 서한에서, "우리가 독도 문제에 관심을 두는 이유는 단순히 한·일간의 영토 문제를 떠나 아시아와 태평양, 미국의 국가 안보와 평화, 나아가 자유와 평화를 사랑하는 인류의 보편적 양심과 정의에 대한 도전이기 때문."이라고 지적했다고 한다.

독도는 절대 작은 섬이 아니다. 이제 독도는 서울이고 대한민국의 중심이 되었다.

12월 16일

풍향 북서-북 **풍속** 14~18m/s **파고** 3~4m **천기** 흐리고 눈

여객선을 이용한 해양 환경 조사

수산 과학원 동해 연구소에서 강릉~독도의 해로에⋯⋯

국립 수산 과학원(원장 김영만) 동해 수산 연구소는 14일 강릉 울릉도 독도 구간을 운항하는 ㈜씨스포빌과 '동해 중부 해역 어장 생태계 모니터링'을 위한 협약을 체결한다고 13일 밝혔다. 두 기관은 최근 기후 변화에 따라 동해의 연근해 어장이 급격하게 변화하는 등 연구의 필요성이 증가해 공동 협력 체제를 갖추는 데 뜻을 같이하기로 했다.

강릉~울릉도~독도 구간은 오징어 등 난류성 어종이 북상하는 길목으로 동해안 주요 어장으로서의 가치뿐 아니라 기후 변화에 의한 해양 생태계 변화를 연구하는 데 매우 중요한 해역이다.

동해는 130만 평방킬로미터의 면적에 평균 수심이 1,350미터(최대 수심 3,800미터)로 큰 해양의 축소판인 미니 해양 박물관이다. 크기는 태평양의 0.6% 정도지만 해수면의 변동, 해수의 수온과 염분에 의해 일어나는 밀도류 등 모든 해양 현상이 발생하는 해양학의 교과서와 같다.

동해의 또 다른 독특한 특징은 표층수와 심층수가 수심 200미터

부근에서 성층을 이루는 수괴 구조라고 해양 학자들은 말한다. 동해 해수는 동해 주변 육지의 기후와 생물 활동, 식생에 큰 영향을 주고 있다. 동해 심층수는 동해 고유의 수온 0.2도, 해수 kg당 고형물질 34g에 용존 산소가 다량 녹아 있는 균질하고 특이한 물로 수자원 개발의 대상이 되고 있다. 동해 해저는 메탄 하이드레이트methane hydrate와 유전 가스 개발을 비롯해 어업 등 생물 자원의 보고寶庫이기도 하며, 지형학적으로는 한반도의 정원과 같은 지구상에서 보기 드문 청정 해양이다.

오늘은 울릉도에서 약 3.2킬로미터 떨어진 해상에서 북한 어선으로 추정되는 길이 8미터, 폭 1.8미터의 0.5톤급 목선을 발견해서 관계 기관과 함께 정밀 분석한 결과 북한군에서 운용 중인 부업선으로 추정되어 대공 용의점은 없는 것으로 판명되었다. 상황 발생 시 신속한 초동 조치가 이루어지고 관계 기관 간에 보다 긴밀한 협조가 이루어지도록 후속 조치를 하고 상황을 종료했다.

12월 17일
풍향 서–북서 **풍속** 10~14m/s **파고** 2~3m **천기** 구름 많음

반려 동물과 유산

최근 주인으로부터 한화 약 150억 원에 달하는 유산을 상속받은 고양이가 있어 화제를 모으고 있다. 이탈리아에 사는 고양이 '토마소'는 2009년, 주인에게 버려져 로마 시내를 떠돌다가 우연히 백만 장자인 마리아 아순타라는 노인에게 입양됐다. 이후 극진한 보살핌과 사랑을 받던 토마소는 지난 11월 주인이 94세의 나이로 사망하면서 물려준 1,300만 달러의 상속자가 되는 행운(?)을 안았다.

현재 토마소는 아순타를 돌보던 간호사 스테파니아와 함께 지내고 있으며, 법률 담당자는 애완동물에게 유산을 상속할 만한 법적 장치가 없어 고심하고 있는 것으로 알려졌다.

한편 거액의 유산 상속자로 지명 받은 토마소는 '세계에서 가장 부유한 애완동물' 3위에 올랐다. 1위는 독일산 셰퍼드 '군터 4세', 2위는 영국 침팬지 '칼루'로 알려져 있다.

내가 가까이에서 지켜보고 있는 들고양이 네로는 간혹 배가 고플 때 나타나 내 관사 주변을 어슬렁거린다. 그러다가 나와 마주치면 애처로운 목소리로 야~옹 하며 먹이를 달라는 신호를 보낸다.

그때마다 나는 먹던 빵이나 과자 부스러기를 건네준다. 이젠 먹을 것을 주면 한 발자국 앞에까지 와서 먹으면서도 연신 눈치를 본다. 고양이도 길들여져 집에서 많이 키우지만 야생성은 아직도 많이 남은 듯하다.

이제 점점 새끼 고양이의 모습을 벗어나 어른이 되어 가고 있다. 특히 왼쪽 앞발의 움직임이 어찌나 빠른지 한 번은 먹이를 주다가 내 손을 할퀸 적도 있었다. 하지만 네로를 만난 지 수개월이 넘어가는데 아직도 경계심을 풀지 않는 것을 보면 야생성은 쉽게 길들여지지 않는 모양이다.

네로에게 더욱 사랑과 애정을 표시해 봐야겠다.

12월 18일
풍향 북서~북 **풍속** 8~12m/s **파고** 1~2m **천기** 구름 많음

이해인 수녀님의 편지

류단희 경비대장님과 섬을 지키는 경비 대원 여러분들……. 안녕하세요?

추운 날씨에 수고가 많으시지요? 많은 사람들 특히 시인들은 때로 너무도 낭만적으로 아름답고 달콤하고 부드럽게만 섬을 표현할 적이 많지만 여러분처럼 전투 정신을 가지고 우리의 섬을 보호하고 지키는 자세에선 섬이란 단어가 주는 느낌도 다를 것 같습니다.

한 해를 마무리하며 마음을 돌아보는 데 도움이 될 만한 글 몇 개를 보내니 나누어 보시고 한 구절이라도 공감되는 부분이 있으면 글을 쓴 사람으로서 기쁘겠습니다.

저도 부산 광안리 바닷가에서 수십 년 간 수도 생활을 하고 있지만 나라와 세계를 위한 공동선을 위해서는 때로 개인의 뜻을 포기할 줄 아는 희생과 절제가 많이 필요하다고 봅니다.

"하고 싶지만 하지 말아야 할 일과 하기 싫지만 해야 할 일을 잘 분별할 수 있는 지혜를 주시고" 하는 기도를 저는 자주 바치곤 합니다.

저도 잘 아는 록그룹 부활의 김태원이 작사 작곡을 하고 청춘 합

창단이 노래를 불러 감동을 주었던 〈사랑이라는 이름을 더하여〉의 노랫말처럼 '삶이란 지평선은 끝이 보이는 듯해도 가까이 가면 갈수록 끝이 없이 이어지고……가려무나 가려무나 모든 순간이 이유가 있었으니……' 하는 말을 여러분도 언젠가는 자신의 체험들을 재해석하며 알아들을 수 있을 것이라 여겨집니다.

부산에서 먼 연평도에도 우리 회 수녀님이 파견되어 있답니다.

저는 한 번도 울릉도나 독도에 직접 가 본 일이 없으나 언젠가는 한 번 가보고 싶다는 소망을 지니고 있습니다. 여러분 모두의 건강과 마음의 평화를 기도하면서……. 성탄. 새해를 맞아 먼데서도 가까운 마음으로 응원을 보냅니다.

우리나라를 위한 여러분의 수고에도 깊이 감사드리는 마음, 기도 안에 피어 올리면서 사랑을 전합니다. 마음엔 평화 얼굴엔 미소! 더 밝고 씩씩하게 나아가는 여러분의 모습 기대할게요.

오늘은 내 남은 생애의 첫날임을 새롭게 감사하는 마음으로 안녕히!

2011. 12. 18 해인 수녀

244

12월 19일
풍향 북서-북 **풍속** 9~13m/s **파고** 1.5~2.5m **천기** 구름 많음

북한 독재자, 김정일 사망 소식

12월 17일(토)에 사망한 북한 김정일의 소식을 북한이 이틀이 지난 12월 19일에야 뒤늦게 발표했다. 이미 부검까지 마쳤고 사망 원인은 심근 경색 및 심장 쇼크에 의한 합병증이라고 한다.

우리 경비대도 경찰청 방침에 따라 긴급 비상경계 근무로 돌입하고 철통같이 해안 경계를 강화하였으며, 무엇보다도 분대장 이상 지휘 요원들 전체 회의를 통하여 철저한 정신 무장을 강조했다.

정치권에서는 조문 여부를 놓고 또 갈등이 불거지고 있다. 어떠한 이슈가 우리 국민을 하나로 묶을 수 있을까. 과연 통합과 화합의 키워드는 무엇일까? 그런 이슈가 이 세상에 존재는 할까? 차라리 우리 국민 모두가 귀를 막고 있다면, 아니 우리 국민 모두가 세상을 볼 수 없다면, 세상을 보다 진정성 있게 바라볼 수만 있다면 우리에게 진정한 평화와 안식이 찾아올까? 아니, 갈등도 하나의 살아 있다는 증표로 스쳐 지나가듯이 보면 되는 것일까? 어느 목사님은 고통도 슬픔도 갈등도 없는 곳은 바로 천국이 아니고 지옥이라고 하던데……

오후에는 모처럼 대전 서구 새마을 부녀회 20여 명의 부녀 회원들이 독도에 위문차 왔다가 기상이 좋지 않아 울릉 경비대로 왔다. 포항에서 오전에 배를 타고 오는 중에도 상당수 회원들이 뱃멀미를 할 정도로 너울성 파도가 있었던 모양이다. 우리 부대 소개를 해주고 함께 기념 촬영도 하고 과일 등 위문품도 받았다. 여름과 가을에는 독도를 사랑하는 기관이나 단체들이 자주 위문을 와서 대원들이 많이 격려가 되지만 겨울철에는 배도 잘 안 뜨고 한적하여 대원들과 지휘 요원들을 위로하여 사기 관리를 하는 것이 쉬운 일이 아니다.

12월 20일
풍향 북~북서 **풍속** 8~12m/s **파고** 1~2m **천기** 구름 많음

친구를 가까이, 적은 더 가까이……

동해의 지정학적 특성

노다 요시히코 일본 총리가 한일 정상 회담 직후 일본 매체들에게, "17일 겐바 외상이 한국 청와대 수석과 회담을 갖고 독도는 일본의 고유 영토'라고 항의했다."는 망언을 한 것으로 전해져 논란이다. 일본 총리는 겐바 외상의 말을 전한 것인데 정상 회담을 앞두고 수행원들끼리 나눈 비공식적인 말을 일본 총리가 공개한 것이다. 예의 없는 일본의 버릇을 어떻게 고쳐 줄 수 있을까.

동해는 한민족의 얼이 살아 숨 쉬고 있는 소중한 바다다. 최근 북한 김정일 국방 위원장이 사망하기 전 중국 방문과 함께 나선 특구를 통해 중국에 동해로 바닷길을 열어 주기로 했다는 소식은 놀랍다. 동해는 이처럼 우리와 일본, 러시아뿐 아니라 중국까지도 욕심을 내는 대상이다.

2002년 백두산 연구를 위해 두만강 하류까지 방문했었다. 두만강 최하류인 동해 초입에서 불과 500여 미터 지역까지 두만강 변을 따라 중국 영토로 돼 있었다.

북-러 철교가 가깝게 보이는 그곳에 장쩌민江澤民 전 중국 주석이 세운 '守東北前哨 揚中華國威(수동북전초 양중화국위)'라는 국경 경계비가 보였다. 중국 대륙에서 동해로 출구를 열망한 숨은 뜻을 읽을 수 있었다. 분단의 한반도와 중국, 러시아 국경선 위치가 바뀐 사실에 어느 누구도 주목하지 않는 게 안타까웠다.

이상은 동국대 문화 컨텐츠학부 윤명철 교수가 언론과의 인터뷰에서 언급한 내용이다.

우리나라의 지정학적 특성은 중앙아시아의 대륙으로부터 동북쪽에 위치하고, 길이는 남동 방향으로 약 1,000km에 달하고 있으며 제일 넓은 폭이 약 360km이다. 북쪽은 중국의 동북방에 있는 만주와 접경하고 소련과는 동북쪽으로 10여 km를 접하고 있다. 서편으로는 황해가 한국과 중국 사이에 놓여 있고, 동쪽으로는 동해가 한반도와 일본을 분리하고 있다. 한반도에서 대마도 해협과 쓰시마 해협을 건너 약 240km 내외에 일본 남부의 최대의 섬인 규슈가 있다. 한반도의 북부와 북동부 끝의 고원 지대에서 시작하여 남쪽으로 뻗어내린 태백산맥의 주맥이 거침없이 동해안을 따라 자리 잡고 있다.

태백산맥을 축으로 지맥이 한반도 남서쪽으로 잇달아 펼쳐지고 위협적인 산맥들이 중첩되며 극히 적은 저지대가 서해안을 따라 있다. 이러한 한국은 반도 국가이며, 대륙과 대양을 건너오는 세력과 연결되는 통로로서의 지정학적 특성이 있다. 대륙을 향해 나아가거나, 대양에서 대륙으로 진출하는 교두보로서의 역할을 할 수 있다.

따라서 대륙에서 해양으로 진출하거나 해양에서 대륙으로 진입하려는 세력 다툼의 교전장이 되어 왔다. 고려시대 원나라의 고려침공, 원나라의 일본 침략, 임진왜란, 청일 전쟁, 러일 전쟁, 일본의 한일 합방, 대동아 전쟁, 태평양 전쟁이 그것이다.

20세기 초까지만 하더라도 부동항 확보를 노리는 러시아도 한 반도에 지대한 관심을 가진 적이 있었고 이것이 대륙으로 진출하려는 일본과의 세력 충돌로 일어난 것이 러일 전쟁이었다. 지금은 조선 기술의 개발로 이런 지정학적 유리한 특성은 감소되었다. 하지만 러시아의 가스전 통과 루트로 검토되거나 한일 간에 해저 터널을 뚫어서 물류와 승객의 유통을 원활히 하자는 일부학자와 기업가들의 논란이 어제 오늘에 있어 왔다.

또한 한반도는 두 조각으로 나뉘어 남한의 민주 정권과 북한의 공산 정권이 지배하고 있으며 세계에서 유일하게 분단된 국가이다. 그리고 남북한은 냉전 체제 종식 이후 대결의 국면에서 화해와 상생의 국면으로 전환하기 위하여 노력 중이다. 우리는 지금도 북한을 국제 사회로 이끌어 내려고 그 전제 조건인 핵무기를 포기시키기 위하여 남북한과 미국, 일본, 소련, 중국이 6자 회담을 현재 진행하고 있는 중이다. 이 모두가 소통의 문제이다.

상대와 효율적인 의사소통을 하지 않으면 지속 가능한 합의에 이를 수 없다. 의사소통이 안 된다면 일단 대화를 시작하도록 유도해야 할 것이다. 그래도 끝내 대화를 거부한다면 차라리 협상에 임하는 당사자를 바꾸는 마지막 카드를 꺼내야 하는 것은 아닐까?

'친구를 가까이, 적은 더 가까이' 라는 말이 생각나는 오늘이다.

육지에서 고사리손들이 보내온 편지

독도 경비대 아저씨께

저는 경북 구미시에 사는 황영석이라고 합니다. 아저씨께서 자랑
스러운 우리 땅 독도를 지켜 주시기에 독도가 자랑스러운 우리 땅
이에요. 우리 반이 동아리 활동을 하게 되어서 독도 공부도 하고 독
도 티셔츠도 입고 독도 모형도 만들어 보았어요. 공부를 하다 보니
이렇게 증거가 많은데 왜 일본이 이렇게 우기는지 전혀 이해가 안
돼요. 제가 나중에 커서 일본이 독도를 넘볼 수 없게 만들어서 아저
씨들의 부담을 덜어 드리고 싶어요. 독도는 홀로 떨어져서의 독이
아니고 돌이 많아서 지어진 이름이었다는 것을 이제야 알게 되었어
요. 감사합니다! 안녕히 계세요~

2011. 12. 5학년 황영석 올림

P.S. 독도 오징어 배달되나요? ㅠㅠ

안녕하세요. 서울 토성초등학교 1학년 5반 김준혁입니다. 여기는
추운데 거기는 안 추워요? 추운데 감기에 안 걸리게 조심하세요. 독
도를 잘 지켜 주세요! 항상 감사합니다.

내가 좋아하는 시

나이가 지천명에 이르러 사무엘 울만Samuel Ullman의 〈청춘〉이라는 시가 마음에 들었다. 특히 '청춘이란 인생의 어느 기간을 말하는 것이 아니라'는 말에 공감이 갔던 것이리라. 또한 '세월은 우리의 주름살을 늘게 하지만 열정을 가진 마음을 시들게 하지는 못한다'는 대목에서는 더욱 마음에 와 닿았다.

공자孔子는 일찍이 《논어論語》〈위정爲政〉편에서 다음과 같이 말했다.

"나는 열 다섯에 학문에 뜻을 두었고, 서른 살에 섰으며, 마흔 살에 미혹되지 않았고, 쉰 살에 천명을 알았으며, 예순 살에 귀가 순했고, 일흔 살에 마음이 하고자 하는 바를 따랐지만 법도에 넘지 않았다."

이렇게 공자는 자신의 일생을 돌아보고 학문의 심화된 과정을 술회한 것이다. 공자의 이 말로부터, 15세를 지학(志學 - 학문에 뜻을 둔다), 30세를 이립(而立 - 인생을 세운다), 40세를 불혹(不惑 - 미혹되지 않는다), 50세를 지천명(知天命 - 하늘의 뜻을 안다), 60세를 이순(耳順 - 귀가 순리대로 들린다), 70세를 종심(從心 - 법도를 어기지 않는다)이라고 부르게 되었다.

청춘靑春
— 사무엘 울만

청춘이란
인생의 어느 기간을 말하는 것이 아니라 마음의 상태를 말한다.
그것은 장미빛 뺨, 앵두 같은 입술, 하늘거리는 자태가 아니라,
강인한 의지, 풍부한 상상력, 불타는 열정을 말한다.

청춘이란
인생의 깊은 샘물에서 오는 신선한 정신, 유약함을 물리치는 용기,
안이를 뿌리치는 모험심을 의미한다.
때로는 이십의 청년보다 육십이 된 사람에게 청춘이 있다.
나이를 먹는다고 해서 우리가 늙는 것은 아니다.
이상을 잃어버릴 때 비로소 늙는 것이다.

세월은 우리의 주름살을 늘게 하지만
열정을 가진 마음을 시들게 하지는 못한다.
고뇌, 공포, 실망 때문에 기력이 땅으로 들어갈 때
비로소 마음이 시들어 버리는 것이다.

육십 세이든 십육 세이든 모든 사람의 가슴 속에는
놀라움에 끌리는 마음,
젖먹이 아이와 같은 미지에 대한 끝없는 탐구심,
삶에서 환희를 얻고자 하는 열망이 있는 법이다.

그대와 나의 가슴속에는
남에게 잘 보이지 않는 그 무엇이 간직되어 있다.
아름다움, 희망, 희열, 용기, 영원의 세계에서 오는 힘,
이 모든 것을 간직하고 있는 한
언제까지나 그대는 젊음을 유지할 것이다.

영감이 끊어져 정신이 냉소라는 눈에 파묻히고
비탄이란 얼음에 갇힌 사람은
비록 나이가 이십 세라 할지라도 이미 늙은이와 다름없다.
그러나 머리를 드높여 희망이란 파도를 탈 수 있는 한
그대는 팔십 세일지라도 영원한 청춘의 소유자인 것이다

사무엘 울만은 1840년 독일에서 태어났다. 혼란한 상황을 피해서 미국으로 이주한 유태계 부모를 따라 미시시피의 작은 도시에 정착한 것은 그가 11세였을 때다. 그가 78세에 쓴 시가 바로 〈청춘 Youth〉이다. 2차 대전의 영웅이었던 더글라스 맥아더 장군이 사무엘 울만의 〈청춘〉에 깊은 감동을 받고 시 구절을 연설에 자주 인용하면서 이 시는 세상에 많이 알려졌다. 그리고 맥아더 장군이 전후

일본을 통치할 시절 도쿄에 있던 그의 사무실 벽에 걸려있던 이 시가 일본인들에게 소개되었다.

패전 후 의욕을 상실하고 지쳐있던 일본인들에게 사무엘 울만의 시 〈청춘〉은 신선한 청량제였다. 시의 메시지가 동양인들의 정서에 잘 맞았다. 일본인들에게 재기할 수 있는 강한 의지와 삶의 지혜를 일러 주며 정신적인 위안을 준 이 시는 바로 일본인들의 애독 시가 되었다고 한다.

사무엘 울만의 '청춘이란 인생의 어느 기간을 말하는 것이 아니라 마음의 상태' 라는 것에 절대적으로 공감한다. 나아가서 '강인한 의지, 풍부한 상상력, 불타는 열정, 인생의 깊은 샘에서 오는 신선한 정신' 을 탐내며 나이가 여든이 되더라도 청춘으로 남도록 각오를 다져 본다.

'믿음을 가질수록 젊어지고 의심할수록 늙어간다. 자신감을 가질수록 젊어지고 두려워할수록 늙어간다. 희망을 가질수록 젊어지고 절망할수록 늙어간다You are as young as your faith as old as your doubt; as young as your self-confidence, as old as your fear, as young as your hope as old as your despair.'

그는 깊은 통찰력을 가진 참 멋진 시인이다.

12월 24일
풍향 서-북서 **풍속** 10~16m/s **파고** 2~4m **천기** 구름 많고 눈

이해인 수녀님의 시가 빛이 되다

이해인 수녀님의 편지

여러분들과 함께 읽고 싶은 시입니다.

12월의 엽서(이해인)

또 한 해가 가 버린다고
한탄하며 우울해하기보다는
아직 남아 있는 시간들을
고마워하는 마음을 지니게 해주십시오.
한 해 동안 받은 우정과 사랑의 선물들
저를 힘들게 했던 슬픔까지도 선한 마음으로 봉헌하며
솔방울 그려진 감사 카드 한 장
사랑하는 이들에게 띄우고 싶은 12월
이제, 또 살아야 하지요.
해야 할 일 곧잘 미루고 작은 약속을 소홀히 하며

남에게 마음 닫아 걸었던 한 해의 잘못을 뉘우치며
겸손히 길을 가야 합니다.
같은 잘못 되풀이하는 제가 올해도 밉지만
후회는 깊이 하지 않으렵니다.
진정 오늘밖엔 없는 것처럼
시간을 아껴 쓰고 모든 이를 용서하면
그것 자체로 행복할 텐데
이런 행복까지도 미루고 사는 저의 어리석음을 용서하십시오.
보고 듣고 말할 것 너무 많아 멀미 나는 세상에서
항상 깨어 살기 쉽지 않지만
눈은 순결하게 마음은 맑게 지니도록
고독해도 빛나는 노력을 계속하게 해주십시오.
12월엔 묵은 달력 떼어 내고
새 달력을 준비하며 조용히 말하렵니다.
'가라, 옛날이여. 오라, 새날이여.
나를 키우는 데 모두가 필요한 고마운 시간들이여.'

평화로 가는 길은

이 둥근 세계에 평화를 주십사고 기도하지만
가시에 찔려 피나는 아픔은 날로 더해 갑니다.
평화로 가는 길은 왜 이리 먼가요.

얼마나 더 어둡게 부서져야
한줄기 빛을 볼 수 있는 건가요.
멀고도 가까운 나의 이웃에게
가깝고도 먼 내 안의 나에게
맑고 깊고 넓은 평화가 흘러
마침내 하나로 만나기를
간절히 기도하며 울겠습니다.
얼마나 더 낮아지고 선해져야
평화의 열매 하나 얻을지
오늘은 꼭 일러 주시면 합니다.

우리나라를 생각하면

내가 태어나 숨을 쉬는 땅
겨레와 가족이 있는 땅
부르면 정답게 어머니로 대답하는
나의 나라 우리나라를 생각하면
마냥 설레고 기쁘지 않은가요.
말 없는 겨울 산을 보며
우리도 고요해지기로 해요.
봄을 감추고 흐르는 강을 보며
기다림의 따뜻함을 배우기로 해요.

좀체로 나라를 위해 기도하지 않고
습관처럼 나무라기만 한 죄를
산과 강이 내게 묻고 있네요.
부끄러워 얼굴을 가리며 고백하렵니다.
나라가 있어 진정 고마운 마음
하루에 한 번씩 새롭히겠다고
부끄럽지 않게 사랑하겠다고

좋은 이웃되기

'하느님을 찾았으나 뵈올 길 없고
영혼을 찾았으나 만날 길 없어
형제를 찾았더니 셋 다 만났네'
라는 말이 적힌 쪽지를
벗에게 전해 받고 생각에 잠깁니다.
나보다 더 어려운 처지의 이웃을
사랑으로 찾아 나서면
길이 열리리라 믿고 희망하면서
어려운 이웃 찾아 멀리 갈 수 없으면
매일 만나는 이들에게라도
말과 행동으로 정성껏 인내하는
작은 사랑부터 실천해야 합니다.

258

그래야 누군가에게 좋은 이웃으로
다가설 수 있을 테니까요.
진정한 선물이 될 수 있을 테니까요.

용서하기

용서해야만 평화를 얻고
행복이 오는 걸 알고 있지만
이 일이 어려워 헤매는 날들입니다.
지난 1년 동안
무관심으로 일관한 시간들
무감동으로 대했던 만남들
무자비했던 언어들
무절제했던 욕심들
하나하나 돌아보며 용서를 청합니다.
진정 용서받고 용서해야만
서로가 웃게 되는 삶의 길에서
나도 이제 당신을 용서하겠습니다.
따지지 않고 남겨 두지 않고
일단 용서부터 하는 법을
산타에게 배우는 산타가 되겠습니다.

12월 25일
풍향 서-북서 **풍속** 12~16m/s **파고** 2~4m **천기** 구름 많고 눈

크리스마스

대원들과 크리스마스 파티를 조촐하게 했다. 노래도 부르고 다과도하면서 기분을 내게 했다. 나도 어릴 때 뜻도 모르고 누님이나 형들이 부르는 노래가 어렴풋하다.

'고요한 밤!, 거룩한 밤!, 모두가 조용하다. 별은 빛나고! Silent Night!, Holy Night!, All is Calm. All is Bright!'

울릉도의 밤은 더없이 맑고 고요하다. 기독교인이 아니더라도 매년 12월 25일 크리스마스에 울려 퍼지는 이러한 찬송가 구절은 한 해 동안 각자가 살아온 여정을 잠시 생각해 볼 수 있는 여유를 주고 있다. 헐벗은 이웃에 대한 관심과 가족 간의 우애를 일깨워 주는 이러한 크리스마스 축가의 진정한 의미는 영국 작가 찰스 디킨스가 1843년 발표한 《크리스마스 캐럴》 덕분에 전 세계적인 공감을 얻어 내어 이런 분위기가 퍼지게 되었다.

이번 크리스마스도 가난한 이웃들에 대한 관심과 배려의 마음이 온 세상을 뒤덮고 있다. 프랑스의 유명한 피에르 신부는 얼마 전에 이런 말을 했다고 한다. 세상을 둘로 나눈다면 하나님을 믿느냐 아

니냐가 아니라, 이웃을 도왔느냐 아니냐로 나눈다고 말이다. 이 세상은 아직도 빈부의 격차는 물론이고 인종적, 이념적, 종교적 차별이 문제와 갈등을 야기하고 있다. 종교는 인류의 보편적 가치로서 선善을 내세우는데 말이다. 아시아나 유럽이나 아직도 많은 사람들이 굶주림에 시달리고 있다. 이것에 대한 해결책은 정치나 인류 문화의 측면도 있겠지만 종교의 역할도 크다고 생각한다. 하기야 유럽도 배불리 먹기 시작한 역사가 아직 백년이 넘지 않았다.

크리스마스는 예수 그리스도의 탄생 기념일이다. 크리스마스는 영어로 그리스도Christ의 미사Mass의 의미이고 〈X-MAS〉라고 쓰는 경우의 X는 그리스어의 그리스도(크리스토스. XPI TO)의 첫 글자를 이용한 방법이다. 프랑스에서는 노엘Noël, 이탈리아에서는 나탈레 Natale, 독일에서는 바이나흐텐Weihnachten이라고 한다.

또한 12월 25일을 '크리스마스 데이', 그 전야를 '크리스마스 이브'라고 한다.

12월 26일
풍향 북서-북 풍속 12~16m/s 파고 2~4m 천기 구름 많고 눈

아버님 생신

역시 올해 아버님 생신에도 고향에 가 보지 못하는 불효자를 용서하세요. 특히 얼마 전 아버님께 드린 글이 지금도 죄송스럽고 안타깝습니다.

아버님께서는 얼마 전 제게 편지를 보내시어 노년에 청각 장애인이 되다 보니 고통이 이만저만 아니라면서 하지만 그 누구보다도 훌륭한 자식이 있으니 마음 든든하고 행복하시다며 부모 걱정하지 말고 부디 건강하라고 당부하셨습니다. 더구나 울릉 경비대장은 하늘이 내려 주신 최고의 선물이니 조상의 뜻을 이어 받아 꼭 입신양명 해 달라고 당부하셨는데 저는 입신양명이라는 말이 너무나 마음에 걸려 '저는 임무에 충실할 뿐 더 이상 욕심을 부리지 않겠습니다.' 라고 답변을 드렸습니다.

그러나 나는 아버님께서 자식을 향한 부모의 바람을 저버리고 말았습니다. 더구나 막내인 제게 너무 많은 기대를 하지 말아 주시기를 바랬으니 얼마나 상심이 크셨습니까. 부모가 늙으면 자식밖에

없다는데 평소 아버님께서 제게 많은 기대를 한 것이 저로서는 몹시도 부담스러워 그리 답신했다고 생각하시고 부디 노여워 마시길 바랍니다.

아버님께 그런 글을 올린 지금 이 순간에도 저는 제 막내 자식에게 좀 더 건강하고 활력 있고 의미 있게 생활하라고 독려하고 있으니 자식 사랑은 끝이 없다는 말이 맞는 것 같습니다.

아버님 어머님 건강하세요…….

경북 지방 경찰청장 독도, 울릉도 초도 순시

독도에 도착한 이만희 청장님은 외곽 경계 근무 중인 초병에게 다가가 차가워진 얼굴을 손으로 어루만지며 '춥지 않느냐', '고생이 많다'는 따뜻한 위로의 말과 함께 전 지휘 요원과 대원에게 독도는 우리 국토의 최동단이자 시작이며 이곳에서 국토 수호의 임무를 수행하고 있는 경비대원들은 자부심과 책임 의식을 갖고 '빈틈없는 독도 수호'의 임무를 완수해 주길 당부하고 대원들이 가장 좋아하는 피자와 통닭으로 함께 점심 식사를 하였다.

청장님이 특별히 강조한 것은 '공감 치안'과 '대원들의 안전'으로 고객인 국민이 경찰 활동에 대해 이해하고 나아가 공감할 수 있는 치안 활동을 해야 하며 경계 근무 중 안전사고 예방에 각별히 주의할 것을 당부하고 수행 참모들에게 대원들이 춥지 않도록 방한복과 모든 장비를 더욱 보강 지원할 것을 지시하셨다. 경비대 근무자들의 사기가 하늘을 찌를 듯 충천하다.

■ 일순 시선 올해 92회째 독도 인근 출현, 2010년 95회 대비 3회 감소.

12월 28일
풍향 서–북서 **풍속** 9~13m/s **파고** 1.5~2.5m **천기** 구름 많음

그대가 동백꽃을 아시나요?

독도에서 자라는 식물 자원과 동백꽃의 꽃말

관사 앞에 동백나무 몇 그루가 자라고 있다. 키는 약 2~3미터 정도 되는데 겨우내 눈을 맞고 피어 있어 대견하기도 하고 눈 속의 꽃이라 그 모습을 보노라면 참 당당하고 의연하다.

동백은 차나뭇과에 속하고 보통 눈이 하얗게 내리는 12~4월까지 겨울에도 얼지 않고 피어 있으며 예전에는 씨에서 짠 기름을 부인들의 머릿기름으로 사용하곤 했다.

동백꽃의 꽃말은 기다림, 고결한 사랑, 생명과 굳은 약속, 허세 부리지 않는 자랑, 겸손한 아름다움 등으로 대변된다. 참 좋은 말이다. 이기적 사랑, 지키지 못할 약속, 조금 더 가진 자의 거만함, 허풍과 허세로 얼룩진 인간 세상에 비하면 동백의 꽃말은 우리에게 의미 있는 메시지를 던지고 있다.

환경부 산하 국립생물자원관 조사 결과, 독도에는 동백나무, 보리밥나무와 우리나라 고유종인 섬기린초, 섬초롱꽃 등 총 58종의 식물이 분포하는 것으로 나타났다.

국립생물자원관 김수영 박사는, "독도의 식물은 내륙과 달리 독특하게 종분화가 진행되고 있어 역사학, 섬 식물 지리학, 진화학 등 학술 연구와 생물 자원 확보 측면에서 가치가 매우 높다."고 평가했다.

ⓒ 김상민

다산 정약용

얼마 전에 읽은 《유배지에서 보낸 편지》는 조선 후기 우리나라 사상 형성에 큰 영향을 끼친 다산 정약용의 글 모음집으로 그가 1801년 유배지에서 그의 두 아들에게 보낸 편지 27편을 비롯해, 아들에게 내려 주는 교훈 9편, 형님에게 보내는 편지 14편, 제자들에게 당부하는 말 11편 등 모두 61편의 인생 교훈 지침 글을 수록했다.

200여 년 전 18년간 유배 생활을 하면서도 잠시도 붓을 놓지 않았던 정약용의 편지가 오랜 세월을 견딜 수 있는 생명력은 글의 쓰는 힘에서 나왔다. 정약용 선생이 손대지 않은 학문 분야는 사실상 없었고, 그는 당대 최고의 사상가, 정치가, 행정가이자 의사, 지리학자, 과학 기술자였던 것 같다. 우리 집안 선대의 조상님들과도 서로 연락한 서간문이 있다는 소리를 어른들에게 들은 적이 있어서인지 친밀감마저 느낀다.

나는 그중에서도 두 아들에게 보낸 편지를 인상 깊게 읽었다. 조선시대에 양반에게 독서는 생존에 필수적인 조건이었다. 책을 읽어 과거라는 시험을 통과해야만 비로소 대접받고 족보에도 여법하게 오를 수 있었으니 책은 권위를 상징하기도 했다. 다산이 귀양지에서 18년을 보내는 바람에 그의 두 아들은 과거를 볼 수 없었다. 그러니 자식을 생각하는 아버지의 마음은 매우 쓰라렸을 것이다. 그런데도 그는 두 아들에게, "폐족으로 잘 처신하는 방법은 오직 독서하는 것 한 가지밖에 없다."는 편지를 쓰고, "중간에 재난을 만난 너희들 같은 젊은이들만이 진정한 독서를 하기에 가장 좋은 것."이라고 격려한다.

다산은 어떤 책을 읽어야 하는지도 일일이 충고하고 있다. "경학 經學 공부를 하여 밑바탕을 다진 후에 옛날의 역사책을 섭렵하여 옛 정치의 득실과 잘 다스려진 이유와 어지러웠던 이유 등의 근원을 캐 보아야 한다. 또 모름지기 실용의 학문, 즉 실학에 마음을 두고 옛사람들이 나라를 다스리고 세상을 구했던 글들을 즐겨 읽어야 한다."

지금도 자식의 양육에 열심인 부모들의 필독서인 체스터필드의 편지가 유명하다. 영국의 정치가이자 문필가인 필립 체스터필드 (1694~1773)는 유럽에서 공부 중이던 16살 아들에게 앞으로 2년 정도의 시간이 일생에서 가장 중요한 시기가 될 것이라며 자신이 경험으로 터득한 실제적인 지혜를 편지로 써 보냈다. 그 편지 또한 《내 아들아 너는 인생을 이렇게 살아라》라는 한 시대를 풍미한 멋진 책이 되었다.

그런데 요즘 아이들은 사실상 '공부'라는 감옥에 갇혀 있다. 오늘은 내 사랑하는 아들에게 부모의 애틋한 마음을 담은 편지를 써 보내야겠다.

12월 31일
풍향 서-북서 **풍속** 8~12m/s **파고** 1~2m **천기** 구름 많음

내가 나를 위하여……

올해도 나의 오감五感은 세월의 빠르기를 실감하고 있다. 눈 한 번 깜빡이고, 들숨과 날숨을 한 번 들였다가 내뿜는 순식瞬息 사이에 한 해는 문틈 사이로 바람같이 지나 버렸다. 그래도 알아차리기 위해 내 안의 나를 바라보는 것을 게을리하지 않았다. 내가 한 해 동안 수고한 나를 위해 창문을 열고 이 해의 마지막 달을 쳐다보면서 새해 소망을 빌었다.

1월 1일
풍향 북-북동 풍속 12~16m/s 파고 2~4m 천기 구름 많고 눈

새해 첫날 대원들에게 고함,
Your owner your risk!

한 해를 시작하는 첫날이다.

이곳 전선戰線에서 한 해의 첫날은 더욱 견고하며 확고한 마음가짐이 필요하다.

나의 주인은 나 자신이고 그 책임도 바로 나이다.

나의 선택이 나의 인생을 결정한다. 그러므로 나 자신을 제대로 알고 그것에 의해 선택을 결정하는 능력을 갖추어야한다. 그렇다면 '나는 누구인가?' 간단하지만 참 난감한 질문이기도 하다. 하지만 역사를 돌이켜보면 자기를 아는 사람만이 큰일을 해낼 수 있었다. 우리는 자기는 자신이 제일 잘 안다고 생각한다. 그렇다면 과연 어느 정도나 잘 알까? 나 외의 타인에 대해서는 또 얼마나 알고 있을까?

대다수 사람들은 타인에게는 엄격하면서, 자신에게는 관대한 경향이 있다. 타인을 판단할 때는 겉으로 드러나는 모습을 보면서, 남이 나한테 겉으로 드러난 모습을 가지고 평가하는 것은 싫어한다. 그만큼 나의 내면에 존재하는 또 다른 나를 알기가 녹록지 않다.

시인이자 철학자였던 니체는, "자신을 아는 자는 세상에서 못 해 낼 일이 없다."고 말하지 않았던가! 그만큼 자기를 아는 게 어렵다는 의미이기도 하다. 그렇다고 자신의 무지無知를 경멸하지는 말자. 오히려, "무지로부터 탈출하려면 우선 무지에 대한 깊은 이해가 선행되어야 한다."는 현자들의 말에 귀를 기울여 본다.

고대 그리스의 철학자 소크라테스는 철학을 '무지로부터의 탈출'로 보았다. 의미심장한 말이다. 무지로부터의 탈출은 자기의 내면을 직시하고 지혜로운 사람으로 살아가라는 것이다.

사람들은 자기가 문을 열어 놓고 자기가 닫지 않는 사람들이 많다. 자기가 주인으로 살아가지 못하기 때문이다. 갓난아기를 유기하는 사람들, 담배꽁초를 함부로 버리는 사람들, 자기가 벌려 놓은 일을 마무리하지 않는 이들이 얼마나 많던가?

문을 닫으세요
— 수덕 스님

하얀 문
파란 문
검정 문
빨강 문
노란 문을 열고 들어와 여기에 있다.

어느 날이던가
햇빛이 눈부시던 날이거나
샹송이 귀 간지럽게 날리던 날이거나
뒤를 돌아보았다
닫치지 않은 문이 보인다.

이 문
저 문
닫치지 않은 몇 개의 문
문을 열었으면
문은 내가 닫아야 한다.

그 이유는
바람이 대신 닫아 주지 않는 까닭이다.

21세기는 세계화, 정보화, 지식 기반 사회 및 문화의 시기로서, 급격한 변화와 경쟁으로 특징 지워지는 이러한 새로운 시대에는 문화인으로서 일반 시민도 변화하지 않으면 안 된다. 자신의 분야에 필요한 새로운 지식과 기능을 습득한 전문가가 되어야 할 뿐만 아니라 진취적이며 창의적인 신지식인이 되어야 할 것이다. 또한 용서와 감사, 그리고 희망을 가진 문화인으로서 참 삶의 길은 뒤처지거나 소외된 사람들과 함께 하며 배려할 수 있어야 한다.

1월 2일
풍향 북~북동 **풍속** 10~16m/s **파고** 2~4m **천기** 구름 많고 눈

시무식에 임하다

오늘은 시무식이 있는 날이라 새해 첫날 다짐했던 대로 서둘러 목욕을 마치고 명상을 하며 순수하고 지극한 마음으로 몸과 정신을 새로이 하였다.

和其光하고 同其塵이라(老子 上篇 4章).
화기광하고 동기진이라(노자 상편 4장).
화和-순하다. 광光-빛. 동同-함께. 진塵-티끌.
그 빛을 흐리게 하고 그 티끌과 함께한다.

화광동진이라는 말을 가장 먼저 사용한 사람은 다름 아닌 노자이다. '화광和光'이란 자기의 드높은 도덕적 품성과 뛰어난 머리에서 발하는 빛이 겉으로 나타나지 않도록 하는 것을 말한다. 동진의 '동同'은 '동화同化'의 뜻으로 사람들을 감화시켜서 나와 같게 하는 것이다.

'진塵'은 먼지나 때를 뜻하며, 더러움을 탄 세상을 말한다. 그래

서 먼지로 더러워진 세상 속으로 들어가서 사람들을 동화시키는 것을 '동진'이라고 한다. 이 말을 나중에 선禪에서 즐겨 쓰게 되었다. 그리고 부처님이나 보살이 속세에 들어와서 중생을 구제하기 위해 잠시 그 지덕智德을 감추고 그들을 동화시키는 것을 뜻하게 되었다.

정말로 있는 사람은 굳이 있는 체할 필요가 없는 것이다. 사람의 번뜩이는 지성이나 뛰어난 명성은 순하게 하고, 속세에 살면서 저 혼자 정결하기를 바라지 말고, 속세의 티끌과 함께하여야 한다. 혼자 고고함을 물리친다는 뜻의 화광동진和光同塵이란 말은 여기서 유래한다.

시무식은 전 지휘 요원과 대원이 참석한 가운데 임진년 새해 시무식과 중요 업무 계획을 발표했다. 우리는 오늘 임진년 새해 아침에 우리의 국토를 수호하기 위하여 국토의 시작이며 최동단인 독도를 지키는 역사적 임무를 수행하기 위해 이 자리에 섰다. 따라서 오늘 이 순간은 보통 사람들의 단순한 하루가 아니라 역사의 한 페이지이며 우리가 바로 역사인 것이다. 독도를 잘 지키기 위해 가장 중요한 것은 소통, 화합, 공감하기 위한 역지사지의 자세이다. 이러한 핵심 키워드는 바로 우리 국토를 잘 지켜 내기 위한 필수 조건인 것이다. 자체 사고 방지와 안전사고 예방은 마치 권투에서의 잽과 같다. 카운터펀치가 아니더라도 상대방으로부터 잽을 계속 맞고 역량 발휘를 못하여 힘이 빠지는 것과 같으며, 부대 전체의 사기 및 이미지와도 직결된다.

예의 없는 일본은 호시탐탐 우리의 영토인 독도를 침탈하기 위해 수단 방법을 가리지 않을 것이다. 오늘의 현실을 직시할 때 과거사를 사과하지 않고 역사 교과서를 왜곡하는 것만 보아도 일본의 야욕이 수그러들지 않는 것을 명확히 볼 수 있다. 따라서 올해는 지난해보다 상황이 좋지 않다. 우리는 단 하루, 한시라도 긴장의 끈을 놓아서는 안 된다. 그것이 바로 내 조국과 우리 국민을 보호하는 첩경이며, 우리가 이곳에 있는 이유인 것이다. 우리 모두에게 건강과 행운이 함께 하기를 기원한다.

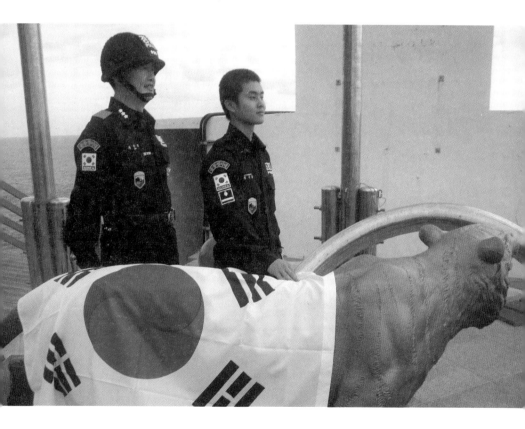

1월 3일
풍향 서-북서 풍속 10~14m/s 파고 2~3m 천기 구름 많고 눈

우리는 행복하기 위해 태어났다

서울에 있을 때도 생각을 해보지 않은 것은 아니지만 여기에 와서는 더 많이 일본에 대해서 생각하게 되었다. 더구나 우리와 중국과의 관계는 어떠하던가?

오늘 일본과 우리의 관계를 다시 생각해 본다. 세계 정치학적 시스템에서 보면 동북아에 있어서 힘의 균형이 이루어지게 된다면 중국과 일본, 우리의 관계는 선린의 우호로서 발전을 기약할 수 있을 것이다. 더구나 같은 한자 문화권이라는 장점과 유교 문화를 공유했다는 공통점이 있지 않은가?

결국 이런 것들은 문화의 소통과 교류를 통하여 분위기를 만든 후에 정치인들의 결단으로 남게 될 것이다.

토마스 하디의 시詩 중에 매우 인상 깊은 구절이 하나 있다. 기억이 정확하진 않지만 대략 다음과 같은 내용이다.

전쟁터에서 만난 '그'와 내가 지금은 적이 되어 서로를 죽이지 않으면 안 되는 상황이지만 전쟁이 아니었다면 서로 친구가 될 수도 있었을 것이라는, 얼핏 보기에 전쟁에 대한 회의懷疑에 가득 찬 독

백처럼 느껴지는 시구詩句다. 하지만 그 의미를 되새겨 보면 이 시는 내가 친구가 아닌 적으로서의 '그'를 죽여야만 하는 정당성 내지 친구일 수도 있는 그를 죽일 수밖에 없는 운명을 말해 주고 있다. 그 사람이 정상적으로 부모밑에서 사랑을 받으며 양육된 사람이라면 누구나 평화를 원한다.

이 세상은 누구나 행복하기를 원한다.

우리는 행복하기 위하여 무엇을 어떻게 할 것인가를 세상 사람들에게 묻고 싶다.

독도는 1천500년 전부터 우리 땅이다

올해는 신라 시대 장군 이사부가 독도를 우리 영토로 복속시킨 지 1천500주년이 되는 해다. 역사학계는 독도 편입 1천500주년을 맞아 학술 대회 등 다양한 행사를 준비하고 있다.

신용하 서울대 명예 교수는, "이명박 대통령이 최근 일본을 방문해 위안부 이야기를 하자 일본 측이 독도 이야기를 꺼내 역공하려는 것을 보고 적반하장이라는 생각이 들었다."면서, "독도를 지키는데 좀 더 확고한 정책을 수립해야 한다."고 지적했다.

동북아 역사 재단은, "삼척은 이사부 장군이 우산국을 정복하기 위해 떠났던 출발지로 알려져 있다."면서, "강원도는 학술 대회와 축제 기간에 때맞춰 '이사부의 날' 조례를 제정해 선포할 것으로 알고 있다."고 전했다.

동북아 역사 재단은 또 올해 전국 50여 개 고등학교에서 '이사부 아카데미'를 진행한다. 특강, 체험 학습 등을 통해 독도 문제에 대한 학생들의 관심을 유도할 계획이다. 학생들과 외국인들을 대상으로 한 독도 탐방 프로그램도 진행할 예정이다. 신라 내물왕 4세손인 이사부 장군은 실직주(悉直州. 지금의 삼척)와 하슬라주(阿瑟羅州. 지금의 강릉)의 지방 군주軍主로 있으면서 512년 우산국을 정복해 울릉도와 독도를 최초로 우리 역사에 편입시켰다.

1월 5일
풍향 북서-북 **풍속** 9~13m/s **파고** 1.5~2.5m **천기** 구름 많고 눈

눈의 나라, 울릉도

우리나라에서 순수한 자연 설雪로만 스키를 즐길 수 있는 울릉도 성인봉 정상 대설원에서 동해 바다를 바라보며 내달리는 산악 전문 스키어들의 페스티벌이 매 주말마다 펼쳐진다. 우리나라에서 최고의 기량을 자랑하는 산악 스키 전문가들이 참가해 기량을 뽐내는 '울릉도 성인봉 스키 등반 페스티벌'은 21일~24일 진행되고 1월 7일~ 2월 27일까지는 성인봉 눈꽃 산행도 함께 열린다.

울릉도에 내리는 눈은 도시의 눈과는 사뭇 다르다. 마치 쌀가루처럼 뿌려 댄다. 큰 덩어리로 내리는 눈이 아니어서 별 것 아니라고 생각했다가는 금세 주변이 무릎이 빠질 정도로 쌓여 헤매기 십상이다.

삶도 마찬가지가 아니던가?
내가 겪어 온 하루하루의 삶과 순간순간의 연속들이 어느 하나도 빠져나가지 않고 오늘의 나를 만들었다. 나에 대해 희망을 품었다면 살아온 날들이 그랬기 때문일 것이다. 나에 대하여 실망스러웠

다면 과거의 생각과 행적이 충분치 못했기 때문이리라. 그러니 그 누구도 비난할 수 없다. 오직 나에게 책임을 물을 수 있을 뿐……

약하기보다는 부드럽게 하고, 사납기보다는 굳세게 하고, 인색하기보다는 검소하게……

1월 6일

풍향 북~북동 **풍속** 10~14m/s **파고** 1~3m **천기** 구름 많고 눈

대한민국 독도를 디자인하다

어떤 사물에 대한 디자인을 잘하려면 그 사물을 먼저 제대로 충분히 이해해야 한다.

그 사물에 관해 모든 것을 진정으로 이해하려면 열정적인 헌신이 필요하다. 그 뒤에 나오는 한마디가 사람들과 함께 공감하는 것이다.

뭘까? 씹고 또 씹어야지, 대충 집어삼켜서는 안 나온다.

독도를 계속 바라보면서……. 뭘까?

독도를 계속 응시하면서 독도를 계속 집중하면서…….

독도는 뭘까?

그러다가 입에서 나온 한마디!

"독도는 더 이상 작고 외로운 섬이 아니다."……그럼 뭐라고?

그래서 생각난 말…….

"독도는 더 이상 작은 섬이 아니다. 독도는 동해의 끝에 있는 독립문이다."

왜냐하면 독도가 우리 땅이 아니라면 우리나라는 아직 독립국이 아니라는 이야기나 다름없기 때문이다.

독도는 더 이상 외로운 섬이 아니다. 독도는 동해 바다에 떠 있는 우리들의 영혼이기 때문이다. 왜냐하면 독도가 우리 땅이 아니라면 우리들의 영혼은 슬피 울 것이기 때문이다.

독도는 우리 국토의 끝이 아니다, 시작이다.

독도는 우리 국토의 심장이다.

미래의 분쟁은 바다에서 시작된다

우리나라 바다 영토는 육지 영토의 3.8배에 달한다. 더구나 무한한 자원의 보고임과 동시에 잠재적 발전 가능성이 농후하다. 바다는 그야말로 '블루오션'이다.

중동의 걸프 만과 오만 만을 연결하는 폭 54킬로미터의 좁은 해협이 세계 정세의 뜨거운 감자로 떠올랐다. 대추야자를 뜻하는 페르시아 어에서 유래한 호르무즈 해협이다. 핵 개발 의혹으로 전방위 압박을 받고 있는 이란이 미국과 서방의 추가 경제 제재에 맞서 지난 연말부터 호르무즈 해협 봉쇄를 끊임없이 경고하면서 화약고로 불리는 이 지역의 군사적 긴장이 고조되고 국제 유가도 치솟고 있다. 이란 혁명 수비대는 6일(현지 시간) 오는 21일부터 새달 19일까지 호르무즈 해협에서 또 군사 훈련을 실시하겠다고 위협했다.

전 세계 원유 교역량의 20%, 해상 수송량의 35%가 지나는 길목이다. 해협 안쪽에 이란, 이라크, 쿠웨이트, 레바논, 아랍에미리트 연합, 카타르 등 중동 산유국의 대다수 석유 수출항이 몰려 있다. 매일 1,700만 배럴의 원유가 이 지역을 통과하는데, 해협이 봉쇄된다면 전 세계 석유 수급에 막대한 차질이 빚어져 국제 유가가 급등하고 세계 경제 회복에 악영향을 미치게 된다. 〈뉴욕 타임스〉는 4일 호르무즈 해협이 부분적으로 며칠 만 봉쇄돼도 유가가 배럴당 150달러를 넘을 것으로 내다봤다. 수출로 먹고사는 우리가 아니던가? 기름 값이 오르면 서민의 생활이 그만큼 각박해지니 얼마나 힘이 들을까 걱정이다. 우리 수역 안에서 원유가 펑펑 쏟아지는 상상도 해보게 된다. 그러나 우리에게는 인재가 있지 아니한가? 희망을 가져 본다.

전쟁은 불균형 상태에서 일어난다. 즉, 요구Need가 극대화될 때 폭발한다. 그렇다면 한반도는 '북한과 중국'이 방위 조약 상태고 '남한과 미국'이 정확한 힘의 균형을 이뤄 단일 전면 전쟁 가능성은 희박하다고 볼 수 있을 것이다. 그러나 동남아 다른 국가에서 중국을 압박할 목적의 전쟁이 일어날 경우 남북한도 언제든지 그럴 가능성을 가지고 있다는 생각이다. 지금 일본은 중국의 급부상과 함께 존재가 의심스러울 만치 침체돼 있다. 과거 대륙에서 소외된 그들이 침략을 감행함으로써 살 길을 찾았다면 일본이 새로운 전환점을 모색할 날도 멀지 않았다. 다시 군사적 재무장을 하거나 그 권역에서의 전쟁 가능성이 생길 것이다. 그 가운데 독도가 있다는 사실에 전율을 느낀다.

미래의 전쟁 방법은 무인 비행기 등을 이용한 후방의 해공 군력에 의존하고 지상전은 당사국들이 치르게 한다는, 최소의 희생으로 목적을 달성하려 한다는 전문가들의 의견이다. 이는 대리전의 기본으로 싸움은 우리가 걸고 싸우는 것은 너희들끼리 하라는 잔인한 메시지를 담고 있는 것은 아닐까? 아무리 생각해 보아도 독도는 틀림없이 자원뿐만 아니라 정치 외교사적 문제로도 한몫을 단단히 하리라는 생각이 들어간다.

© 김상민

1월 8일
풍향 서-북서 **풍속** 9~12m/s **파고** 1~2m **천기** 구름 많고 눈

임진년 새해 첫 교대식

독수리 부대 독도 입성하다.

2011년 11월 독도에 들어간 청룡 부대가 두 달 간의 임무를 무사히 마치고 이번에는 백전노장 윤장수 경감이 이끄는 독수리 부대가 드디어 독도에 들어갔다. 나는 출정식에서 독수리 부대의 용기와 자부심, 그리고 무엇보다 화합을 강조하였다. 특히 일본 우익 세력의 기습적인 입도에 대한 대응 시나리오 등에 대해 심도 있게 토론하였다. 예비대로 있던 독수리 부대는 본부 마당에 금년 6월에 개봉할 타임캡슐을 묻고 들어가는 길이다. 무사히 임무를 마치고 돌아오면 타임캡슐을 함께 개봉하리라. 타임캡슐을 보면서 작년에 우리가 했던 약속들, 그리고 새해 각오와 다짐들이 제대로 지켜지고 있는지 부모님과 가족에게 보내는 글 등을 함께 읽고 공유할 것이다.

눈이 오는 거리를 선인先人은 조심스럽게 걸어간다.
뒤에 걸어올 사람의 방향과 기준점을 제시해 주기 때문이다.

돌이켜보면 역사는 우리에게 선인은 후손들에게 끊임없이 질문

을 던지고 답을 주고 있다. 우리가 진지하게 고민하고 열정과 사랑, 헌신으로 몰입한다면 답을 찾을 수 있다. 임진년 새해 독도에 처음으로 들어가는 부대는 그래서 임무가 중요하고 어느 순간도 중요하지 않은 때가 없다. 선례가 어느 때는 법보다 무섭고 엄정하다.

그러고 보니 미국 샌프란시스코 출신의 계관 시인桂冠詩人 로버트 프로스트(Robert Frost. 1874~1963)가 생각난다.

The Road Not Taken(가지 않은 길)

Two roads diverged in a yellow wood,
And sorry I could not travel both
And be one traveller, long I stood
And looked down one as far as I could
To Where it bent in the undergrowth;

노란 숲 속에 길이 두 갈래로 났었습니다.
나는 두 길을 모두 가지 못하는 것을 안타까워하면서
한 사람의 여행자가 되어 오랫동안 서서
하나의 길이 덤불숲으로 굽어 들어가기까지
바라다볼 수 있는 데까지 멀리 바라다보았습니다.

Then took the other, as just as fair,

And having perhaps the better claim,

Because it was grassy and wanted wear;

Though as for that the passing there

Had worn them really about the same,

그리고 똑같이 아름다운 다른 길을 택했습니다.

그 길에는 풀이 더 있고 사람이 걸은 자취가 적어,

아마 더 걸어야 될 길이라고 나는 생각했었던 게지요.

그 길을 걸으므로, 그 길도 거의 같아질 것이지만.

And both that morning equally lay

In leaves no step had trodden black.

Oh, I kept the first for another day!

Yet knowing how way leads on to way,

I doubted if I should ever come back.

그날 아침 두 길에는

낙엽을 밟은 자취는 없었습니다.

아, 나는 다음 날을 위하여 한 길은 남겨 두었습니다.

길은 길에 연하여 끝없으므로

내가 다시 돌아올 것을 의심하면서…….(후략)

미국은 1980년대 중 쯤 계관 시인 제도가 만들어졌다. 계관 시인의 연봉은 미국 시민들의 세금으로 충당하는 것이 아니라 시를 사랑하는 독지가가 내놓은 기부금으로 충당되며 정해진 임무는 없다. 1년이 임기이고 그 동안 자기가 하고 싶은 일을 하면 된다고 한다. 그러나 취임하면서 한 번은 미 의회 도서관에서 시 낭송회를 열고 떠날 때 시 낭송회를 여는 일은 지금까지 이어져 오고 있다. 그것도 규칙이나 규정이 아니라 전통으로 이어져 오고 있다. 계관 시인은 3만 달러의 연봉이 지불되는 명예직이다.

케네디John F. Kennedy 대통령의 취임식에서 축시를 낭송한 로버트 프로스트는 아직 계관 시인 제도가 도입되기 전이었고, 클린턴William Clinton 대통령의 취임식장에서는 그가 개인적으로 초청한 흑인 여류 시인 마야 안젤루Maya Angelou가 축시를 읽었으니 미국의 계관 시인은 영국의 계관 시인과는 사뭇 다르다. 새로 취임하는 대통령의 선택에 따라 시인이 와서 축시를 낭송할 수 있지만 그런 자리에 계관 시인을 불러서 시를 낭송한다는 자체가 매우 부럽다. 우리나라도 문화 선진국으로서 그런 전통을 만들어야 하는 것은 아닌가?

해군 전투 함대장 이 · 취임식 및
해군 제1함대 사령관 독도 경비대 위문

해군 전투함 대장과 동해 제1함대 사령관이 소임을 무사히 마치고 이 · 취임식이 있었다.

해군 전투함대장 이 모 대령은 나와는 이웃 지간으로 공식적인 협조 외에도 사석에서 세상 돌아가는 얘기도 함께 나누는 좋은 친구와도 다름없었고 함께 식사도 하고 부대원끼리 축구 시합도 하는 등 화합이 잘되어 마치 찰떡궁합과도 같았는데 아쉽다. 아울러 동해안 제1함대 사령관도 함께 취임식에 참석해 인사를 나누었으며, 신임 제1함대 사령관은 곧바로 독도로 들어가 경비 대원들을 격려해 주었다.

1월 7일자 언론 보도에 의하면 독도와 이어도 등 대한민국 영토의 끝자락을 지킬 '독도-이어도 함대'가 창설될 예정이다. 우리나라와 일본 · 중국간 영토 분쟁을 막고 주변국의 해군력 증강에 대응하기 위해서다. 최종 목표는 최신예 이지스 구축함 2척, 한국형 구축함 4척, 초계함 2척, 잠수함 2척 등 모두 10척의 '독도-이어도 함대'를 만드는 것이며, 향후 5년간 약 6조 5천억 원의 예산이 이 사업에 투입될 예정이라고 하니 이제야 마음이 조금 놓인다.

군 고위 관계자는, "우리가 인정하기 싫더라도 12해리 영해 밖 서해는 이미 중국의 앞바다와 다름없다."고 말했다. 이 관계자는, "중국이 한국의 거듭된 요청에도 자국의 불법 어선 조업을 사실상 방치하는 건 이미 '서해 제해권'을 장악했다는 자신감 때문."이라며, "이 상태를 방치하면 대한민국의 '해상 목줄'이 중국에 포위되는 건 시간문제."라고 경고했다.

방위 준비가 안 되었던 임진년의 일본 침략이 생각이 자꾸만 드는 것은 기우일까?

© 김상민

1월 10일

풍향 서-북서 풍속 10~14m/s 파고 2~3m 천기 구름 많고 눈

대한민국 홍보전문가 서경덕 교수와
가수 김장훈의 새해 포부

가수 김장훈과 성신여대 서경덕 객원 교수가 기분 좋은 새해 계획을 공개했다.

김장훈은 최근 서경덕 교수와 뉴욕 타임 스퀘어에서 만나, "저 광고판이 우리가 독도 광고를 했던 가장 큰 광고판인데 언젠가 대한민국 전용 홍보 광고판을 만들 날이 오겠죠? 100억 정도 있으면 대충 밀어 볼 텐데, 올해 돈 좀 벌려고요."라고 덧붙였다. 공개된 사진은 광고판이 즐비한 미국 뉴욕 타임 스퀘어에서 서경덕 교수와 가수 김장훈씨가 다정하게 붙어서 엄지손가락을 치켜세우고 있는 모

습이다.

 이와 함께 서경덕 교수도 같은 날 자신의 블로그 미투데이me2day
를 통해, "김장훈-서경덕 콤비 뉴욕 타임 스퀘어에서 도킹, 우리가
여기서 왜 만났을까요? 올해 기대하셔도 좋습니다."라는 글을 남겼
다. 두 사람의 독도 사랑은 해를 거듭할수록 국내외의 많은 관심을
자아낸다. 김장훈씨 말대로 두 사람이 전생에 부부처럼 특별한 인
연이었을까? 돈을 벌어야 하는 이유도 새해 포부도 그야말로 깨끗
하고 시원하다. 힘찬 응원을 보낸다.

악의적인 유튜브 홍보전

'독도는 일본 땅이다'라는 망발

일본은 1952년에 다케시마(독도)를 일본령으로 세운다고 하는, 샌프란시스코 조약에서도 확인된 연합국에 의한 결정을 완전히 무시하고, 한국은 다케시마를 침략해 현재에 이르고 있다. 지금까지 44명의 일본인 어부가 다케시마 근해에서 살상되고 3,929명의 일본인이 한국에 불법으로 나포, 억류되었다.

일본은 한국에 대해, 국제 사법 재판소에서 평화적으로 이 영토 문제를 해결하도록 재삼 재촉해 왔지만, 한국은 단호히 이 제안을 받아들이지 않고, 그 대신에 온 세상의 무관계한 장소에서 TPO(시간Time, 장소Place, 기회Occasion)도 생각하지 않고 '독도는 한국의 영토'라고 선전을 하고 다른 나라의 사람들에게 폐를 끼치고 있다.

위의 글은 무료 동영상 공유 사이트 유트브에 올라와 누리꾼들의 공분을 사고 있는, 한국어를 포함 6개 국어가 지원되는 '위기에 임박하는 일본 : 일한 분쟁 개론 문화 약탈과 역사 왜곡에 관한 고찰'이란 다큐멘터리식 영상에 수록된 내용이다.

본적 옮기기 운동

독도를 제2의 고향으로 갖자!

독도 향우회(회장 홍성룡)는 오늘부터 일본의 역사 교과서 왜곡으로 동해 및 독도 관련 분쟁이 심화되는 가운데 독도로 본적을 옮겨 '제2의 고향'으로 만들자는 운동을 전개한다.

향우회 측은 이와 관련, "현 주소지와 상관없이 본적지만 옮기면 돼 불편한 점이나 문제점 역시 전혀 없다."며, "일단 행동으로 옮기게 되면 독도가 제2의 고향이라는 자부심과 자연스런 관심으로 이어져 함께 감동하고 소통하며 남다른 독도 사랑과 나라 사랑으로 승화될 것."이라 밝혔다. 더구나 지방의 시도市道를 다니며 지속적으로 운동을 전개한다고 하니 성공할 것이라는 예감이 든다.

최근에 미국에서 실시된 한 조사에 의하면 소비자 한 사람이 하루 동안 접하는 광고는 약 5천 개에 달하는데 그중에서 소비자가 아무런 암시도 받지 않고 기억할 수 있는 것은 20~30%에 불과하다고 한다. 운동이나 캠페인은 광고가 매우 중요한 역할을 한다. 그래서 요즈음은 홍보 대사라는 자리를 만들고 유명인들을 앉히고는 한다.

현재 우리나라 광고의 과잉 상태 속에서 '독도에 본적 옮기기'라는 메시지만 일방적으로 전하는 일회성 운동이라면 소기의 성과를 거두기 어려울지도 모른다. 국민들에게 선택적으로 노출되고 지속적으로 흥미를 끌면서 지각되고 기억되기 위해서는 애국심에 호소하면서도 독창적이며 눈길을 끄는 힘이 있는 메시지를 광고나 캠페인을 통해 일관되게 전달해야 할 것이다.

즉 광고 캠페인을 통해 왜 독도가 중요한지에 대해 누적적으로 학습시키고 나아가서 학문적, 문화적 이미지를 규명하고 만들어 내는 일이 매우 중요하다. 또한 이는 독도는 우리의 땅이라는 일관된 콘셉트를 지속적으로 전개함으로써 국민들 모두에게 자긍심과 영토에 대한 애국심을 마음의 밑바탕에 마련해 주어야 좋은 결실을 맺을 것이다. 독도 향우회의 운동이 성공하기를 기원한다.

독도 수호를 위한 '독도 평화 재단' 설립

'독도 평화 재단'이 발족되어 국회 사무처에 정식으로 등록을 마쳤다.

독도 평화 재단은 독도 수호와 독도 생태계 보호, 독도를 동북아와 세계 평화의 상징으로 발전시키기 위해 다양한 사업을 벌이게 된다.

또 매년 독도 수호에 기여한 개인과 단체를 선정해 독도 평화 대상도 시상할 계획이다. 독도 평화 재단은 국가 보훈처 소관 재단법인 '독도 의용 수비대 기념 사업회' 회장인 이병석 의원이 지난 3년간 모은 회장 활동 보수 7천만 원과 독지가 4인이 각 1천만 원씩 기부해 설립됐다.

- 07:45경 올해 들어 세 번째로 일본 순시선이 독도 인근에 출현하여 우리 해경 5001함과 대치하다가 소실되었다.
- 권도엽 국토 해양부 장관이 독도를 방문하려 했으나 기상 악화로 취소되었다.

1월 14일
풍향 서-북서 **풍속** 9~13m/s **파고** 1.5~2.5m **천기** 구름 많음

첨단 장비로 무장하다

동해와 독도를 잘 지키기 위한 전략적 거점이 '울릉도' 이다.

경비대가 그동안 해안 초소 중심으로 경계 근무에 의존하던 형태에서 벗어나 '이동식 차량 탑재형 열 감지기TOD'를 즉각적으로 운용할 모든 준비를 마쳤다. 빠르면 3월부터는 육안 관측 근무와 더불어 첨단 장비를 통한 해안 경계 근무를 할 수 있게 된 것이다. 물론 바다에서는 해경과 해군이 철통같이 지키고 있다.

우리가 흔히 군사력을 비교할 때 기술적인 문제를 간과하고 단순 양적 비교로 평가하는 경우가 있다. 특히 남북한 군사력 우위 비교에서는 양적 비교만으로 봐서는 안 된다 군사력 우위를 가늠하는 것은 기술력이다. 서방 열강들은 최근 사전 정보 탐지를 강화할 수 있는 무인 경보기 생산에 박차를 가하는 등 첨단 무기 개발에 속도를 내고 있다. 우리도 당연히 양보다 질이다. 또한 독도를 잘 지키기 위해서는 독도의 젖줄이나 다름없는 울릉도를 잘 지켜야 한다.

권위와 겸손

물은 깊을수록 소리를 덜 내는 법이다.

나는 독도의 경비대를 위문한다고 방문하는 고위 인사들을 보고 많이 배운다. 그분들의 행동과 언사를 통해서이다. 우리는 누구나 어렸을 때 학교 선생님들로부터 벼 이삭의 교훈을 수없이 듣고 자랐다. 즉 알맹이가 차지 않은 벼 이삭은 꼿꼿이 서있지만 알맹이가 찬 벼 이삭은 고개를 숙인다는 가르침이다.

오만과 교만은 외양적인 추종을 일시적으로 얻어 내지만 마음속으로부터 우러나는 존경과 충성심을 얻어 내지 못한다. 지난 세대에는 조직 내의 고위급 간부들이 전용하는 화장실과 식당이 따로 있었지만 지금은 그런 권위를 상징하는 시설은 자취를 감추었다. 군 기지의 식당에서도 장성들은 말할 것도 없고 기지를 방문한 대통령도 쟁반을 들고 자기 스스로 음식을 담아 오는 겸양을 보이는 시대가 지금이다. 그런데도 그것을 아는지 모르는지 턱을 높이 들고 사진 한 장을 얻으려고 오는 분들이 눈에 보인다.

그러나 요즈음이 어느 시대인가. 교만하고 오만으로 다스리려는 지도자들은 부하들의 마음속에서 인격 미달로 인식되는 시대이다. 성경에도 보면, "누구든지 자기를 높이는 자는 낮아지고, 누구든지 자기를 낮추는 자는 높아지리라."고 했다.

또한, "겸손한 자와 함께하여 마음을 낮추는 자는 교만한 자와 함께하여 탈취물을 나누는 자보다 나으니라."고 하는 말도 있다.

인격 도야와 진리를 배우기 위하여 고명한 노스님을 찾아간 수행자 이야기도 생각난다.

젊은 수행자를 맞이한 노스님은 그에게 차를 찻잔에 부어 주었다. 찻잔이 가득 찼는데도 스님은 계속하여 차를 부었다. 당연히 찻잔 위로 차는 흘러 넘쳤다.

"스님, 찻잔에 차가 가득 찼는데 그만 부으시지요."하고 수행자가 말하자 스님은, "배운다는 것은 이 찻잔과 같으니라. 너는 먼저

네 마음을 비워라. 그래야 너는 진리를 채울 수가 있느니라."고 말
했다는 이야기가 생각난다.

먹는 집에 가면

— 거름 이재우 목사

손님은 왕이라며 위세하지 맙시다
내 돈 내고 먹더라도 잘 먹겠다고 합시다
마땅히 받는 시중이지만 고맙다고 합시다
더 필요한 게 있으면 부탁조로 합시다
무얼 먹게 되었든지 깨끗하게 먹읍시다
일행과의 대화는 조용하게 합시다
아쉬운 점이 있으면 정중하게 요구합시다
다 먹고 난 다음에는 잘 먹었다고 합시다
결례가 아닌 한 값은 내가 냅시다
바쁘더라도 덕담 한마디 하면서 나옵시다
먹는 집에 가면 이렇게 복을 지읍시다.

1월 16일
풍향 동-남동 **풍속** 7~11m/s **파고** 0.5~1.5m **천기** 구름 많고 눈

사랑하는 큰딸 재미에게

오늘이 네가 29번째 맞는 생일이구나. 3남매의 맏이로서 평소 엄마 아빠와 자식들 간에 교량이 되고 동생들에게 솔선수범하는 네 모습을 볼 때마다 늘 고마웠다. 특히 남들처럼 유별나게 사교육에 의존하지 않고도 인내를 갖고 공부하여 성균관대에 첫 번째로 수시 입학을 하게 되었을 때 학교뿐만이 아니라 엄마와 아빠도 무척 놀랍고 감사했던 기억, 너도 알고 있겠지. 덕분에 재옥이와 막내인 재문이도 너를 본받아 열심히 공부하여 모두 대학에 들어가 하고 싶은 공부를 하게 되었고.

대학 졸업 후 처음 치른 입사 시험에 당당히 합격하여 올해는 대리로 승진하는 영광까지 가족들에게 보여 주었으니 참으로 큰딸 노릇을 톡톡히 잘하고 있다. 회사에 입사해서도 아빠가 잊을 수 없었던 것은, 첫 월급은 물론 명절 때마다 시골에 계신 할아버지, 할머니 용돈까지 세심하게 챙겨 주었을 때 너무 자랑스럽고 뿌듯했단다.

세월이 흘러 벌써 결혼을 고민해야 할 나이가 되었구나. 아빠가 퇴직하기 전 결혼했으면 하는 것은 바람일 뿐 강요가 아니라는 것을 말해 주고 싶다. 중요한 것은 결혼도 그렇듯이 새로운 시작이고 전환점일 뿐 끝이 아니라는 것을 너도 알고 있겠지. 인생이란 유한하지만 살아 숨 쉬는 한 끝이라는 것은 없단다. 아빠가 울릉도에 와서 힘들다고 가족들에게 투정을 부렸을 때 네가 메일로 보낸 글이 지금도 생각이 난다. 덮을 이불이 있고 비를 막을 지붕이 있고 냉장고에 먹을 음식이 있다면 지구상에서 그래도 행복한 편에 속해 있다고. 더구나 사랑하는 가족이 있는데……고맙다, 재미야. 너는 아빠의 든든한 후원자이자 우리 가족의 희망이다. 사랑해.^^

사람과 자연의 조화

거대한 숲속에서 걸어 나와 초인으로 살게 되는 인류의 역사는 자연으로부터 소외의 역사로 보아야 할 것이다. 그래서 현대를 사는 우리 인간 의식 속에는 인간과 자연, 문명과 자연 사이에 존재하는 괴리감이 깊게 자리하고 있다. 인간이 자연과 어울려 함께 공존하고 있던 시대로부터 이탈되어 오는 과정이 곧 인류의 역사였다고 할 수 있다. 또한 현대인들은 최첨단 과학 문명의 발달을 지향함으로써 자연에 대한 손상과 그 토대에 대한 극심한 상실감을 가지고 있다.

지금이 인류 문화의 최고의 정점이고 물질적으로도 가장 잘사는 시기라고 하지만 빈부의 격차는 너무 심해지고 있다. 이로 인해 생명 사랑과 자연 사랑의 정신을 상실해 가고 대립과 갈등의 시대에 살고 있다.

그러나 우리는 아직도 본래의 순정純正한 세계를 꿈꾸며 순수한 생명 세계로 되돌아가려는 몸부림이 가슴속에 꿈틀거린다.

세계의 곳곳에 이해하기조차 힘든 일상을 벗어난 기상氣象이 그러하다. 폭우와 폭설이 난무하고 지진으로 거대한 해일이 일어나 많은 사상자를 내고 있다. 이런 것들이 모두 훼손된 자연과 상관관계가 있다는 것을 알아차렸다. 늦었지만 세계의 모든 사람들이 인간들과 자연이 함께 하였던 본래의 원시를 꿈꾸고 있다.

생태주의 문제와 관련하여 최근에 많은 관심들이 표출되고 있다. 이제 자연을 단순히 물리적 공간으로 대하기보다 인간 정신의 근원적인 측면으로 접근할 필요가 있다. 생태계 문제의 심각성을 전재한다고 해도 기존의 사고와 방법으로 접근해서는 본질과 핵심에 도달할 수 없을 것이다. 생태 환경의 문제에 대한 각성과 회복은 모두가 노력해 나아갈 문제이기는 하되, 그것으로는 근본적인 문제의 이해가 불가능할지 모른다.

예전과 같지는 않지만 울릉도에는 아직도 원시림에 가까운 곳이 존재한다. 울릉도에도 관광과 주민 편의에 대응하여 많은 편의 시설들이 만들어지고 있다. 하지만 이런 것들을 최소화하고 '로빈슨 크루소'의 생활 방식을 지향하는 것이 오히려 더 큰 관심을 촉발할지도 모른다는 생각이다. 숲속에 들어 바다를 바라보는 것만으로 마음의 평화를 얻을 수 있다. 그것은 인간은 자연 환경이라는 관계는 보다 어머니의 품 같은 정신적이고도 근원적인 관계성을 갖고 있기 때문이다. 자연과 인간의 관계가 왜 이렇게 되었는지 소외의 입장에서 이해하고, 자연으로부터의 인간은 어떻게 소외되었는지를 살펴보아야 한다. 이를 통해서만 현대인들이 정신적으로 얼마나 큰 훼손을 겪고 있으며 자연의 회복만이 우리가 참삶을 영위할 수 있음을 알아차릴 것이다.

개미들은 환경을 파괴하지 않고,
오히려 땅속에 공기가 통하게 하고
꽃가루가 널리 퍼져 나가게 하는 데 기여한다.
개미들은 저희끼리 서로 방해하지 않고
지구와 완벽한 조화를 이루면서
살아간다.
— 베르나르 베르베르의 《상상력 사전》 중에서

1월 18일

이승만 라인Line

1952년 1월 18일은 우리나라 이승만 초대 대통령이, "대한민국 수역은 한반도 및 그 부속도서 해안과 해상으로 한다."고 선언한 일명 이승만 라인Line의 날이다.

이승만 대통령은 자신의 조국, 조선朝鮮이 20세기 초 일본의 무력 앞에 힘없이 붕괴되는 것을 목도目睹하고, 이를 되찾기 위해 40년 동안 해외에 망명하여 항일 독립 운동을 한 애국 투사다. 그는 90세까지 살면서 인생의 가장 왕성한 활동기인 30세(1905년)부터 70세(1945년)까지 40년을 오로지 미국에서 독립을 위해 헌신한 독립 투사였다. 그 때문인지 그는 건국 대통령이 돼서도 일본만은 아주 냉정하게 대했다.

51년 1·4 후퇴 직후 미군 수뇌부가 유엔군에 일본군 편입 가능성을 검토했을 때, 이를 알게 된 이 대통령이 51년 1월 12일, "일본군이 참전한다면 국군은 일본군부터 격퇴한 다음 공산군과 싸울 것이다."고 말한 일화는 지금까지 전해진다. 이승만 대통령이 장개석의 자유중국군 파한派韓을 극구 반대한 이유도, "한국 전선에 일본 군을 끌어들일 명분을 주지 않기 위함."이었다고 한다. 53년 4월 자신의 정치 고문인 올리버Robert Oliver 박사에게 쓴 편지에서 밝힌 것이다.

이처럼 이대통령은 일본에 대해서만큼은 한 치의 허점도 보이지 않으려고 노력했고, 대통령 재임 동안 이를 일관성 있게 추진했다. 그중 대표적인 것이 독도의 영유권 문제였다. 그가 49년 1월 8일 대마도 반환을 요구하는 기자회견을 가졌던 것도 일본의 독도 영유권 문제에 대한 쐐기를 박기 위해서다. 이를 구체화한 것이 52년 1월 18일 '대한민국 인접 해양의 주권에 관한 대통령 선언'이었다. 그는 일명 '이승만 라인 또는 평화선'을 선포해 독도를 명실상부한 한국 영토로 선언하였다.

'이승만 라인'의 핵심은, "대한민국의 주권과 보호 하에 있는 수역水域은 한반도 및 그 부속 도서의 해안과 해상 경계선으로 한다."며 독도를 이 선線 안에 포함시켰다. 이 선언에는 대통령을 비롯해 허정 국무총리 서리·변영태 외무장관·이기붕 국방장관·김훈 상공부장관이 서명했다.

이 선언으로 일본 조야朝野는 벌집을 쑤셔 놓은 듯 들끓었으며 그 뒤에 얼마 동안은 일체 독도에 대한 이야기가 없었다. 일본은 이것이 반일적인 이 대통령의 작품이라며 '이승만 라인'이라 했고, 한국은 미국·영국·일본·자유중국이 강력 항의하자 대통령 담화를 통해, "한국이 해양상에 선을 그은 것은 한일 간의 평화 유지에 있다."며 '평화선'으로 불렀다. 이후 '이승만 라인'에 따른 독도 영유권을 둘러싼 한일韓日 간 외교전은 더욱 치열해졌다.

해방과 함께 독도는 다시 우리의 품에 안겼다. 독도는 한국 독립의 상징이다.

독도는 단 몇 개의 바위 덩어리가 아니라 우리 겨레의 표상이다. 이것을 잃고서야 어찌 독립을 말할 수 있겠는가. 이승만 대통령은 일본이 독도 탈취를 꾀하는 것은 한국의 재침략을 의미하는 것이라며 독도 수호 의지를 밝혔다. 이후 정부는 54년 1월 18일 평화선 선포 2주년을 기해 독도에 '한국령韓國領'이라는 표지석을 세우고, 독도가 영원한 한국 영토임을 똑똑히 밝혔다. 지나온 과거를 생각해 보면 우리 선조들이 참 많은 고생을 했다는 생각이 들어간다.

이런 역사는 우리들의 땅을 지켜 내겠다는 결의와 한마음으로의 총화가 있어야 힘을 발휘하고 빛도 나는 법이다.

1월 19일
풍향 북동—동 **풍속** 8~12m/s **파고** 1.5~2.5m **천기** 흐리고 비

독도 대장 인터뷰

오늘은 독도 경비대장 윤장수 경감 인터뷰가 있었다.

독도에서 드리는 새배, "복 많이 받으세요!"

어김없이 찾아온 민족의 명절 구정. 독도 경비대장 윤장수 경감과 대원들이 집에 가지 못하는 대신 가족들과 국민들에게 힘찬 새해 인사를 했다.

"이번 설 연휴 집에 가지 못하지만 미리 차례상을 준비했습니다. 조촐하지만 저희 대원들과 함께 조상님께 차례를 지낼 계획입니다."

한반도 동쪽 끝 외로운 섬, 그러나 대한민국의 자존심 독도에도 민족의 명절 설날이 어김없이 찾아왔다. 설 연휴일수록 이곳의 긴장감은 오히려 더 높아진다. 경계 근무에 여념이 없는 대원들을 대신해 독도 경비대장 윤장수 경감을 전화로 만났다.

– 독도에 대한 국민들의 관심이 높은데.

"이곳을 지키는 저희들도 독도의 중요성에 대해 잘 알고 있습니다. 책임감만큼 자부심도 대단합니다. 독도 경비대장 직책도 공개 모집을 합니다. 지원자가 많아 시험까지 통과해야 합니다. 25년 경찰 생활을 하며 좀 더 보람 있는 일을 하고 싶어 저도 지원했습니다. 전에도 몇 번 독도를 찾았지만 독도 경비대장 자격으로 첫발을 내딛는 순간 가슴이 뭉클해 눈물을 쏟을 뻔했습니다. 직접 근무해 보니 최고의 선택이었다는 생각입니다. 지난 연말부터는 대원들도 희망자에 한해 공개 모집을 하고 있습니다."

– 설 연휴 근무는 어떻게 할 계획인지.

"설 연휴라고 큰 차이는 없습니다. 24시간 교대로 경계 근무를 하며 근무 외 시간에는 휴식과 여가 시간을 즐기게 됩니다. 설날 아침에는 단체로 차례를 지낼 예정입니다. 근무 특성상 특별한 외박이나 외출은 없으며, 주기적인 근무 교대까지는 외부와 완전히 단절됩니다. 그러나 최첨단 위성 통신 시설이 잘 갖춰져 있어 큰 불편은 없습니다. 가족과 영상 통화나 e메일 등도 자유롭게 할 수 있습니다."

– 독도에서 근무하면서 가장 즐거웠던 일은.

"아직은 짧은 시간이지만 독도에서의 생활은 매일매일이 새로운 감동으로 다가옵니다. 시시각각 변화하는 풍경은 환상 그 자체입니다. 가장 기억에 남는 일은 독도를 찾는 분들이 경관에 반해 기뻐할 때입니다. 어떤 분은, "독도야 잘 있었느냐."며 눈물을 흘리기도 합니다. 이런 모습을 볼 때마다 독도를 지킨다는 자부심에 가슴이 벅차기도 합니다."

– 힘든 일이 있다면.

"위성 통신 시설로 외부와 소통하지만 멀리 떨어져 있는 가족들을 직접 만날 수 없는 대원들의 외로움을 달래는 일입니다. 경찰 병원과 최첨단 화상 진료 시스템이 구축돼 있고 응급조치 대원도 대기하고 있지만, 대원들이 아프거나 부상이라도 입으면 마음이 편치 않습니다. 위급 상황이면 경찰청 헬기가 긴급 지원되지만 나도 자식 키우는 사람인데 옆에서 지켜만 봐야 하는 것이 가장 힘든 일입니다."

– 최근에도 관광객들이 많이 찾고 있는지.

"2005년 3월 일반 관광객의 독도 입도가 허용된 이후 작년 12월 말 현재 총 60여만 명이 찾은 바 있고 계속 증가 추세입니다. 그렇지만 겨울에는 항상 구름이 많고, 거센 바람과 높은 파도 등 기상 상태도 나빠 여객선 운항이 통제돼 현재는 방문객이 없습니다. 체감 온도도 육지보다는 매우 낮습니다. 아마 2월 말부터는 여객선 운항이 가능할 것 같습니다."

– 마지막으로 하고 싶은 말은?

"온 국민들의 뜨거운 사랑과 관심을 받고 있는 독도는 우리 땅입니다. 독도 경비대원 모두는 '대한민국 최동단이며 심장부인 독도를 지킨다' 는 자부심과 사명감, 책임감으로 최선을 다하고 있습니다. 앞으로도 독도 경비대를 믿으시고 더 많은 관심과 사랑을 보내 주시면 감사하겠습니다. 그리고 대원 부모님, 아들은 건강하게 잘 지내고 있습니다. 외딴 섬이라 여러 가지 불편한 점이 많을 것이라 생각하시겠지만, 모든 대원들은 가족·형제처럼 하나로 똘똘 뭉쳐 잘 이겨 내며 생활하고 있습니다. 아들이 무사히 전역하는 그날까지 건강하시기 바랍니다. 멀리서 나마 세배 드립니다. 새해 복 많이 받으십시오.”

— 아주경제 윤용환 기자

1월 21일
풍향 북–북동 풍속 9~13m/s 파고 1.5~2.5m 천기 흐림

설 연휴 대통령이 울릉도, 독도에 격려 메시지

지휘관으로서 느끼는 것은 항상 휴일이나 연휴를 낀 날에 대부분의 사고가 일어난다는 것이다. 그래서 나는 휴일에 더욱 긴장하게 된다. 하지만 대한민국이 시작되는 우리의 신성한 국토인 독도를 빈틈없이 지키는 것에 대한 자부심과 긍지를 갖고 근무에 임하기만 한다면 사고는 천리만리 도망가고 말 것이다.

남들 쉴 때 쉬지 못하고 보이지 않는 곳에서 맡은 바 소임을 다하는 여러분에게 늘 고마운 마음을 갖고 있습니다. 대한민국 국민은 여러분을 의지하고 신뢰하고 있습니다. 본분에 최선을 다하되 건강과 안전에 유의하기 바랍니다(이명박 대통령).

설 연휴에도 고향에 가지 못하고 오직 국토 수호를 위해 전념하고 있는 여러분 모두 새해 복 많이 받으시길 바랍니다(조현오 경찰청장).

대한민국이 시작되는 우리의 신성한 국토, 독도를 빈틈없이 지키는 것에 대한 자부심과 긍지를 갖고 근무에 임해 주기 바랍니다. 특

히 지휘 요원들은 대원들이 춥지 않게 방한복과 장비를 잘 갖추고 근무할 수 있도록 세심하게 챙겨 주기 바랍니다(이만희 경북 경찰청장).

설 명절에도 불구하고 우리의 국토를 수호하는 여러분들이 있어 도정을 책임진 사람으로서 마음 든든합니다(김관용 경북 지사).

1월 23일
풍향 북동−북 풍속 10∼14m/s 파고 2∼4m 천기 구름 많고 눈

독도와 울릉도의 설 명절

아침 8시, 독도와 울릉도에서는 전·의경 및 지휘 요원이 합동 차례를 지냈다. 차례상에는 시골의 아버님께서 보내 주신 '국태민안'을 내걸고 국가의 발전과 민족의 편안함을 기원했다. 오후에는 대원들과 윷놀이와 제기차기도 하면서 설의 의미를 되새겼다.

설이라는 말은 '사린다', '사간다'라는 옛말에서 유래된 것으로 '삼가다' 또는 '조심하다'라는 뜻이라고 한다. 설날은 일 년 내내 탈 없이 잘 지낼 수 있도록 행동을 조심하고, 조심스럽게 첫발을 내는 매우 뜻깊은 명절로 여겨져 왔다.

설을 언제부터 쇠기 시작했는지 정확한 기록은 없지만 중국의 사서에서 '신라 때 정월 초하루에는 왕이 잔치를 베풀어 군신을 모아 회연하고, 일월日月 신을 배례했다'고 기록하고 있는 것으로 보아 역사가 오래된 것은 분명하다.

그러나 구한말인 1895년 양력이 채택되면서 신정과 구별되는 구정으로 빛이 바래기 시작했고, 일제 강점기에는 설을 쇠는 사람들을 핍박하는 사태까지 이르렀다.

그 후 1985년에 설날을 '민속의 날'로 지정해 '설'의 명칭을 복원했고 사흘간 쉬기로 결정돼 오늘에 이르고 있다. 설날은 음력 정월 초하룻날인데, 농경 의례와 민간 신앙을 배경으로 한 우리 민족 최대의 명절이다. 새해를 시작하는 첫날인 만큼 이 날을 아무 탈 없이 지내야 이 해가 끝나는 날까지 무탈하다는 미신적 기원도 담겨 있지만 마음먹기에 달린 것이다.

독도에서도 근무자를 제외하고는 윷놀이와 탁구, 족구(바다에 공이 떨어지지 않도록 줄에 매달고 경기한다) 시합은 물론 스타크래프트, X-Box 게임 등을 즐기면서 향수를 달래며 설 연휴를 보냈다.

문화 예술로 '독도' 지킨다

경상북도는 독도 영유권 강화를 위해 민선 4기부터 추진해 온 독도 정주 기반 조성 등의 독도 영토 대책 사업이 차곡차곡 추진되어 지난해 독도 주민 숙소 준공을 계기로 본격적인 성과를 내기 시작함에 따라, 문화적 접근을 통해 세계인들과 독도에 대한 생각을 공유하는 '문화 예술로 지키는 독도 구상' 을 발표하고 이에 따른 사업을 금년부터 단계적으로 추진한다고 밝혔다.

경상북도에 따르면, 2006년 민선4기 출범 직후부터 추진해 온 '경상북도 독도 수호 신 구상' 이 2008년 정부의 '독도 영토 대책 사업' 으로 확정되어 범정부 차원의 사업으로 본격 시행되었으며, 지난해에는 독도 주민 숙소, 독도 국기 계양대를 준공하고 독도 종합 해양 과학 기지, 울릉 일주 도로 미 개통 구간 착공 등의 성과를 거뒀다.

또한, 금년 6월경에는 '안용복 기념관' 이 준공될 예정이고, 독도 현장 관리 사무소, 울릉 공항 건설, 울릉 사동항 확장, 독도 방파제 등 영유권 강화 사업이 실시 설계가 진행되는 등 독도 영유권 공고화를 위한 인프라 구축에는 탄력이 붙고 있어 이를 바탕으로 지속 가능하고 세계인이 공감하는 독도 정책이 필요하다는 판단에 따른 것이다.

이 사업의 주요 내용은, 문화 예술 기반이 부족한 울릉도에는 공연 전용 소극장, 야외 무대, 상설 전시장 등의 기반 시설을 단계적으로 건립하여 예술인들이 창작·공연 활동을 할 수 있는 공간을 마련하고, 주민들이나 관광객들이 가족·연인·동호인들이 직접 무대를 꾸미고 연주회를 가질 수 있도록 운영한다는 계획이다.

또한 독도와 울릉도에서는 독도 음악회, 한복 패션쇼, 민속 공연, 안용복 예술제, 독도 문예 대전 등 다양한 문화 예술 행사를 개최하여 관광객들에게 볼거리와 즐길 거리를 제공하고, 세계의 젊은이들을 열광시키고 있는 K-pop 페스티벌과 같은 한류 이벤트도 정기적으로 개최하여 한류 문화를 확산시켜 나간다고 밝혔다.

김관용 경상북도 지사는, "우리는 일본의 억지 주장에 일일이 대응하기보다는 독도의 주인으로서 자신감과 세계가 부러워하는 문화적 자산을 잘 활용해서 독도는 조상 대대로 우리 민족의 생활 무대이며, 우리 삶과 불가분의 관계임을 세계인들에게 자연스럽게 알리는 것이 중요하다."고 말했다.

지난해 10월에는 독도에서 세계적으로 유명한 한복 디자이너인 이영희 씨의 한복 패션쇼를 개최하여 우리 한복과 독도를 세계인들에게 알리는 성과를 거뒀고, 11월에는 시각 장애인으로 구성된 '하트 체임버 오케스트라단'이 참가한 '독도 음악회'로 국내외 언론의 이목을 모으는 등 우리 민족과 독도의 관계를 문화 예술의 선율과 아름다움으로 녹여 내어 세계인들에게 알리는 시도를 하여 호평을 받았다.

일본 외무성에서는 독도에서의 문화 행사를 중단해 달라고 공식 요청을 하여 우리 문화의 저력과 '소프트 파워Soft power'의 위력에 대한 우려를 나타내기도 했다. 이처럼 문화의 힘은 부드러우면서도 강력한 것이다. 때마침, K-pop과 드라마는 아시아를 넘어 세계 전역에서 한류 열풍을 일으키며 우리의 전통·한식·한글·새마을 운동 등 한국의 모든 것을 알리는 메신저 역할을 하고 있다.

세계인들이 우리를 주목하고 있는 이 기회를 잘 활용하고 연계하여 독도에 우리의 아름다운 전통과 문화가 살아 있음을 보여 주고, 문화의 향기와 선율이 독도를 감싸고 동해를 넘어 세계로 흐르도록 할 것이라고 말했다.

— 연합통신 안귀녀 기자

1월 25일

풍향 서-북서 풍속 10~14m/s 파고 2~3m 천기 구름 많고 눈

있어서는 안 될 '다케시마의 날' 행사

일본의 시마네 현에서는 매년 개최하고 있는 '다케시마의 날' 이
라는 행사를 도쿄에서 개최하는 방향으로 추진 중이라는 소식이다.
독도를 놓고 확전 중이다. 한편 일본 겐바 외상은 최근 일본 중의원
본회의에서 '독도와 관련 할 말은 하겠다' 는 표현을 써 가면서 강
경, 공세적 의지를 보였다.

원래 다케시마의 날(일본어 : 竹島の日)은 1905년 2월 22일 독도를
일본 제국 시마네 현으로 편입 고시한 것을 기념하기 위해서, 2005
년 3월 16일에 시마네 현이 지정한 날이다.

일본 극우 세력이 최근 일본 국민에게 '독도=일본 땅' 의식을 주
입하기 위해 안간힘을 쓰고있다. 반한 극우 단체들이 현재 시마네島
根 현에서 매년 열리는 '다케시마(竹島 · 독도)의 날' (2월 22일) 기념
행사를 내년부터 수도 도쿄 중심부에서 대대적으로 개최하는 방안
을 추진하면서 노골적인 '반한 선동' 을 벌이고 있다. 독도 문제를
시마네 현의 지방 이슈에서 전국 이슈로 확대해 한 · 일 갈등을 최
대한 부추기겠다는 속셈이 담긴 것으로 보인다. 이 모두 일본 중앙

322

정부의 기획과 예산 지원으로 이루어지고 있을 것이다.

언론의 보도에 의하면 일본의 '다케시마를 지키는 모임' 등은 지난 7일 시마네 현의 미조구치 젠베에溝口善兵衛 지사를 방문해 내년부터 도쿄에서 '다케시마의 날' 행사를 개최할 것을 요청했다고 〈산케이신문〉이 8일 보도했다. 시마네 현 측은 이를 긍정적으로 검토하고 있는 것으로 전해졌다. 참 어이가 없어 말도 안 나올 이야기가 여기서 벌어지고 있는 것이다.

시마네 현이 2005년 다케시마의 날을 제정한 뒤 6년이 흐르면서 초기의 추진력이 약해지고 있다는 판단에 따라 도쿄 개최로 다시 불길을 살려 보겠다는 판단일 것이다.

이보다 앞서 지난 달 25일 도쿄에서 개최된 '지켜라 우리 영토 국민 궐기 대회'에서 일부 국회의원과 극우 인사들은 입을 모아 다케시마의 날 행사의 도쿄 개최를 주장한 것이 도화선이 된 것이다. 이때 우리 정부는 강력한 메시지를 일본에 보내야 하는 것은 아닌지 인내의 한계가 오는 것은 아닌지 걱정스럽다.

미래를 내다보고 일본도 여러 가지 관점에서 검토하여 우리나라와의 선린 우호를 생각하여 조기에 독도 문제를 해결하려는 노력을 보여야 할 것인데 지금은 두 나라 사이가 오월동주吳越同舟와 같다.

역사와 지리로 본 울릉도와 독도

조선 후기 수토관 기록에도 '于山 = 독도'

일본이 독도의 영유권을 주장해 한·일간 불편한 관계가 지속되고 있는 가운데 현재 독도 문제 연구에서 가장 중요시되고 있는 논점들을 역사, 지리학 관점에서 조망한《역사와 지리로 본 울릉도, 독도(동북아역사재단 펴냄)》가 최근 출간됐다.

올해는 특히 신라 장군 이사부가 독도를 우리 영토로 복속시킨 지 1,500주년이 되는 해로 독도학회, 한국 이사부학회 등 역사학계가 독도와 이사부 장군을 재조명하는 다양한 행사를 준비하고 있다.

국내 역사학자와 지리학자들은 이 책에서 현재 독도 연구에서 거론되는 논점들을 문헌 비판적인 시각에서 살펴보는 한편, 지명 조사 등 일본 지역사적 관점에서 독도 문제에 대한 새로운 접근을 시도한다. 집필에는 김기혁(지리 교육학) 부산대 교수, 최은석 주 히로시마 총영사관 연구원, 윤유숙 동북아 역사 재단 연구 위원, 임학성 인하대 한국학 연구소 교수 등 '인문한국HK' 사업을 추진하는 교수들이 참여했다.

김기혁 교수는 연구 논문 〈조선 후기 울릉도의 수토搜討 기록에 나타난 부속 도서의 표상 연구〉에서 조선 후기 조정에서 파견한 관리인 수토관들이 기록한 지명을 통해 울릉도와 독도를 당시 사람들이 어떻게 인식하고 있는지 살펴본다.

관련 문헌에 따르면 독도를 둘러싼 한·일 양국의 서로 다른 주장 중 가장 핵심적인 내용은 울릉도 부속 도서로 묘사된 '우산도于山島'가 지금의 독도를 묘사한 것인지의 여부다.

한국은 고지도와 사료 등을 근거로 우산도가 지금의 독도를 지칭한다는 입장을 견지해 온 반면, 일본은 우산도가 울릉도 해안에서 약 2㎞ 떨어진 지금의 죽도를 지칭한 것이라고 주장해 왔다. 이 같은 일본 측 주장이 계속되는 것은 울릉도 부속 도서에 '죽도' 지명이 기재돼 있는 고지도가 확인되지 않았기 때문이다.

김 교수는 숙종 때의 수토관 장한상의 〈울릉도 사적〉, 정조 때의 수토관 김창윤과 한창국의 〈수토기〉, 고종 때의 수토관 이규원의 〈울릉도 검찰 일기〉 등 수토관들의 조사 기록을 통해 지금의 죽도가 당시에는 '죽도' 또는 '대도'로 불렸으며 동쪽에 멀리 떨어져 '우산'이라는 지명과 함께 고지도에 묘사된 섬은 지금의 독도를 그린 것이었음을 확인했다.

김 교수는, "우산은 삼국시대부터 한반도 강역疆域의 동단을 상징하는 역사 지명이었다."면서, "지리적인 실체가 확인된 독도를 지도에 묘사하고 조정에서 이 지명을 사용한 것은 장소에 대한 명명이라는 단순한 의미를 넘어 조선 강역의 범위를 표현하는 상징적인 의미를 담고 있음을 보여 준다."고 설명했다.

　최은석 연구원은 현대와 같은 영해선이 그어져 있지 않았던 17세기 독도를 놓고 벌어졌던 이른바 '안용복 사건'을 재조명했으며 윤유숙 연구 위원은 독도가 한국 땅임을 보여 주는 중요한 근거 자료 중 하나인 조선시대 문헌을 통해 일본 측이 제기한 독도 관련 문제점이 무엇인지 검토했다. 임학성 교수는 울릉도와 독도에 대한 정보를 기록한 조선시대의 지리서와 지도 자료를 통해 조선 조정과 지식인들의 독도 인식이 어떠했는지 고찰했다. 이 책이 널리 알려져서 우리 국민들이 독도에 대한 정확한 학술적 정보를 갖고 있었으면 하는 바람이 든다.

日 도쿄, 고교 교과서에 '韓 독도 불법 점거' 주장

일본 도쿄도가 올 4월부터 필수적으로 가르치기로 한 공립고교 일본사 교과서에 '독도는 일본 땅'이라는 주장을 담기로 했다고 〈요미우리신문〉이 27일 보도했다. 이 신문에 따르면 도쿄도 교육 위원회는 전날 도쿄도가 만들어 고교에 나눠 줄 '에도(江戸. 도쿄의 옛 명칭)에서 도쿄로'라는 일본사 교과서에 독도와 센카쿠(尖閣. 중국명 댜오위다오釣魚島) 열도에 관한 기술을 포함했다고 밝혔다.

교과서에 포함한 부분은 '다케시마(竹島. 독도의 일본식 명칭)와 센카쿠 열도는 일본 고유의 영토지만 현재 다케시마는 한국이 불법 점거하고 있고, 센카쿠 열도는 중국이 국제법상 유효한 근거 없이 자국 영토라고 주장하고 있다'는 것이다.

도쿄도 교육 위원회 관계자는 이 같은 표현을 군이 일본사 교과서에 집어넣은 이유에 대해, "일본이 직면한 과제를 가르칠 필요성이 있다고 판단했다."고 설명했다.

일본 문부과학성의 고교 학습 지도 요령은 지리와 역사 관련 3과

목 중 세계사만 필수 과목으로 정해 놓았으나, 도쿄도는 2012년 4월, 가나가와 현은 2013년 4월부터 일본사를 필수화할 방침이라고 한다.

도쿄도 등의 교과서는 문부과학성의 검정도 받지 않는 만큼 앞으로 독도 등에 대한 표현이 한층 거칠어질 개연성이 있어 보인다. 일본은 극우 단체인 '새 역사 교과서를 만드는 모임(새역모)'이 2001년부터 일본의 동아시아 침략을 정당화하는 내용의 지리, 공민 검정 교과서를 산케이그룹 계열 출판사인 후소샤扶桑社에서 발간했다. 2005년에는 공민 교과서에 처음으로 '다케시마는 역사적, 국제법적으로 일본 땅'이라는 기술을 실어 한일 관계 교류에 악영향을 끼치고 있다. 언제쯤이면 과거를 깨끗하게 털어 버리고 새로운 파트너십의 선린 우호로 상생의 시대를 맞이할 수 있을까?

■ PL−01오키(996T) 일본 순시선 독도 인근 출현(전년 동기 대비 6회, 동일 횟수임). 해경, 해군과 긴밀 협조 합동 작전 수행함.

328

1월 28일

풍향 북동~북 풍속 9~13m/s 파고 1.5~2.5m 천기 구름 많고 눈

일본 총리의 정치적 공세

일본 외무상의 독도 발언에 대해 한국이 철회를 요구하자 일본 총리가 나서서, "받아들일 수 없다."는 입장을 밝혔다.

노다 요시히코野田佳彦 일본 총리는 26일 오후 중의원(하원) 본회의에서, "겐바 외무상이 외교 연설에서 다케시마(竹島.독도의 일본식 명칭)를 언급한 데 대해 한국 정부가 항의하고 철회를 요구했다."며, "우리나라(일본)로서는 철회 요구를 받아들일 수 없다는 점을 분명히 했다."고 말했다. 호소다 히로유키細田博之 자민당 의원이, "한국 측이 발언 철회를 요구한 게 사실이냐?"고 묻자 노다 총리는, "사실이지만, 우리는 받아들일 수 없다."고 밝혔다는 취지로 답변한 것이다.

노다 총리는 또, "다케시마와 관련해서는 지난해 12월 18일 일한(한일) 정상 회담에서 내가 '이런 문제가 일한 관계 전체에 악영향을 주지 않도록 대국적 관점에서 노력하자'고 말했고, 그에 앞서서 겐바 외무상이 청와대 외교 안보 수석 비서관에게 한국 국회의원의 방문 중지를 요청하기도 했다."며, "고위급 회담을 포함해 다양한 레벨에서 '한국 측의 일련의 조치를 받아들일 수 없다' 는 뜻을 전달

했다."고 설명했다. 그는 또, "정부는 독도 문제를 평화적으로 해결하기 위해 끈질기게 외교적으로 노력하겠다."고 덧붙였다.

앞서 겐바 고이치로玄葉光一郎 외무상이 24일 중의원 본회의에서 독도 문제에 대해, "받아들일 수 없는 것은 받아들일 수 없다고(한국에) 전하겠다."고 발언하자 한국 정부는 25일 외교통상부 대변인 성명을 통해 발언을 철회하라고 요구했다. 이제 우리 측의 대응이 문제다. 과연 여기서 우리는 어떤 조치를 취해야 할까?

ⓒ 김상민

한국이 독도를 불법 점거했다는 일본의 망발

연일 일본 언론에서 한국의 독도 불법 점유라는 제하로 외치고 있다. 일본은 오래전부터 독도를 다케시마라고 주장하고 있다. 그러나 일본이 독도를 자기 땅이라고 우기는 목적은 여러 가지 이유가 있다. 일본의 선거철이 되면 일본 내 우익 세력의 표를 얻고자 망언과 독도 발언을 하고 있는 것이 그것이다.

또한 이것이 주된 이유일 수 있는데 차세대 에너지 자원으로 하이드레이트라는 것이 있다. 이것은 석유 다음으로 차세대에 대체될 에너지원으로 세계 여러 바닷속에 매장되어 있다. 한데 독도 밑 대륙붕에 많은 양이 매장되어 있다. 일본 여러 지역에서도 하이드레이트 매장 지역이 있지만 일본 근처에 있는 하이드레이트를 시추할 경우 대륙 침하가 일어날 가능성이 있기 때문에 시추를 못하는 것이다. 그래서 독도의 매장 자원이 일본에게는 절실한 것이다.

한국-일본 두나라 역시 자원 없는 나라에서 차세대 자원인 하이드레이트는 엄청난 것이다. 현재 전세계에서 하이드레이트 가공 기술은 1위가 미국, 2위가 러시아, 3위가 일본이다. 독도는 단순히 역사적인 면만 있는 것이 아니라 실질적인, 경제적 가치가 있기에 그들은 절대로 포기할 수 없는 것이다.

그리고 경제 수역 200해리라는 것이 있는데 독도를 어느 나라에서 가지느냐에 따라서 동해의 해양 영역 확보를 할 수 있다. 최근 일본은 국제사법재판소에 독도 문제를 상정할 것이라고 하고 있다. 그러나 사법재판소에서 문제가 되려면 당사국이 다 참여를 해야 한다. 우리나라는 당연히 우리 것이기에 사법재판소 참여를 거부하고 있는 실정이지만…… 만약 독도 문제가 국제사법재판소에서 문제시된다면 일본은 그들의 강대한 경제력으로 로비를 벌여 독도가 다케시마가 되도록 로비를 할 것임에 틀림없다.

1월 30일

풍향 북동—동 **풍속** 10~14m/s **파고** 2~3m **천기** 구름 많고 눈

독도 부근 공해상 북한 상선 출현 후 소실

오늘 10:50경 독도 기점 약 60킬로미터 지점에 조선 민주주의 인민공화국 DAEWON168 상선이 출현, 해경 및 해군과 긴밀히 협조하여 11:10경부터 우리 해경 1513함이 무전으로 대한민국 공해상에서 이탈할 것을 계속 경고하자 13:35경 소실되었다.

북한의 김정일 위원장이 사망한 이후에는 동해는 일본뿐 아니라 북한의 동정도 특히 잘 살피고 경계해야 한다. 북한군이나 주민들이 배를 타고 북한을 집단 이탈하는 등의 돌발 상황도 우려되기 때문이다. 하지만 지휘관이라면 부대 운영을 함에 있어 긴장과 이완의 사이클을 어떻게 유지할 것인지가 매우 중요하다고 본다. 언제나 긴장은 이미 긴장이 아니다.

언제나 이완은 죽은 부대나 마찬가지이다.

가까이 하기엔 너무 먼 당신!

한 발 더 빨리 한 발 더 가까이 독도에 다가오는 일본의 의중이 보이는 오늘이다.

기상 악화에도 불구하고 일본 순시선은 올해 초 작년에 비해 더 빨리 독도 인근에 나타났으며 출현 횟수도 더 많아지고 있다. 긴장의 끈을 놓아서는 안 되겠다. 전년도 동기 대비 6회 출현한 것보다 1회 많은 1월 중 7번째 출현이다.

겨울 방학을 맞아 대학에서 법학을 전공하는 막내가 커피 전문점에서 아르바이트를 하다가 돈을 모아 여행을 간다고 한다. 기특하다. 대한민국의 대학생들은 방학에 그냥 적당히 노는 법이 없다. 아르바이트가 아니면 봉사 활동을 해야 한다는 것이 습관처럼 되어 있다. 좋은 습관은 더 나은 성공의 인생살이로 가는 지름길이다.

기상 악화로 독도 레이더 가동을 일시 중단하고 해경, 해군, 공군에 동 사실을 통보했다.

■ 오전 11:30 일본 순시선 PL-53(1800t) 독도 인근 출현.

2월 1일

풍향 남서~서 풍속 14~18m/s 파고 3~4m 천기 구름 많고 눈

건강한 먹거리

부대 식당의 메뉴, 김치는 언제나, 일요일 아침은 빵과 샐러드와 스프

인류의 역사를 짧게는 450만 년에서 길게는 600백만 년으로 추정한다. 인간이 지구상에 존재 했을 때에는 육식 동물이었다. 하지만 육식을 하기 위해서는 끝임없이 이동을 해야만 했고 결국 인간은 정착을 목적으로 곡류를 주식으로 하는 식생활의 변화를 가져왔다. 그리고 인간이든 짐승이든 수백, 수천만 년 동안 진화를 거듭했다는 것이 아직까지는 정설이다.

인간은 육식에서, 그리고 육식과 곡류를 함께 잡식 하면서 지금까지 종족을 번식하며 지구상의 유일한 지배자로 등장했다. 요즘이야 육식을 많이 한다고는 하지만 예전에는 극히 일부였을 것이다. 만약 인간이 '판다곰' 같이 한 가지 음식만 섭취하였다면 우리 인간은 멸종했을지도 모른다. 연구자들은 먹거리의 풍족함이 인간의 뇌량을 크게 하여 영장류가 되었다고 주장하는 사람들도 있다. 여하튼 인간을 육식이냐 채식이냐로 꼭 구분해야 된다면 채식 동물이라

해야 할 것이다. 과학이 아무리 발전하고 인간의 두뇌가 뛰어나다고 해도 먹지 않고는 살수가 없다. 세계 어디를 가더라도 인간의 가장 큰 화두 중 하나는 당연히 먹거리이다. 요즘처럼 먹거리가 지천이면 골라 먹는 재미도 있다지만 과거의 먹거리는 한정되어 있었고, 그 한정된 먹거리를 차지하기 위해서는 경쟁을 해야만 했다.

얼마 전에 읽은 책이 폴 로버츠의 《식량의 종말》이었다. 저자는 저널리스트로 활동한 사람인데 《석유의 종말》이라는 책도 써서 주목받은 작가이다. 그는 저서에서 구제역, 조류 독감, 광우병, 배추 파동, 비만, 기아 등 먹거리를 둘러싼 수많은 사회적 갈등과 혼란을 이해하기 위해서는 먹거리를 생산하고 유통하고 소비하는 시스템이 자본주의 상품 경제 시스템의 논리 안에 있다는 사실을 이해해야 한다고 주장했다.

요즈음 우리나라에도 문제가 되고 있는 구제역도 식품 시스템의 난맥상을 드러내는 현상이다. 사람들은 외양간과 목장에서 기르던 가축을 공장화된 우리와 축사로 몰아넣었다. 이러한 가축 밀집 사육 시설에서 집중 사육하는 방식은 대규모 질병이 발생할 수 있는 태생적 한계에 빠져 있는 것이다. 뿐만 아니라 일부 사람들은 가축을 빨리 키우려고 비타민과 아미노사, 호르몬, 항생제 등을 사용한다. 특히 항생제 사용으로 박테리아의 항생제 저항력도 높아져 가축을 매개로 한 질병 발병률도 높아진 것이다.

이제 부대의 지휘관은 먹거리까지 신경을 써야 하는 고민에 빠져야 한다. 먹거리가 곧 전투력과 직결되는 까닭이다.

근무를 늦게 마치고 들어오는 대원들에게는 저녁 9시에 한하여 간식으로 라면을 먹을 수 있도록 조치하였다. 대원들로 하여금 자체 메뉴 위원회를 구성하게 하여 스스로 메뉴를 정하도록 했다. 단 우리 부대도 가급적이면 조미료를 넣지 않고 짜지 않게 조리하려고 노력한다.

■ 기상 악화로 중지한 레이더를 재가동하기 시작했다.

2월 2일

풍향 북서-북 풍속 14~18m/s 파고 3~4m 천기 구름 많고 눈

삼겹살 파티로 제설 작업의 노고 위로

오늘은 55년 만에 찾아온 한파로 서울도 영하 20도를 오르내리고 강원도는 30도까지 내려갔다. 덕분에 울릉도도 영하 5도까지 내려가고 제주도도 영하로 내려갔다. 본부와 예비대인 드림팀의 그동안 제설 작업의 노고를 격려하기 위해 삼겹살 파티를 했다. 울릉도에는 나리분지의 경우 누적 적설량이 2미터가 넘었고 우리 부대도 매일 치워도 하룻밤 자고 나면 무릎까지 쌓이는 것은 다반사이다. 대원들에게 '눈'을 낭만이라고 하는 것은 고문이나 마찬가지가 아닐까?

특히 예비대인 드림팀은 2월 말 독도에 투입될 예정에 있어 겸사겸사 대원들이 가장 먹고 싶어 하는 삼겹살 파티를 하는 것이다.

오늘은 술 먹는 주도도 가르칠 것이다. 건전한 술 문화를 위해서 그리고 대원들의 건강을 위해서!

오후 5시경에 독도를 지키는 해경 독도함 5001함에 사고가 일어났다. 해경 허인범 경사가 취사장 내에서 작업 중 선반 고정용 철제

구조물에 왼손 검지손가락 부분이 약 5센티미터 파열되는 사고가 발생하여 울릉도 보건의료원으로 긴급 후송한다는 보고를 받았다. 나는 급히 의료원장에게 사전에 경위를 설명을 하고 수술할 수 있도록 준비시켰다. 부두에 도착한 환자를 경비대 지휘 차로 의료원으로 후송하였다. 치료 후 배로 돌려보내자 환자와 함장이 고맙다는 연락이 왔다. 언제나 안전사고 예방이 중요하다는 생각이 다시 한 번 늘었다.

2월 3일
풍향 서-북서 **풍속** 10~16m/s **파고** 2~4m **천기** 구름 많음

엘리트와 이리떼 Moral Hazard

한국 헌법학의 거장 허영 교수님으로부터 연세대 행정 대학원 재학 시절 수업을 받을 때의 기억이다. 칠판에 영어로 'Elite'라고 쓰시고 학생들에게 읽어 보라고 하였다. 대부분은 엘리트라고 소리를 내어 읽었다. 그러자 미소를 지으시던 허교수님은 '이리떼'가 아니냐며 소위 지도자를 자처하고 국가와 민족을 위한다고 하면서 자기이익 챙기기에 급급한 사람들을 빗대어 한 말이다. 그렇다. 물을 소가 먹으면 식량이 되는 우유가 되고 독사가 먹으면 독이 될 것이다. 독일의 사회학자 막스 베버(Max Weber. 1864~1920)는 가장 이상적인 지도자의 자질로 언제나 결과에 대한 책임을 스스로 지는 사람이라고 규정지었다. 지도자는 행동의 결과에 대해서 사람들이 왜 그렇게 행동했느냐고 물으면 그것이 자신의 신념에 따른 행동이며 자신은 그 신념과는 달리 행동할 수 없었노라고 책임감 있게 말할 수 있는 사람일 것이다. 아무래도 지도자는 신념과 열정 그리고 균형의 세 가지 덕목을 갖추어야 할 것이다.

밤하늘에 별이 빛나듯이 평소에는 두각을 나타내지 않던 사람들

도 국가가 위기에 처했을 때는 앞장서서 이 나라를 구해 왔던 것이 대한민국의 역사이다.

■ 02:23경 동해 해양 경찰서로부터 울릉도 5마일 해상에서 원유를 수송하던 라이베리아 7,901톤급 선박이 기관 고장으로 예인을 요청한다는 교신을 접수, 우리 해경 독도함 5001함이 출동하여 선박을 안전 지대로 예인 후 기관 선적 수리 실시함.

2월 4일
풍향 서-북서 풍속 12~16m/s 파고 2~4m 천기 구름 많음

맞춤형 교육 훈련 계획 수립

오늘은 절기상 봄이 시작된다는 입춘이다. 고향의 아버님께서는 항상 며칠 전부터 '입춘대길'을 붓글씨로 준비했다가 고향 동네 집 집마다 붙여 주는 행사를 하신다. 그렇게 하셔야 안심이 되시는 모양이다.

주초부터 2012 부대 교육 훈련 계획을 수립하느라 아이디어를 짜고 있다. 기본적으로 화기학, 전술학, 일반학은 필수이고 심폐 소생술, 수영법을 비롯하여 해안 및 산악 수색, 차단 봉쇄 등 다양한 맞춤 훈련이 필요하지만 가장 중요한 것은 정신 교육이다.

대원들이 각자의 맡은 직무 수행 능력을 일반적으로 기능skill이라 할 수 있다. 이 기능은 자기 모든 직책에 대해 체득한 지식·경험을 바탕으로 정확하고 반사적으로(생각하는 일 없이) 행동할 수 있고 아울러 장기간 지속할 수 있는 힘이다. 즉 이상 발견에서부터 행동 끼지의 시간이 짧으면 짧을수록 기능이 우수하다고 할 수 있다.

342

2월 5일
풍향 남-서 풍속 8~12m/s 파고 1~2m 천기 구름 많음

사필귀정事必歸正

일본 시마네 현에서는 2월 22일을 소위 다케시마의 날로 정해 독도가 마치 일본 땅인 것처럼 망발을 하고 3월에는 고등학교 교과서를 왜곡 검증하여 영유권을 주장하고 4월에는 국제 수로 기구에 동해를 일본해로 고치려는 도발을 끊임없이 획책할 것이다.

하지만 대한민국이, 우리 국민이 어느 국민인가!

반만 년의 역사와 자랑스럽고도 훌륭한 문화 유산을 물려받았지만 수많은 외세의 침략으로 고통 받고 또한 그로 인해 보이지 않는 깊은 상처와 싸워 온 것이 우리 민족이 아니던가. 그러면서도 우리는 늘 어려움에 도전하고, 무에서 유를 창조하며, 오뚝이처럼 당당하게 일어서 왔다. 일제 강점기와 한국 전쟁을 거쳐 폐허가 되어 버린 이 땅에서 먹을 것, 입을 것 없는 설움과 가난함을 떨치고자 온 힘을 모았을 때 세상을 놀라게 한 결과를 만들어 낸 것이 바로 우리 민족의 저력이다.

얼마 전 보도를 보니 프랑스를 비롯하여 유럽에서도 한류가 힘을

발휘하기 시작했다.

최근 한국 대중가요(K-pop)와 드라마로 촉발된 한류 열풍은 이제 아시아를 넘어 전 세계적으로 한국 문화에 대한 관심과 호기심을 자극하는 좋은 계기가 되고 있다.

또한 한류 열풍에 이어 지구촌 곳곳에서 한국어 배움의 열기가 뜨겁다.

보라, 우리들을 보라!

2002년 월드컵에서 4강 신화를 이루어 내 세계를 놀라게 하고 한류 열풍이 전 세계의 젊은이들과 지성인, 그리고 예술과 음악을 사랑하는 이들의 마음을 뒤흔드는 저력과 불굴의 의지가 우리에게 있지 아니한가. 그리고 2018년에는 '평창 동계 올림픽'의 신화가 우리를 기다리고 있으며 경제 영토가 가장 넓은 나라 중의 하나로 자리매김하고 있다.

최근 이웃 나라 일본을 강타한 대지진은 바로 이런 우리 민족의 민족성을 시험하는 하나의 시험 무대가 되었다. 일본과 우리는 역사적으로 거리에서만 이웃이었을 뿐, 무수한 반목과 갈등을 펼친 '앙숙'으로 통한다. 조선시대 임진왜란과 지난 세기 민족에 치욕을 안겼던 '강제 합방'은 양국의 역사가 얼마나 첨예한 갈등으로 점철돼 있는가를 잘 보여 주는 사례가 아닐 수 없다. 최근 일본의 불행을 바라보는 시각도 한국인이라면 누구나 그 처참한 불행에 앞서, 한 번쯤은 지난 과거사를 떠올려 보지 않은 사람은 없겠지만 누구나 할 것 없이 선린 우호의 이웃 정신으로 일본에 위문품을 모으고 성금을 거두는 모습을 보라. 우리는 전통적으로 사회적 인간관계에서조차 이른바 '정情'의 철학을 최고의 덕목으로 여겨 오지 않았던가!

비록 혈연이 아니더라도, 주변의 어려움에 대해 나 몰라라 하지 않아 왔고, 도움의 손길을 뻗어 난관을 극복하는 힘을 발휘하지 않았던가. 그러니 이 착한 민족의 앞날에 영광과 평화의 날들이 오지 않겠는가!

이제 더 이상 가슴 아픈 역사나 한恨이 아닌 빛나는 새 시대의 역사를 우리는 만들어 내야 한다. 이것이 우리가 가진 시대적 소명일 것이다. 그리하여 행복과 풍요의 정서를 우리 민족의 DNA 속에 심어야 한다. 그리고 이를 위해 국민 한 사람, 한 사람의 작지만 소중한 삶의 변화, '의식의 성장'이 뒷받침되어야 한다.

작은 불빛들이 모여 어둠을 걷어 내고 주위를 밝히듯, 한 사람 한 사람의 삶이 밝고 건강하게 변화하고 성숙한 의식을 가질 때 역사의 에너지도 좋게 바뀌는 것이다.

가슴을 끓게 하는 시 한 수

오늘은 동해 지방 해양 경찰청과 독도 합동 방어 훈련을 실시하였다.

오전 10:30-13:00간 독도 기점 10마일 주변에서 동해 해양 경찰서 소속 독도함 5001함과 포항 해양 경찰서 소속 독도함 1510함을 비롯한 함정 5척과 소속 헬기, 독도 경비대가 합동으로 독도 방어 훈련을 실시했다. 평소에 수립했던 작전 계획대로 무사히 훈련을 마쳤다.

올해는 용龍의 해이다.

용을 우리 고유어로는 '미르'라고 한다. 용은 민간 신앙에서 비를 가져오고 물을 관장하고 지배한다고 알려져 있다. 이번에 독도를 지키는 삽살개가 새끼 아홉 마리를 순산한 것과 관련하여 길조라는 생각이 든다. 용의 해에 아홉 마리의 용이 태어나 독도를 수호하는 상상을 해본다. 단순한 꿈이겠지만 그래도 기분은 좋다. 어느 정도 크면 국민들에게 분양을 해야겠다. 그래서 독도 수호의 의지를 홍보하고 고마움도 전해야겠다.

346

독도 사랑

― 천숙녀

너!

커다란 불덩어리로 우뚝 솟더니

망망의 바다 천고의 풍랑 속에 깊이깊이 두발 딛고

민족의 자존自尊을 지켜 주던 혼魂불 되어

한반도의 든든한 뿌리로 버티고 섰구나

홀로이지만 홀로가 아닌, 의젓하고 분명한 너의 실체.

영원부터 영원까지 함께할 우리의 전부인데

솔개 되어 노리는 저 건너편 섬나라는

네 영혼 멸살滅殺하려는 망언妄言 끝없구나

그들은

독도인 너를 보고 죽도竹島라 억지 쓰며

바다 밑 뿌리로 이어진 맥脈을 도끼질 하고 있다

숯덩이 같은 마음들이 너를 탐하고 있는 거다

그러나 독도야!

저 푸른 융단 아래로 두 다리 뻗거라

백두대간 혈맥血脈을 따라 성인봉 체온이

네 혈血에 닿아 있다

한반도의 흑진주 빛남으로 태어나라

다시 태어나라

수천 년 왜구 침탈侵奪에 뻥뻥 뚫린 숱한 가슴

헐고 상한 네 핏줄의 섬
이 땅의 바람막이로 피골상접한 너를
이제 외로운 한 점의 섬, 섬으로 두지 않겠다
내버려두지 않겠다

붉게 붉게 용솟음치는 망망대해 살붙이로
등줄기 쓰담으며 숱한 선열先烈들의 희생탑 아래
의용 수비대 사투死鬪로 다시 서겠다.
저 밤낮없이 자맥질하는 물보라를 보라
뭍을 향해 손짓하는 우리 모두의 피붙이를……
저기 동도東島와 서도西島 사이
진홍의 해가 이글이글 솟는다
보아라
한반도의 우리들은 너를 보며 꿈을 꾼다
수천 년 수만 년 이어 갈 역사의 안위를 배운다
절절 끓어넘치는 용광로 사랑
나라 사랑을 배운다
이제 우리 모두
참된 의미의 국권이 무엇인지 돌아보리라
태평양을 지향하는 최일선의 보고寶庫인 너
기상氣像과 희망希望을 심어 주는
대대손손 독도 너를
영원까지 메고 가야 할 우리 몫의 자존自尊임을

348

생존이고 희망임을 잊지 않겠다
한반도에 흐르는 냉기류冷氣流를 걷으리라
한반도의 첫 해맞이 곳 너 일 번지를
우리 정신精神의 모태인 너 그 이름 독도를
우리 민족의 가슴에 깃발 내걸겠다
깃발 펄럭이겠다.

독도의 연혁

- **512년**(신라 지증왕 13년) _ 이사부 우산국 정벌, 신라 영토에 귀속시킴
  (삼국사기)

- **1454년**(단종2년) _ 《세종 실록》 중 권 148에서 권 155까지의 8권 8
  책은 지리지로서 《세종 실록 지리지》라고도 하는데 권 153 강원도
  울진현조에 그 부속 도서로서 우산도와 무릉도를 열거하고 이들의
  개략적인 위치를 '우산, 무릉2도 재현 정동해중 2도 相距不遠 風月
  淸明卽望'이라고 기록되어 있다.

- **1881년**(고종 18년) _ 울릉도 개척령 반포(척민 정책). 일본 어민의 울릉
  도 근해 출어에 대한 일본 정부에게 엄중 항의.

- **1946년 1월 29일** _ SCAPIN 제677호-연합군 최고 사령관이 일본
  정부에 보낸 각서에 울릉도, 독도, 제주도를 일본의 통치권에서 제외.

- **1948년 6월 30일** _ 미 공군 폭격 연습 중 독도 출어 중인 어민 30
  명 희생. 한국 정부의 항의에 따라 1953. 2. 27자 미 공군 연습 기지
  에서 제외. 1951년 6월 독도 조난 어민 위령비 건립.

- **1953년** _ 일본이 미국기를 게양하고 조난 어민 위령비 철거, 일본
  영유 표지 설치, 한국 어민 독도 근해 조업에 대한 항의. 이에 대해
  한국 정부는 일본에 항의 각서 발송. 그해 8월 5일 영토비 건립, 해
  양 경비대 파견 협의.

- 1953년 4월 27일 _ 울릉도 주민으로 구성된 독도 의용 수비대 창
  설(대장 : 홍순칠)
- 1954년 _ 항로 표지(등대) 설치. 동년 8월 1일 점화 개시 각국에 통보.
- 1956년 4월 8일 _ 국립 경찰의 경비 임무 인수 결정.
- 1956년 12월 30일 _ 경비 임무 인계 인수. 1966년 4월 12일 수비
  대장 홍순칠 공로 훈장 수여.
- 1980년 _ 최종덕 독도 전입.
- 1991년 _ 김성도(56세) 외 가족(1명) 전입(서도)

독도 일기

초판 1쇄 인쇄 | 2012년 2월 17일
초판 1쇄 발행 | 2012년 2월 22일

지은이 | 류단희
펴낸이 | 이의성
펴낸곳 | 지혜의 나무
사진 · 삽화 | 김상민, 임정현, 정유종

등록번호 | 제 1-2492호
주소 | 서울시 종로구 관훈동 198-16 남도빌딩 3층
전화 | 02)730-2211
팩스 | 02)730-2210

ISBN 978-89-89182-87-0 03810